ZOOLOGIE

DU MÊME AUTEUR

Anatomie et Physiologie animales. *Étude spéciale de l'homme.* Pour la classe de Philosophie. 1 vol. in-18 jésus. 400 pages, 229 gravures. . . . 4 fr. »

Anatomie et Physiologie végétales. Pour la classe de Philosophie. 1 vol. in-18 jésus. 300 pages, 479 gravures. . . . . 3 fr. »

Histoire naturelle, à l'usage des classes élémentaires :

> *Anatomie et Physiologie de l'homme,* 1 volume cartonné. . . . . 1 fr. 75
>
> *Zoologie,* 1 vol. cartonné. . . . . . 2 fr. 25
>
> *Botanique,* 1 vol. cartonné. . . . . 2 fr. 25
>
> *Géologie,* 1 vol. cartonné. . . . . . 1 fr. 75

Les Origines. *Questions d'apologétique.* Cosmogonie. Origine de la vie. Origine des espèces. Origine de l'homme. Unité de l'espèce humaine. Antiquité de l'espèce humaine. État de l'homme primitif. 1 volume grand in-8 (Paris, Letouzey). . . . . . . 4 fr. »

L'Hypnotisme. Les faits. Les théories. Les difficultés. Brochure. . . . . 25 cent.

L'Éducateur Apôtre, 5e édition. 1 volume in-18, 400 pages (Poussielgue). . . . . 2 fr. »

La Culture des vocations, 2e édition. 1 vol. in-18, 200 pages (Poussielgue). . . . . 1 fr. 50

A l'Entrée de la vie, 3e édition. 1 volume in-32, 113 pages (Gaume). . . . . 60 cent.

HISTOIRE NATURELLE

POUR LES CLASSES ÉLÉMENTAIRES

ZOOLOGIE

Par J. GUIBERT

Prêtre de S.-Sulpice,
Prof. de sciences naturelles au séminaire d'Issy.

PARIS

VICTOR RETAUX

LIBRAIRE-ÉDITEUR

82, RUE BONAPARTE. 82

1896

ZOOLOGIE

CHAPITRE PREMIER

NOTIONS PRÉLIMINAIRES

DESCRIPTION SOMMAIRE DE L'ORGANISME HUMAIN

I. Définitions. — Histoire naturelle. L'*Histoire naturelle* est une science qui a pour but de décrire et de classer les différents corps qui composent le globe terrestre. Tandis que la *Physique* étudie les phénomènes qui se passent dans les corps sans les altérer, comme la chaleur et la lumière, — tandis que la *Chimie* étudie les éléments dont les corps sont formés et les phénomènes qui en altèrent la composition, — l'*Histoire naturelle* cherche à connaître leur structure interne ou externe, leur origine, leurs différences et leurs ressemblances.

Division de l'histoire naturelle. — Les êtres de la nature se partagent d'abord en deux grandes classes : les *êtres inorganiques* ou *minéraux* et les *êtres vivants*.

Les **minéraux** sont inertes, ils n'ont point d'organes, ils ne naissent point comme les êtres vivants, leur durée est indéfinie : leur note caractéristique est de *conserver leur être par la stabilité de leurs éléments*. Les minéraux sont l'objet de la **MINÉRALOGIE** et de la **GÉOLOGIE**.

Les **êtres vivants** sont animés : ils naissent, ils parcourent des phases d'évolution jusqu'à leur état parfait, ils ont des organes adaptés à des fonctions diverses, ils se nourrissent et se reproduisent, ils ont une existence limitée qui se termine par la mort : leur note caractéristique est de *conserver leur être par l'instabilité* ou *le changement perpétuel* de leurs éléments.

Chacun sait que les êtres vivants se distinguent en *végétaux* et en *animaux*.

Les **Végétaux** naissent, se nourrissent, s'accroissent, se reproduisent : la plupart se nourrissent de substances minérales qu'ils puisent immédiatement dans le sol ou dans l'atmosphère. Leur étude fait l'objet de la **BOTANIQUE.**

Les **Animaux** n'ont pas seulement la vie, comme les végétaux : ils ont aussi la faculté de *sentir* et de se *mouvoir.* Ils ont des actes de connaissance, d'appétit, de désir : ils commandent eux-mêmes les actes qu'ils exécutent. Leur étude fait l'objet de la **ZOOLOGIE.**

Plusieurs auteurs considèrent avec raison que l'**Homme** ne doit pas être confondu avec les animaux. Il ressemble sans doute aux animaux par la structure de son corps, par les phénomènes vitaux qui se passent en lui : mais il s'en distingue profondément par l'âme spirituelle qui lui permet de connaître et de rechercher les choses supra-sensibles, par la liberté qui le rend maître et responsable de ses actes. Son étude fait l'objet d'une science spéciale qu'on nomme **ANTHROPOLOGIE.**

Cependant, comme l'Homme est par son corps le plus élevé et le plus parfait des animaux, nous ne saurions nous faire une idée plus juste de la structure et des fonctions du règne animal, qu'en étudiant sommairement l'organisme humain et les fonctions qu'il exécute.

II. — Description sommaire de l'organisme humain.

— **Cellules et tissus.** Quand on examine avec un instrument grossissant une partie quelconque du corps humain, glandes, chair ou poils, on voit que tout se réduit finalement en une multitude de petites unités qu'on nomme *cellules.*

Les **cellules** sont de petites masses semi-fluides, dont les dimensions varient de 3 à 20 millièmes de millimètre. Leur forme est tantôt globuleuse, tantôt étoilée, tantôt allongée en fibres. On y remarque, au centre un noyau, puis une masse de protoplasme, et enfin une enveloppe souple. C'est dans chaque cellule que se passent les phénomènes vitaux : des matériaux nutritifs y pénètrent et y sont utilisés, les déchets de la nutrition en sont rejetés.

Les **tissus** sont des groupes de cellules agencées de

manière à former les organes et les appareils. — Ainsi le *tissu épithélial* (*fig.* 1) est formé par l'ensemble des cellules de revêtement, soit au dehors, soit au dedans du corps humain.

Le tissu *glandulaire* (*fig.* 2) est formé par l'ensemble des cellules qui ont pour fonction de sécréter les liquides digestifs. — Le tissu *musculaire* (*fig.* 3), qui constitue à proprement

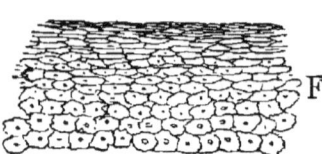

Fig. 1. — *Tissu épithélial stratifié.*

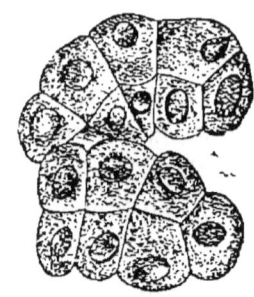

Fig. 2. — *Cellules de tissu glandulaire.*

parler la *chair*, est formé des fibres assemblées en faisceaux et susceptibles de se raccourcir ou de s'allonger. — Le tissu *nerveux* est formé de cellules grises étoilées (*fig.* 4) ou de filets blancs, qui transmettent le mouvement à tous les organes et reçoivent toutes les impressions. — Enfin les tissus *conjonctifs*, os, cartilages, etc., sont les tissus qui servent de soutien à l'organisme ou relient entre elles toutes ses parties.

Organes et appareils. — Les tissus en se combinant

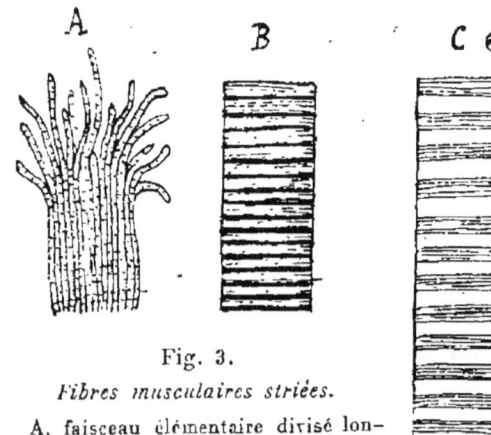

Fig. 3.

Fibres musculaires striées.

A, faisceau élémentaire divisé longitudinalement en plusieurs fibrilles. — B, C, faisceau élémentaire, d'abord contracté, puis relâché, montrant la striation transversale : des disques clairs alternent avec des disques foncés.

forment des *organes* ou instruments propres à exercer une fonction : exemple, la langue, l'estomac, le cœur, les poumons. Les organes, combinés de manière à concourir à une œuvre commune, forment des *appareils :* exemple, l'appareil de la digestion, l'appareil de la circulation, etc.

Division des fonctions animales. — L'Homme, comme les animaux, exerce deux sortes de fonctions : les fonctions de nutrition, les fonctions de relation.

Les *fonctions de nutrition*, exercées surtout par ses organes internes, ont pour but l'entretien de la vie, la conser-

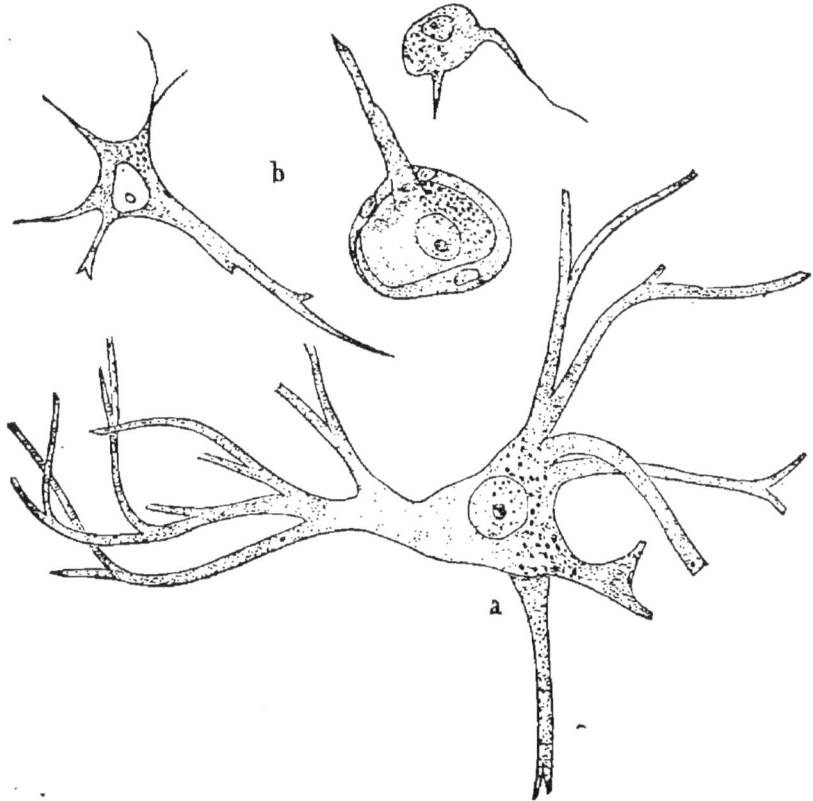

Fig. 4. — *Cellules nerveuses étoilées.*

vation de l'individu. Elles consistent en ce que chaque individu emprunte au monde extérieur des aliments, les utilise en les transformant en sa propre substance, puis les rejette à l'état de déchets après les avoir utilisés.

Les *fonctions de relation* mettent l'Homme en rapport avec le monde extérieur : il connaît par les sens les objets qui l'entourent, et il peut, à son gré, se déplacer par rapport à eux ou les déplacer par rapport à lui. Ses membres extérieurs sont particulièrement destinés à ces fonctions de relation.

1° Fonctions de nutrition. — La nutrition est l'acte par lequel l'organisme vivant s'incorpore les aliments empruntés au dehors. Cet acte intime s'accomplit dans chaque cellule, dans chaque portion élémentaire du corps humain. Et comme chaque cellule ne peut directement emprunter sa nourriture au monde extérieur, il en résulte que les fonctions de nutrition sont assez compliquées.

Ces fonctions sont au nombre de *six*. *Quatre* ont pour but de préparer et de porter près de chaque cellule les aliments dont elle a besoin : ce sont la *digestion*, l'*absorption*, la *respiration*, la *circulation*. La *cinquième*, ou l'*assimilation*, est l'acte proprement dit de la nutrition intra-cellulaire. La *sixième*, les *excrétions*, comprend les actes par lesquels l'organisme s'épure et rejette les déchets désassimilés.

Digestion. — La *digestion* est l'opération par laquelle les aliments empruntés au monde extérieur sont transformés de manière à pouvoir traverser les parois du tube digestif et à être mêlés au sang.

Les *aliments*. — Les matières alimentaires des animaux sont généralement organiques, tirées du règne animal, ou du règne végétal, souvent des deux règnes à la fois. Ces matières organiques se divisent en trois espèces principales : les substances *féculentes*, comme le sucre, l'amidon, la fécule ; les substances *albuminoïdes*, comme le blanc d'œuf, la chair des animaux, le fromage... ; les substances *grasses*, comme l'huile, le beurre, la graisse, le suif, la cire. — Quelques éléments minéraux, comme l'eau, les sels, servent aussi à l'alimentation de l'homme.

Où se fait la digestion. — La digestion s'opère dans le *tube digestif* (*fig.* 5), long couloir, formé de plusieurs cavités successives, commençant à la bouche et finissant à l'anus. — Les aliments sont d'abord introduits dans la *bouche*, où ils sont broyés par les *dents* et imbibés de *salive*. De là ils sont dirigés par la *langue* vers le pharynx et l'œsophage, puis vers l'estomac. L'*estomac* est une poche volumineuse placée au-dessous de la poitrine : c'est là que les aliments subissent la principale élaboration. — De l'estomac, les aliments passent à l'état de chyme dans les

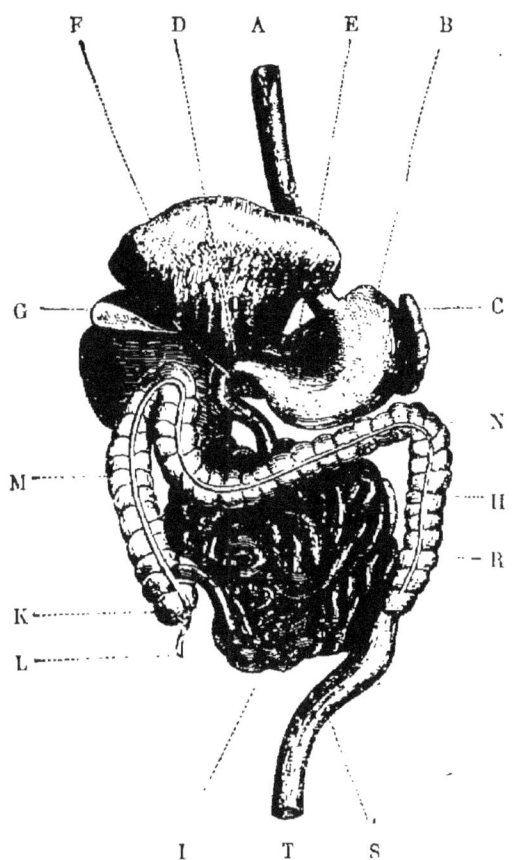

Fig. 5. — *Vue d'ensemble de l'appareil digestif.*

A, œsophage. — B, estomac. — C, rate. — D, duodénum, première partie de l'intestin grêle. — E, pancréas. — F, foie. — G, vésicule biliaire. — H, jéjunum, deuxième partie de l'intestin grêle. — I, iléon, troisième partie de l'intestin grêle. — K, cæcum. — L, appendice cœcal. — M, colon ascendant. — N, colon transversal. — R, colon descendant. — S, rectum. — T, anus.

replis sinueux de l'*intestin grêle*, où ils sont absorbés. Les résidus de la digestion, ainsi que le surcroît des sécrétions intestinales, sont rejetés au dehors à travers le gros intestin.

Les *agents de la digestion*. — La transformation des

aliments s'opère à l'aide d'agents spéciaux ou *ferments* qui sont préparés par les *glandes*. — Les *glandes salivaires*, au nombre de trois paires, versent dans la bouche la salive qui contient un ferment, nommé *ptyaline* : la ptyaline agit sur les aliments féculents et les transforme en glycose. — Les *glandes de l'estomac* sécrètent, les unes du *mucus* qui recouvre l'estomac d'un enduit protecteur, les autres du *suc gastrique*, dont le ferment nommé *pepsine* digère les albuminoïdes et les transforme en albuminoses ou peptones. — Les *glandes intestinales*, disséminées dans toute la paroi de l'intestin, produisent le *suc intestinal*, qui agit sur tous les aliments, et spécialement sur les sucres. — Enfin le *foie* et le *pancréas* sont deux grosses glandes qui versent dans l'intestin des produits indispensables à la digestion des graisses : le foie fournit la *bile*, le pancréas donne un *suc pancréatique*. La bile et le suc pancréatique *émulsionnent* les graisses, c'est-à-dire les divisent en une multitude de fines gouttelettes assez petites pour traverser la paroi intestinale.

La *transformation des aliments*. — Les aliments *minéraux*, eau, sels, alcools, etc..., ne subissent aucune transformation : ils sont absorbés sans être modifiés.

Les *féculents* sont attaqués dans la bouche par la salive ; la salive continue son ouvrage dans l'estomac et dans l'intestin ; dans l'intestin, la salive est aidée par le suc pancréatique et le suc intestinal. Finalement, les féculents sont transformés en sucre de *glycose*.

Les *albuminoïdes* ne sont point attaqués dans la bouche. Dans l'estomac, le suc gastrique, par sa pepsine, commence à les transformer en *peptones* ou *albuminoses* : l'opération s'achève dans l'intestin avec l'aide du suc pancréatique et du suc intestinal.

Les substances *grasses*, qui sont formées de petits corpuscules graisseux, subissent deux opérations : dans l'estomac, le suc gastrique digère l'enveloppe albuminoïde ; dans l'intestin, les corpuscules graisseux, ainsi mis à nu, sont divisés ou *émulsionnés* en parties beaucoup plus petites.

Absorption. — L'*absorption* est l'opération par laquelle les aliments élaborés par la digestion traversent les parois du tube digestif et viennent se mêler au sang.

Où se fait l'absorption. — L'absorption se fait tout le long du tube digestif, mais particulièrement à travers les parois de l'intestin. L'intestin est couvert de villosités ou poils absorbants (*fig.* 6), qui puisent les éléments digérés et les transmettent dans l'intérieur de l'organisme.

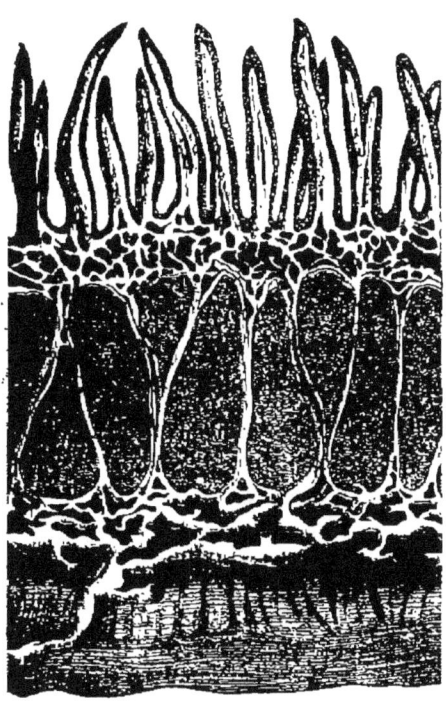

Comment se fait l'absorption. — L'absorption est assez difficile, parce que les cellules de l'intestin, serrées les unes contre les autres, forment une sorte de barrière. Cependant le *chyle* passe : les parties liquides pénètrent par *imbibition*, les corpuscules graisseux par *effraction*, c'est-à-dire en entamant l'enveloppe souple des cellules.

Trajet des matières absorbées. — Une fois entrées dans les lacunes des villosités, les aliments prennent deux directions. — Une partie, celle qui contient les graisses, entre dans les vaisseaux chylifères, che-

Fig. 6. — *Coupe verticale de la paroi intestinale* (très grossie).

Les filaments qui se détachent de la paroi sont les *villosités;* dans chaque villosité naît un vaisseau lymphatique ou chylifère ; les vaisseaux lymphatiques, après avoir traversé une sorte de réseau lacunaire, aboutissent aux rameaux variqueux qui paraissent au-dessous.

mine lentement et monte enfin par le *canal thoracique,* qui verse son contenu dans le courant sanguin au niveau de l'épaule gauche. — L'autre partie, la plus liquide, pénètre dans les petits vaisseaux sanguins des villosités, puis se rend au foie par la veine porte; du foie elle se rend ensuite au cœur par la veine cave inférieure. — De la sorte tous les aliments digérés et absorbés se sont mêlés au sang et se confondent désormais avec lui.

Ce n'est pas sans raison que cette partie liquide, qui contient le sucre de gly- cose, passe au foie, car le foie est un pourvoyeur dont le rôle a la plus gran- de importance. Quand, au moment de la diges- tion, le foie reçoit trop de sucre, il en met une partie en réserve dans ses cellules à l'état de *glycogène;* quand, après la digestion et l'absorp- tion, le sang a trop peu de sucre, le foie lui res- titue à l'état de glycose ce qu'il avait emmagasiné à l'état de glycogène.

Circulation. — La *cir- culation* est l'opération par laquelle les éléments nutritifs sont transportés à travers tout l'orga- nisme; par la circulation, la provision de chaque cellule se trouve renou- velée, les déchets de cha- que cellule se trouvent enlevés.

La circulation est pro- duite et réglée par un moteur central, *le cœur* (*fig.* 7). Le cœur est en communication avec tout

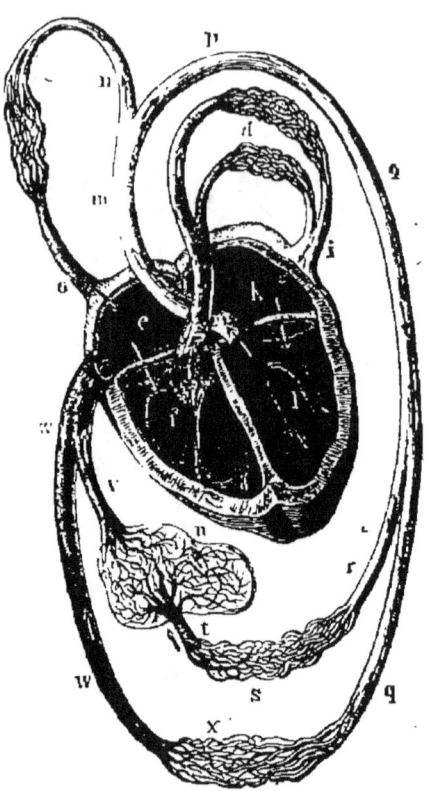

Fig. 7. — *Schéma du cœur et des vaisseaux.*

c, oreillette droite. — *f*, ventricule droit. — *g*, artère pulmonaire. — *d*, capillaires des poumons. — *i*, veines pulmonaires.— *k*, oreil- lette gauche. — *l*, ventricule gauche. — *m m*, artère aorte. — *n*, vaisseaux de la tête, dont le sang revient en *o* à l'oreillette droite. — *p*, *q*, continuation de l'artère aorte. — *x*, ca- pillaires des membres. — *w*, veine ramenant le sang au cœur. — *r*, rameau artériel des intestins. — *s*, capillaires des intestins. — *t*, veine porte. — *u*, capillaires du foie. — *v*, veine sus-hépatique, se jetant dans la veine cave inférieure.

l'organisme par les vaisseaux. Il lance le sang par des *artères*, il reçoit le sang qui revient des cellules par des *veines;* les veines et les artères sont reliées ensemble par des vaisseaux très fins nommés capillaires. Le sang part du cœur par une seule voie, la voie des artères, mais il revient au cœur par deux voies, la voie des veines et la voie du *système lymphatique.* Le système lymphatique commence au milieu des cellules, là où se distribuent les capillaires : il ramène vers le cœur, en suivant le trajet des veines, le liquide incolore qu'il a puisé dans le milieu interstitiel.

Respiration. — La *respiration* est la fonction par laquelle le sang emprunte à l'air le gaz *oxygène*, sans lequel aucune opération vitale ne peut être produite ; en même temps, le sang rejette le gaz acide carbonique, qui est un déchet de la nutrition.

La respiration, chez l'Homme, s'opère par les *poumons*, deux masses spongieuses, situées dans la poitrine, sous les côtes (*fig.* 8). Les poumons sont des poches à air qui communiquent avec l'air extérieur par les voies respiratoires, bronches, trachée-artère, larynx, bouche et fosses nasales. — Dans l'acte d'*inspiration*, la poitrine s'élargit, les poumons se dilatent, l'air du dehors les remplit ; alors, à travers les fines membranes des poumons, s'opèrent les échanges de gaz entre l'air et le sang. — Dans l'acte d'*expiration,* la poitrine s'affaisse, les poumons se rétrécissent, l'air désormais vicié est expulsé au dehors.

Grâce aux quatre fonctions précédentes, il n'est pas une cellule du corps humain qui n'ait constamment à sa portée, dans le milieu liquide qui la baigne, les aliments dont elle a besoin.

Assimilation. — L'*assimilation* est l'acte par lequel chaque unité organique transforme en sa substance les éléments ainsi préparés. Rien de plus mystérieux que cet acte. On sait bien ce qui entre dans la cellule, on sait bien ce qui en sort : mais on ne peut dire ce qui s'y passe.

Cependant ce qui se passe dans la cellule n'est pas sans analogie avec ce qui a lieu dans nos foyers. Dans nos foyers, la combinaison de l'oxygène avec les combustibles produit une combustion, dont la nature nous est révélée par les cendres qui restent et par la fumée qui s'échappe. De même, dans nos organismes, une combustion paraît

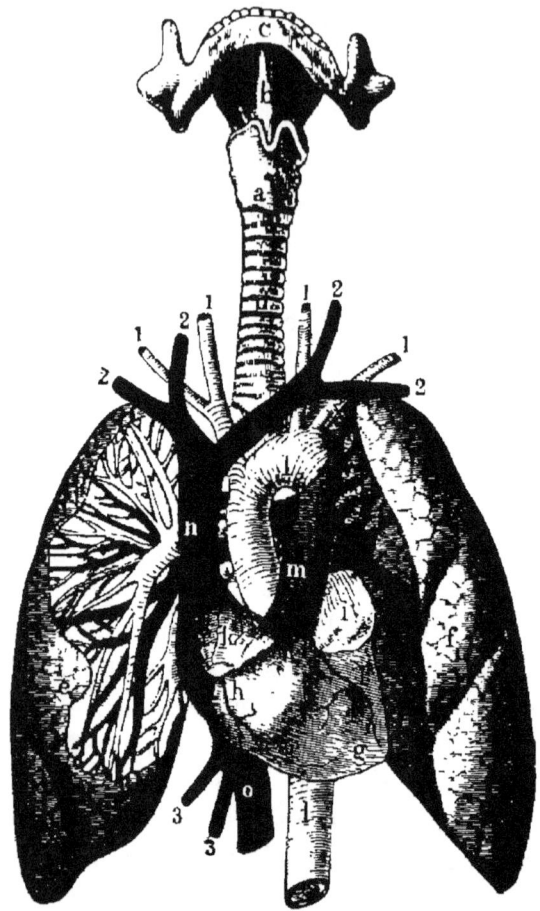

Fig. 8. — *Les poumons et le cœur chez l'Homme.*

a, larynx. — *b*, ligaments qui attachent le larynx à l'os hyoïde. — *c*, mâchoire inférieure. — *d*, trachée-artère. — *e*, poumon droit. — *f*, poumon gauche. — *g, h, i, k*, le cœur. — *l*, artère aorte, avec les vaisseaux qui s'en détachent (1). — *m*, artère pulmonaire. — *o, n*, veines caves ramenant le sang au cœur.

aussi se faire. Les albuminoïdes donnent comme résultat de l'urée et de l'acide urique ; les graisses et les féculents produisent de l'eau et du gaz acide carbonique.

Mais, avant d'être brûlés, les albuminoïdes servent à la

réparation du protoplasme vivant, sans qu'on puisse dire comment il se fait qu'une matière non vivante devienne ainsi tout à coup une matière douée de vie.

Excrétions. — La cellule rejette promptement dans le milieu qui l'entoure les déchets de sa nutrition. Ce milieu lui-même se renouvelle vite, grâce au courant sanguin assuré par la circulation. Ces déchets finissent par rentrer dans le sang dont ils altèrent la composition.

Ce sang doit donc continuellement être épuré : autrement il empoisonnerait l'organisme. C'est par les *excrétions* que cette épuration se fait.

Les *excrétions* sont donc des opérations par lesquelles le sang se débarrasse, en certains organes, des déchets nuisibles de la nutrition. Elles s'opèrent en quatre organes principalement. — Dans les *intestins*, les sécrétions des glandes, surtout si elles sont rendues plus abondantes par des sels minéraux, *purgent* le sang par les éléments qu'elles lui enlèvent. — Dans les *poumons*, le sang laisse échapper l'*acide carbonique* qui le rendait noir. — Dans les *reins*, le sang laisse exsuder une partie de sa masse liquide où sont en dissolution l'*urée* et l'*acide urique*, et garde ses éléments nutritifs comme l'albumine. — Dans la *peau*, enfin, par les glandes sudoripares, le *sueur* purge le sang chaque jour de ses éléments nuisibles.

Ainsi se trouve maintenu, autour de chaque cellule, un équilibre de composition : chaque cellule vivant à l'aise dans son milieu, la vie de l'individu se conserve et prospère.

II. Fonctions de relation. — Les *fonctions de relation* consistent dans l'action que l'Homme exerce sur le monde extérieur par le *mouvement* et par la *voix*, dans l'impression que le monde fait sur ses *sens*. Le mouvement, la voix, la sensibilité de l'Homme, toutes ses fonctions de relation, en un mot, sont gouvernés par le *système nerveux*.

Le Mouvement. — Le *mouvement* s'accomplit par le déplacement des diverses parties du squelette, les unes par rapport aux autres.

Le *squelette* peut être divisé en trois parties : la tête, le tronc et les membres.

La *tête* (*fig.* 9) se compose de deux parties : le *crâne*, boîte osseuse qui contient le cerveau ; la *face*, formée de 14 os différents appliqués sur la boîte cranienne.

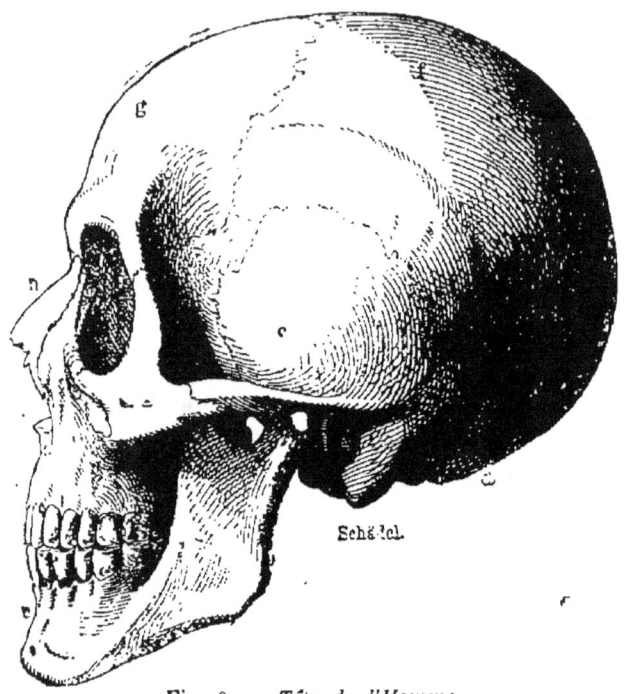

Fig. 9. — *Tête de l'Homme.*

a, os du nez. — *b,* maxillaire supérieur. — *c,* maxillaire inférieur. — *d,* os occipital
e, os temporal. — *f,* os pariétal. — *g,* os frontal.

Le *tronc* (*fig.* 10) se compose de trois parties : la *colonne vertébrale,* formée de 33 vertèbres empilées les unes sur les autres ; les *côtes,* au nombre de 12 paires, constituant la cage du thorax ; le *sternum,* os plat situé en avant de la poitrine.

Les *membres* sont au nombre de quatre, deux antérieurs, deux postérieurs. Chaque membre est formé d'une partie basilaire fixe, l'*épaule* ou le *bassin;* d'une partie allongée et mobile, le *bras* et l'*avant-bras,* la *cuisse* et la *jambe;* enfin des extrémités, la *main* ou le *pied.*

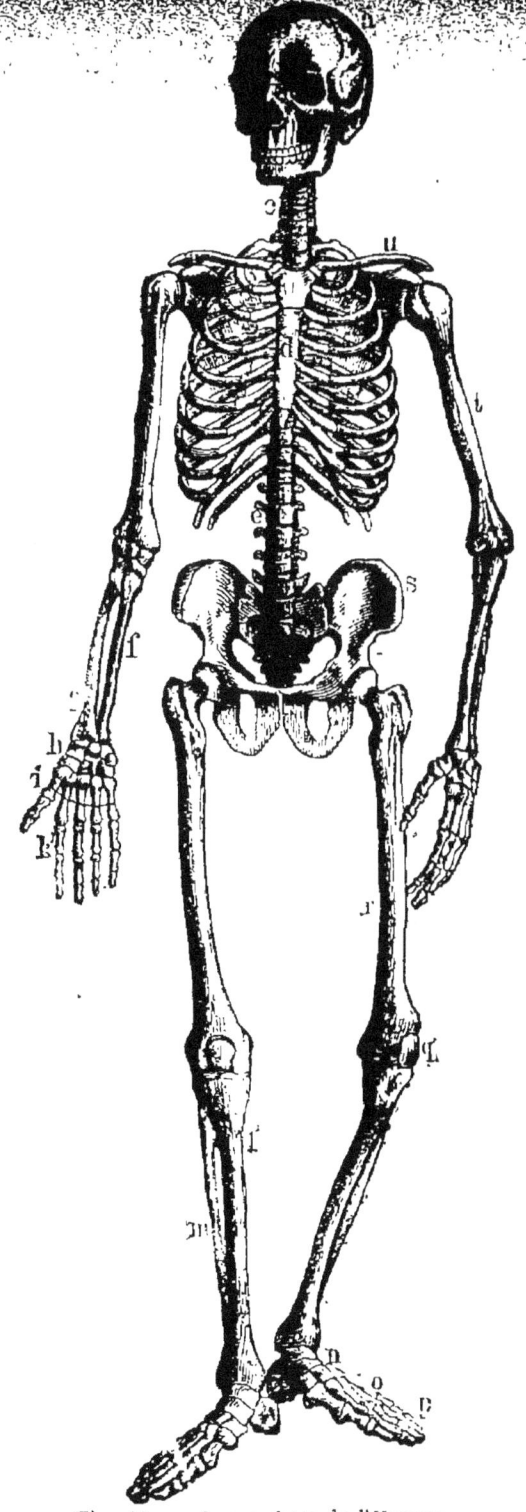

Fig. 10. — *Le squelette de l'Homme.*

a, b, la tête. — *c,* vertèbres cervicales. — *d,* sternum. — *e,* vertèbres lombaires. — *f,* cubitus. — *g,* radius. — *h,* carpe. — *i,* métacarpe. — *k,* doigts. — *l,* tibia. — *m,* péroné. — *n,* tarse. — *o,* métatarse. — *p,* orteils. — *q,* rotule. — *r,* fémur. — *s,* bassin. — *t,* humérus. — *u,* clavicule, appuyée sur l'omoplate, qui descend en arrière.

Mais le squelette ne se déplace que par l'action des *muscles*. Les muscles sont donc les organes actifs du mouvement. Par leurs contractions, les faisceaux musculaires rapprochent les os sur lesquels ils sont insérés (*fig.* 11). Cette insertion des muscles sur les os se fait par des cordons blancs ou *tendons* que le langage populaire confond à tort avec les nerfs.

Les muscles ne peuvent se contracter et produire le mouvement que sous l'influence des nerfs. Le mouvement est dit volontaire ou involontaire, suivant que l'impulsion nerveuse vient du commandement de la volonté ou se transmet sans la volonté.

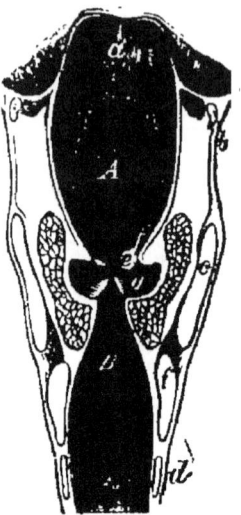

Fig. 12. — *Coupe verticale transversale du larynx.*

a, épiglotte. — A, cavité supérieure. — *c*, cordes vocales supérieures. — *g*, cordes vocales inférieures. — B, cavité inférieure. — *b*, os hyoïde. — *e*, thyroïde. — *f*, cricoïde. — *d*, cartilage de la trachée.

La voix. — La *voix* est un autre moyen que possède l'homme de communiquer avec le dehors. C'est un son produit par un véritable instrument de musique, le *larynx* (*fig.* 12).

Un instrument

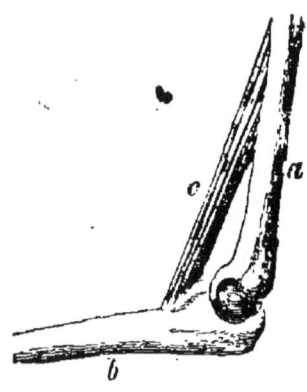

Fig. 11. — *Action des muscles.*

Le muscle biceps *c*, inséré en haut sur le bras, près de l'épaule, *a*, agit sur l'avant-bras *b* et le fait tourner autour de l'articulation du coude.

à vent se compose de trois parties : une *soufflerie*, qui pousse l'air contre le corps sonore; le *corps sonore*, qui est mis en mouvement vibratoire; le *résonnateur*, où le son se renforce et prend une sorte de couleur caractéristique.

Dans l'organisme humain, les poumons servent de soufflerie et poussent l'air à travers le larynx; les replis musculaires du larynx, qu'on nomme *cordes vocales*, sont l'objet sonore qui fait vibrer l'air; le larynx, la bouche et le nez forment le résonnateur qui modifie et caractérise la voix.

La voix est un son musical qui peut exprimer tout ce que l'homme sent, ses passions et ses idées. Pour exprimer des idées, la voix revêt des formes de convention qui sont les éléments du langage articulé : les voyelles et les

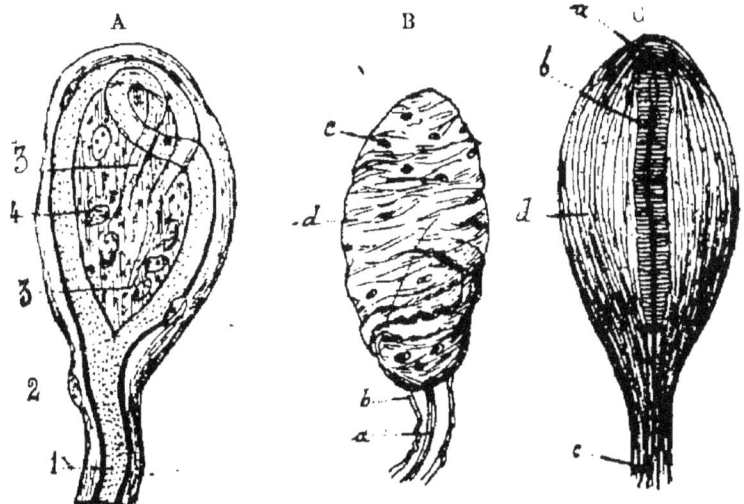

Fig. 13. — *Corpuscules du tact.*

A, corpuscule de Krause : 1, tube nerveux à moelle ; 2, gaine de Schwann avec noyaux ; 3, terminaison du tube nerveux dépouillé de sa moelle ; 4, substance nerveuse du corpuscule avec ses noyaux. — B, corpuscule de Meissner : *a*, tube nerveux ; *d*, spirales du tube nerveux ; *c*, noyaux du corpuscule. — C, corpuscule de Pacini : *a*, bulbe central ; *b*, cylindre-axe ; *c*, tube nerveux ; *d*, couches concentriques de périnèvre.

consonnes impriment au son vocal les modifications les plus variées et les plus expressives.

Les Sens. — Les *sens* sont comme les fenêtres de l'âme sur le monde extérieur. Par là, les choses du dehors pénètrent jusqu'au dedans de nous par les impressions et deviennent pour nous objet de connaissance. Les *organes des sens* sont des appareils placés à la périphérie du corps pour recueillir les influences des objets extérieurs. Une impression se fait sur les extrémités nerveuses ; elle se propage à travers les nerfs et se rend jusqu'au cerveau : c'est alors que nous connaissons les objets sensibles.

Les sens sont au nombre de cinq : le *toucher*, le *goût*, l'*odorat*, l'*ouïe*, la *vue*.

Le *toucher* est répandu sur tout le corps ; il réside dans la peau, où les nerfs sensibles recueillent les impressions de pression, de chaleur ou de froid, par des extrémités librement épanouies dans l'épiderme et par des corpuscules du tact (*fig.* 13).

Le *goût* réside sur la langue, dans des papilles de formes diverses dans lesquelles viennent aboutir les fibres sensibles gustatives. Il perçoit les saveurs, surtout l'amer et le doux.

L'*odorat*, sensible aux particules odorantes infiniment

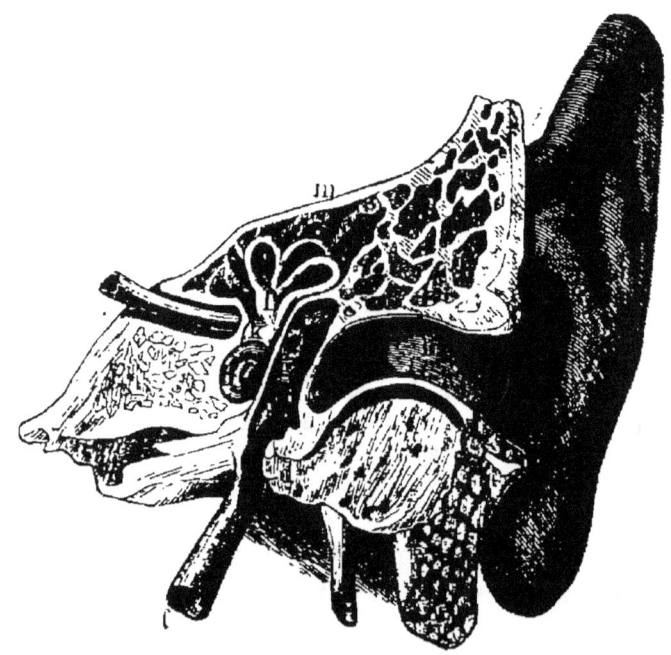

Fig. 14. — *Oreille de l'Homme.*

a, pavillon. — *c*, lobule musculaire. — *b*, conduit auditif externe. — *e*, tympan. — *g*, caisse du tympan ou oreille moyenne. — *f*, trompe d'Eustache. — *k*, vestibule. — *i*, canaux semi-circulaires. — *h*, limaçon.

petites qui s'échappent des corps, réside dans les cornets supérieurs du nez, où se répandent les filets nerveux du nerf olfactif.

L'*ouïe* réside dans l'oreille et perçoit les sons et les bruits. L'oreille (*fig.* 14) se compose, chez l'Homme, de trois parties : l'*oreille externe*, formée du pavillon qui paraît au dehors, et du conduit auditif qui se termine par la *membrane du tympan*, tendue en travers comme une peau de tambour ; — l'*oreille moyenne*, espèce de chambre à air, communiquant avec l'arrière-bouche par la trompe d'Eustache, et à travers laquelle est tendue une chaîne mobile de quatre petits *osselets* articulés : ces osselets sont le *marteau*, l'*enclume*, l'os *lenticulaire* et l'*étrier ;* — l'*oreille interne* ou labyrinthe, remplie par un liquide lymphatique, présente trois parties : le *vestibule*, les *canaux semicirculaires* et le *limaçon :* c'est là que viennent se terminer les filets des *nerfs acoustiques*, sensibles aux vibrations sonores.

La *vue* réside dans l'œil et perçoit la forme et la couleur des corps. L'œil (*fig.* 15), rendu très mobile par de nombreux muscles et protégé par divers organes accessoires, présente des parties tout à fait analogues à ce qu'on appelle *chambre noire* en physique : 1° des *enveloppes*, la *sclérotique* et la *choroïde*, qui soustraient le dedans de l'œil à la lumière ; — 2° un *écran récepteur*, la *rétine*, qui n'est que l'épanouissement du nerf optique sur le fond de l'œil ; — 3° des *organes réfringents*, ayant pour but de former des images nettes des objets sur l'écran rétinien : ce sont la *cornée transparente*, placée en avant de l'œil comme un verre de montre, l'*humeur aqueuse*, le *cristallin*, lentille biconvexe formée de pièces mobiles, l'*humeur vitrée*, et enfin l'*iris*, qui sert de diaphragme pour mesurer la juste quantité de lumière dont l'œil a besoin ; — 4° un *organe accommodateur*, les *procès ciliaires*, qui mettent l'œil au point pour les diverses distances en faisant varier la courbure du cristallin.

Des images réelles, renversées, se peignent sur le fond de l'œil : leurs rayons impressionnent la rétine en décomposant le liquide dont ses fibres sont imprégnées : l'impression transmise au cerveau détermine l'acte de perception des objets.

Système nerveux. — Le système nerveux est la partie

la plus importante de l'organisme humain. C'est par lui que les impressions faites par les choses arrivent jusqu'à l'âme : c'est par lui aussi que l'âme peut réagir par le mouvement et la voix sur le monde extérieur.

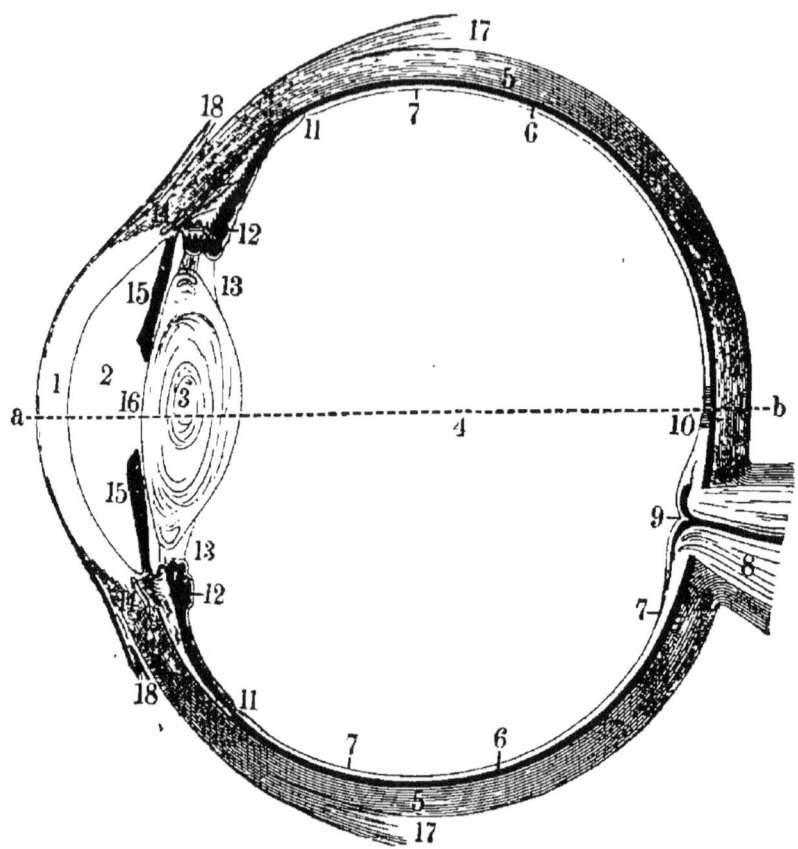

Fig. 15. — *Coupe verticale antéro-postérieure de l'œil.*

a b, axe antéro-postérieur. — 1, cornée. — 2, chambre antérieure. — 3, cristallin. — 4, corps vitré. — 5, sclérotique. — 6, choroïde. — 7, rétine. — 8, nerf optique. — 9, punctum cæcum. — 10, tache janne. — 12, procès et muscles ciliaires. — 13, zone de Zinn. — 14, canal de Fontana. — 15, iris. — 16, surface antérieure du cristallin. — 18, conjonctive.

Il se compose de deux parties principales : l'une, le *grand sympathique*, spécialement chargée de gouverner les fonctions nutritives ; l'autre, le *système cérébro-spinal*, spécialement attaché à la direction des fonctions de relation. Dans l'un et dans l'autre système, on remarque des *centres gris*, cellulaires, qui sont comme les réservoirs de la force nerveuse, et des *filets blancs*, qui sont comme les transmetteurs télégraphiques des mouvements nerveux.

Le *grand sympathique* (*fig.* 16) est formé de nombreux *ganglions* ou masses cellulaires, disposés sur deux lignes

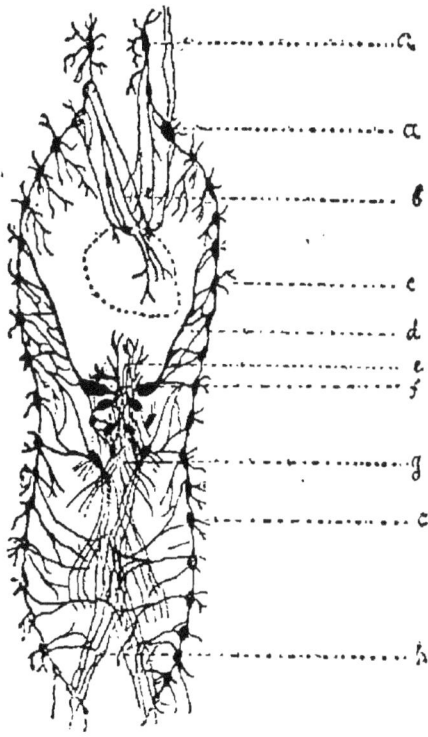

Fig. 16. — *Système du grand sympathique.*

a. a, ganglions cervicaux. — *b*, plexus cardiaque. — *c*, ganglions rachidiens. — *d*, nerf grand splanchnique. — *e*, plexus diaphragmatique. — *f*, ganglions semilunaires. — *g*, plexus solaire. — *h*, plexus hypogastrique.

depuis le cou jusqu'au bassin, et de *fibres nerveuses* qui font communiquer ces ganglions, soit entre eux, soit avec la moelle épinière, soit avec les organes internes.

Le *système cérébro-spinal* (*fig.* 17) est formé de la moelle épinière, de l'encéphale et des nerfs. — La *moelle épinière* est un long cordon nerveux qui descend le long de la colonne vertébrale : on remarque une substance

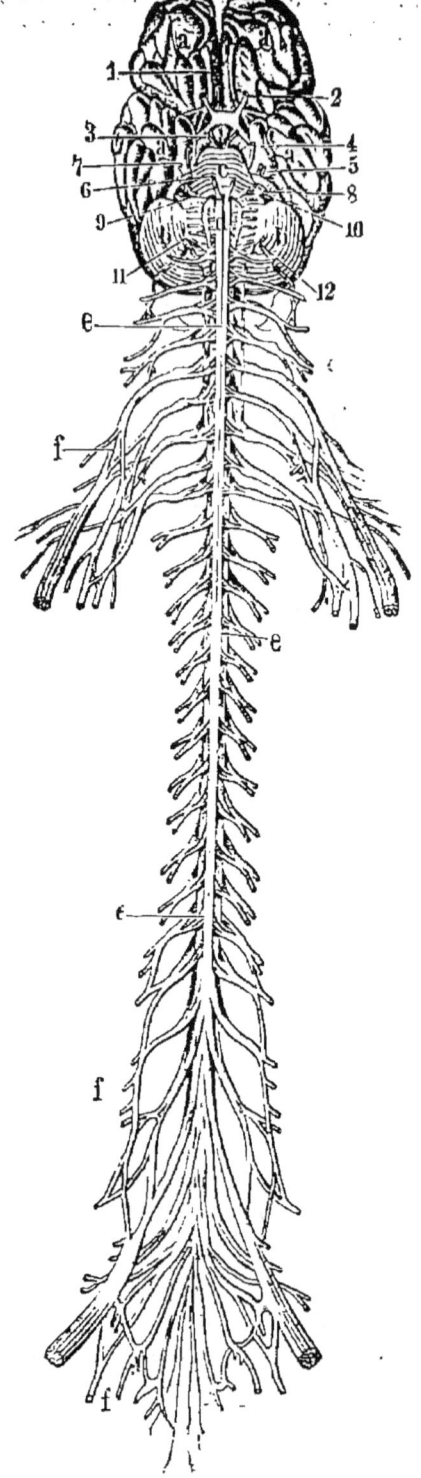

Fig. 17. — *Axe cérébro-spinal vu par la face antérieure.*

a, cerveau. — *b*, cervelet. — *c*, pont de Varole. — *d*, bulbe rachidien. — *e*, moelle épinière. — *f*, nerfs mixtes sortis de la moelle épinière. Les chiffres représentent les douze paires de nerfs craniens.

grise, cellulaire, au dedans, une substance blanche, faite de fibres, au dehors. — L'*encéphale* comprend la moelle allongée, le cervelet, le cerveau. Dans le cervelet et le cerveau, la substance grise est à la surface, la substance blanche est au centre. Le cerveau est une condition indispensable à l'exercice des facultés de l'âme, si bien que toute atteinte faite au cerveau nuit à l'exercice de ces facultés. — Les *nerfs* partent de la moelle épinière ou de l'encéphale et se répandent dans tout le corps : les uns sont *sensibles* et recueillent les impressions pour les transmettre au centre; les autres sont *moteurs* et transmettent jusqu'aux muscles les impulsions commandées par le centre.

CHAPITRE II

CLASSIFICATION DU RÈGNE ANIMAL

Définition. — La *classification* des animaux consiste à grouper ces êtres en un petit nombre de cadres, de manière à en faciliter l'étude. Les animaux sont si nombreux que la vie d'un homme ne suffirait pas à les étudier tous, que la mémoire la plus heureuse ne saurait les retenir. En les distribuant par groupes, la classification procure deux avantages : 1° elle permet de parcourir en peu de temps et avec peu de peine tout le Règne animal; 2° dès que la place d'un animal est connue, elle permet de retrouver aisément tous ses caractères.

Deux sortes de classification. — La classification peut être naturelle ou artificielle. Elle est *naturelle* lorsqu'elle est fondée sur l'ensemble des caractères, étudiés d'après leur importance relative. Elle est *artificielle* lorsqu'elle se fonde sur un caractère unique, choisi arbitrairement. Ainsi Aristote faisait une classification artificielle, lorsqu'il distinguait les animaux en deux classes : ceux qui sont pourvus de sang et ceux qui sont dépourvus de sang. Si nous divisions les animaux en animaux *marins* et en animaux *terrestres*, nous ferions aussi une classification artificielle.

Termes employés dans la classification. — Toute classification emploie des termes dont il faut connaître le sens et l'importance relative. Nous allons les définir.

L'*individu* désigne tout être distinct, isolé, qu'on ne peut diviser sans le détruire, ou du moins sans produire des désordres graves : un Lapin, un Cheval, un Bœuf, un Homard... sont des individus.

La *variété* désigne un ou plusieurs individus qui se distinguent du reste de leurs pareils par un caractère particulier : ainsi les Moutons mérinos forment une variété parmi les Moutons.

La *race* comprend un ensemble d'individus qui se distinguent de leurs semblables par des caractères qui se transmettent de génération en génération : ainsi le Terre-Neuve, le Boule-Dogue, le Lévrier sont des races de Chiens. Parmi les Hommes, les Blancs, les Noirs, les Jaunes sont aussi des races.

L'*espèce* est l'unité fondamentale en toute classification : elle désigne l'ensemble des êtres qui ont des catactères communs et qui se distinguent des autres par des caractères bien tranchés. Ainsi tous les Chiens, malgré la diversité des races, forment une espèce qui se distingue aisément de toutes les espèces voisines, les Chats, les Loups, etc...

Le *genre* est un groupe formé par la réunion de plusieurs espèces voisines. Ainsi le Chien, le Loup, le Renard forment le genre *chien;* le Lion, le Tigre, le Léopard... forment le genre *chat.*

La *famille* est une division plus élevée, formée de plusieurs genres voisins. Ainsi le genre chien et le genre chat sont dans la même famille des Digitigrades.

L'*ordre* exprime une division encore plus générale, formée de plusieurs familles voisines. Ainsi les Digitigrades (Chien, Lion...) et les Plantigrades (Ours...) sont de l'ordre des Carnivores.

La *classe* est formée des ordres les plus voisins. Ainsi, parmi les animaux les plus élevés, les Carnivores (Lion), les Ruminants (Bœufs), les Cétacés (Baleines)..., sont de la classe des Mammifères.

Enfin, l'*embranchement* comprend les classes les plus voisines. Ainsi l'embranchement des Vertébrés se compose de cinq classes : les Poissons, les Batraciens, les Reptiles, les Oiseaux, les Mammifères.

Nomenclature binaire.— Quand les naturalistes veulent désigner un animal, ils le font toujours par deux mots latins : le premier est celui du genre, le second est celui de l'espèce. Prenons pour exemple le Chien domestique : on le nomme *Canis familiaris.* Le mot *canis* signifie qu'il appartient au genre chien ; le mot *familiaris* sert à le distinguer du Loup, du Renard, du Chacal.

Nous allons maintenant chercher à déterminer les embranchements, c'est-à-dire les divisions les plus générales du Règne animal.

Protozoaires et Métazoaires. — Ce qui frappe tout d'abord le naturaliste, c'est qu'il y a des animaux qui ne sont formés que d'une seule cellule ou de cellules semblables, et des animaux qui sont composés de cellules nombreuses différentes entre elles.

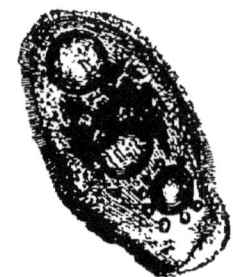

Fig. 18. — *Proto-zoaire* (Opalina poly-morpha).

L'individu est composé d'une seule cellule.

Les premiers, presque tous microscopiques, sont dépourvus d'organes, ont une forme très variable, ne présentent aucune symétrie : comme ce sont les êtres les plus simples du Règne animal, on les a nommés *Protozoaires* (*fig.* 18). — Les seconds qui comprennent tout le reste du Règne animal, ont une organisation proprement dite, et on les a nommés *Métazoaires.*

Les **Protozoaires**, qu'ils soient formés d'une cellule unique ou de plusieurs cellules semblables groupées en colonies, constitueront pour nous le premier embranchement.

Division des Métazoaires. — Les animaux qui ont une organisation peuvent présenter deux aspects différents.— Les uns rappellent la forme des plantes par leurs ramifications : tantôt leurs parties se disposent irrégulièrement comme les branches d'un arbre autour de la tige ; tantôt elles se groupent comme des rayons autour d'un centre, semblables aux fleurs régulières dont les pétales font une couronne autour d'un axe. A cause de cette disposition on les a nommés *Phytozoaires* (*fig.* 19), ou *Zoophytes*, c'est-à-dire *animaux-plantes*. — Les autres ont leurs parties disposées non autour d'un axe, mais sur une ligne droite.

Leur corps se divise en deux côtés : le côté droit et le côté gauche. Les parties de chaque côté se répètent et se trouvent placées à la même distance d'un plan qui partagerait l'animal depuis la tête jusqu'à la queue. C'est à cette dis-

Fig. 19. — *Exemple de Phytozoaire* (Corail rouge).

L'animal a l'aspect d'une plante. Ses diverses parties se distribuent
irrégulièrement, comme les branches d'un arbre.

position qu'on donne le nom de symétrie bilatérale. Les animaux ainsi organisés portent le nom d'*Artiozoaires*.

Division des Phytozoaires. — Le groupe des animaux-plantes ou Phytozoaires comprend trois embranchements : les *Spongiaires*, les *Polypes*, les *Echinodermes*.

L'embranchement des **Spongiaires** ou *Éponges* se compose d'animaux fixés au sol, très irrégulièrement ramifiés, dépourvus d'organes de préhension, mais percés de trous que traverse sans cesse un courant d'eau.

L'embranchement des **Polypes** se compose d'animaux dont chaque partie est en forme de sac, la même ouverture servant à l'entrée et à la sortie des aliments. Les uns restent mous comme l'Hydre et la Méduse ; les autres sécrètent une matière résistante, comme le Corail. Tous ont des *nématocystes*, ou organes d'attaque et de défense remplis de liquides venimeux.

L'embranchement des **Echinodermes** se compose d'animaux dont les parties sont rayonnées, c'est-à-dire disposées comme les pétales d'une fleur autour d'un axe. Ils doivent leur nom au squelette rugueux et souvent épineux qui les enveloppe. Leur tube digestif a deux ouvertures. Ils progressent à l'aide d'un système singulier, le *système ambulacraire*.

Division des Artiozoaires. — Le groupe des animaux à symétrie bilatérale ou Artiozoaires se subdivise d'abord en deux séries. La première est caractérisée par l'enveloppe rigide ou *chitine*, dont les animaux sont enveloppés : c'est la série des *Chitinophores*. La seconde est caractérisée par un ensemble d'organes excréteurs ou *néphridies*, remplissant le même office que les reins chez l'homme : c'est la série des *Néphridiés*.

Les *Chitinophores* comprennent deux embranchements : les *Arthropodes* et les *Némathelminthes*.

Les Néphridiés comprennent cinq embranchements : les *Lophostomés*, les *Vers*, les *Mollusques*, les *Protochordes*, les *Vertébrés*.

L'embranchement des **Arthropodes** est caractérisé par les *membres articulés* servant d'appendices à un certain nombre de segments du corps. Exemple : l'Écrevisse, l'Araignée, le Papillon.....

L'embranchement des **Némathelminthes** a été séparé des Vers qui n'ont pas de chitine : il se compose des animaux chitinophores qui n'ont pas de membres articulés. Exemple : la Trichine.

L'embranchement des **Lophostomés** comprend des êtres munis d'un appareil ciliaire portant les aliments à la bouche.

Il se compose des classes longtemps indécises des Brachiopodes, des Bryozoaires et des Rotifères.

L'embranchement des **Vers** comprend les animaux à
peau molle, formés d'anneaux ou segments placés bout à
bout, dépourvus de pattes articulées, mais souvent munis
d'organes locomoteurs à forme de mamelons charnus.
Exemple : l'Arénicole, le Ténia.....

L'embranchement des **Mollusques** comprend les animaux dont le corps est mou et le plus souvent protégé par
une *coquille* : ils ne sont point divisés en segments ; on y
distingue toujours un pied charnu et un manteau. Exemple :
l'Huître, l'Escargot, le Poulpe.....

L'embranchement des **Protochordes** est ainsi nommé
parce qu'il comprend les animaux où commence à paraître
une *corde dorsale* ou organe servant de squelette interne,
placé entre le tube digestif et le système nerveux. Ils sont
comme une première esquisse des Vertébrés. Les types
les plus remarquables de ce groupe sont les *Tuniciers*
(Ascidies, Salpes) et l'Amphioxus.

L'embranchement des **Vertébrés** est caractérisé par un
squelette interne ou colonne vertébrale, placé entre le
tube digestif et le système nerveux de la moelle épinière :
c'est aux *vertèbres*, pièces mobiles dont se compose le
squelette, qu'ils doivent leur nom. Exemple : les Poissons, les Batraciens, les Reptiles, les Oiseaux, les Mammifères.

TABLEAU DES EMBRANCHEMENTS DU RÈGNE ANIMAL

Corps formé d'une seule cellule ou de cellules semblables. **} Protozoaires.**

Corps ormé de cellules nombreuses et différentes : **Métazoaires.**

Corps ramifié comme une plante : Phytozoaires.

Corps irrégulièrement ramifié. Point d'organes de préhension. Nutrition par un courant d'eau. **} Spongiaires.**

Corps en forme de sac, irrégulièrement ramifié ou rayonné. Nématocystes. **} Polypes.**

Corps bien rayonné. Enveloppe rugueuse. Canaux ambulacraires. **} Echinodermes.**

Corps à symétrie bilatérale : Artiozoaires.

Enveloppe chitineuse : Chitinophores.

Corps segmenté et *membres articulés.* **} Arthropodes.**

Corps non segmenté et *pas de membres articulés.* **} Némathelminthes.**

Appareil excréteur ou néphridien : Néphridiés.

Appareil ciliaire. **} Lophostomés**

Corps mobile, segmenté. **} Vers.**

Corps mou, non segmenté. Pied, manteau, coquille. **} Mollusques.**

Corde dorsale. **} Protochordes. (Tuniciers).**

Squelette interne vertébral. **} Vertébrés.**

CHAPITRE III

LES PROTOZOAIRES

Idée générale. — Les *Protozoaires* sont ainsi nommés parce qu'ils sont les premiers, c'est-à-dire les plus simples de la série animale. Non seulement ils sont petits, si petits qu'on ne peut généralement les voir qu'à l'aide du microscope : mais ils sont complètement dépourvus d'organes. Ce serait donc une erreur de se les représenter comme des miniatures contenant en petit les parties qu'on trouve développées dans les animaux supérieurs : ils n'ont ni membres articulés, ni cœur, ni appareil digestif, etc... Ils sont seulement formés d'une gouttelette de protoplasme semi-fluide, offrant les deux qualités essentielles de la vie animale : la nutrition et le mouvement.

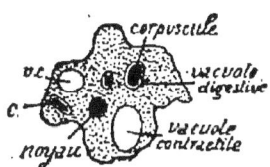

Fig. 20. — *Amibe unicellulaire avec une sorte d'organisation intérieure.*

Il y a aussi, parmi les végétaux, des êtres très simples, composés d'une seule cellule ou de plusieurs cellules semblables. Mais la cellule végétale est toujours enfermée dans une enveloppe de cellulose qui rend ses mouvements impossibles ou difficiles, tandis que les petites cellules animales n'ont qu'une enveloppe très flexible qui permet au protoplasme tous les mouvements.

Dans toutes les classes de Protozoaires, tantôt les cellules vivent isolées (*fig.* 20), tantôt elles sont groupées en colonies (*fig.* 21) : dans ce dernier cas, elles demeurent toutes semblables.

Nous diviserons les Protozoaires en quatre classes : les Rhizopodes, les Sporidiés, les Mégacystidés ou Noctiluques, les Infusoires. Les Rhizopodes et les Infusoires contiennent les types les plus importants.

I. Rhizopodes. — Les *Rhizopodes* sont ainsi appelés parce que leur protoplasme émet des pseudopodes ou prolongements semblables à de petites racines. Ces prolongements servent à l'animal soit pour nager à travers l'eau, soit pour saisir les proies dont il se nourrit : l'animal les émet ou les retire à volonté.

Les **Amibes** sont les plus simples des Rhizopodes. On en voit qui sont complètement dépourvus de membrane enveloppante (*fig.* 22), si bien que les pseudopodes sortent par toute la surface. Examinée à un fort grossissement, la masse de la cellule présente un cer-

Fig. 21. — *Foraminifère* (Globigerina bulloïdes).

Dans ce Protozoaire, les cellules semblables sont groupées en colonie.

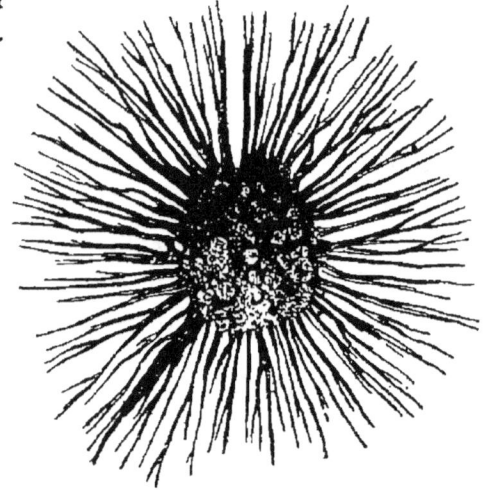

Fig. 22. — *Protozoaire dépourvu de membrane enveloppante : nombreux pseudopodes* Protomyxa aurantiaca).

tain arrangement de parties (*fig.* 23) : au milieu du protoplasme, on distingue un *noyau*, des cavités pleines d'eau ou *vacuoles contractiles* qui produisent la circulation intracellulaire, des *cavités digestives* où les particules alimentaires subissent la transformation nécessaire pour être assimilées. Ces particularités sont intéressantes à noter, parce qu'elles nous montrent comment l'être le plus élémentaire possède, d'une façon rudimentaire, les mêmes opérations que les êtres supérieurs.

Certains Amibes ont une membrane d'enveloppe qui ne permet pas aux pseudopodes de s'étaler sur toute la surface du corps : une ouverture centrale est disposée pour leur livrer passage (*fig.* 24 *et* 25).

Les Foraminifères sont de petits êtres marins, vivant d'ordinaire en colonies à la surface des mers chaudes (*fig.* 26). Chaque cellule est enfermée dans une petite coquille généralement calcaire. Cette coquille présente tantôt une grande ouverture unique, tantôt une foule de petits trous, par lesquels sortent, semblables à des franges, de nombreux pseudopodes. Dans les colonies, les enveloppes calcaires forment des chambres

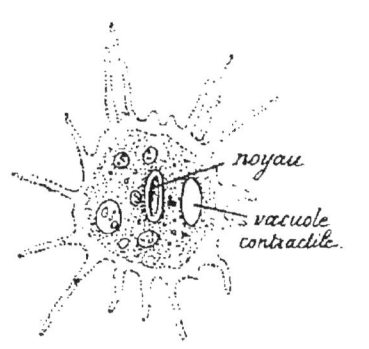

Fig. 23. — *Amibe émettant des pseudopodes par toute sa surface* (Dactylosphæra polypodia).

qui se groupent et se superposent d'une façon très élégante, tantôt en roues ou en spirales, tantôt en bâtonnets ou en chevrons.

Quoique très petits, les Foraminifères ont formé et forment encore d'imposantes assises de terrain. Les princi-

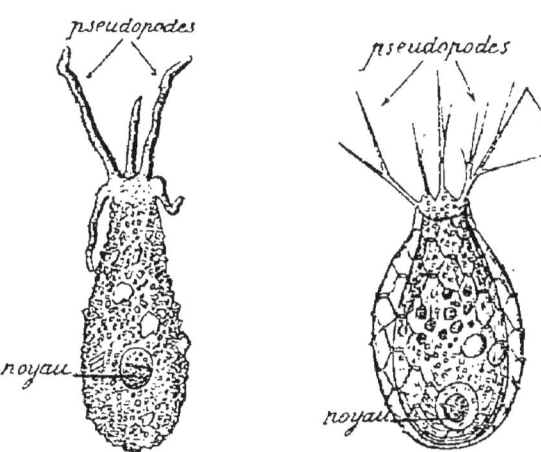

Fig. 24 et 25. — *Amibes émettant des pseudopodes par un seul point de leur corps.*

A gauche (*Difflugia oblonga*), les pseudopodes sont larges et arrondis. — A droite (*Euglypha oblonga*), les pseudopodes sont aigus et ramifiés.

pales espèces sont les *Nummulites*, les *Miliolites*, les *Orbitolites*, les *Globigérines*.

Ce sont les *Globigérines* surtout qui ont déposé la grande masse de craie qui forme le sol solide du bassin parisien. Il fut une époque où une mer calme, chaude, couvrait le nord de la France. D'innombrables globigérines vivaient à la surface. Leurs coquilles calcaires tombant en pluie fine au fond du bassin amoncelaient peu à peu une boue blan-

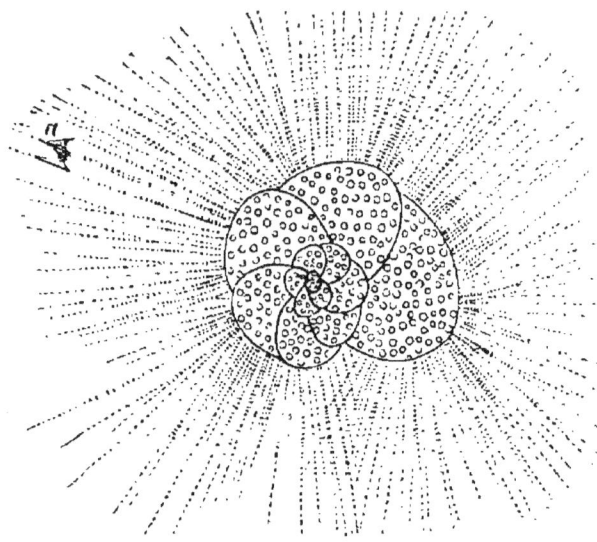

Fig. 26. — *Foraminifère* (Rotalia veneta).

Protozoaire à l'état de colonie : nombreux prolongements en pseudopodes ; en *a*, une diatomée est prise dans le réseau et attirée vers la cavité commune.

che crayeuse. Qu'on mette un peu de craie blanche sous l'objectif d'un puissant microscope, et l'on découvrira les restes assez bien conservés de ces antiques Foraminifères.

Les **Radiolaires** sont aussi de petits êtres marins vivant en compagnie des Foraminifères. Ils apparaissent frangés de longs filaments sur tout leur pourtour (*fig.* 27) : au centre, une capsule sphérique contient un protoplasme plus dense que le reste. Souvent ils sont soutenus par un squelette siliceux formé de crochets, d'épines, ou d'un réseau à mailles régulières. Ils méritent une attention spéciale,

parce que leur squelette a servi à former les silex ou pierres à feu qu'on rencontre dans les terrains crayeux. — Les

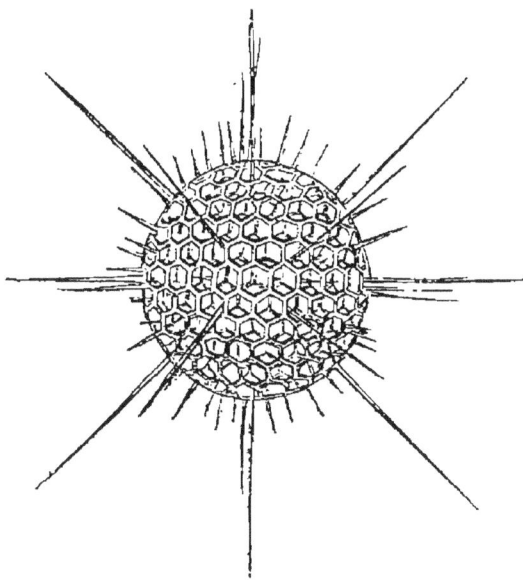

Fig. 27. — *Radiolaire à treillis siliceux* (Heliosphæra echinoïdes).

épines siliceuses des Radiolaires tombaient au fond des
mers avec la bouillie calcaire des Globigérines : le tout

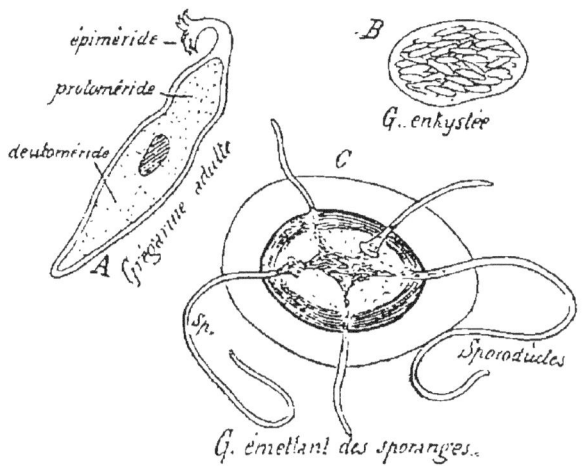

Fig. 28. — *Grégarine parasite des Invertébrés* (Hoplorhynchus).
La Grégarine est représentée à l'état d'adulte (A), enkystée avant la reproduction (B),
puis émettant des sporanges (C).

constituait une pâte à éléments divers. Tandis que tous les éléments calcaires se réunissaient pour former la craie, les éléments siliceux se groupaient, de distance en distance, pour former les silex.

II. **Sporozoaires.** — Les *Sporozoaires* sont à peu près tous des animaux parasites, qui vivent aux dépens d'autres animaux dans les tissus desquels ils s'abritent. — La *Grégarine* (*fig.* 28) est un parasite unicellulaire qui habite le corps de certains Invertébrés, comme le Homard. — Les *Sarcosporidies* (*fig.* 29) sont aussi des êtres unicellulaires

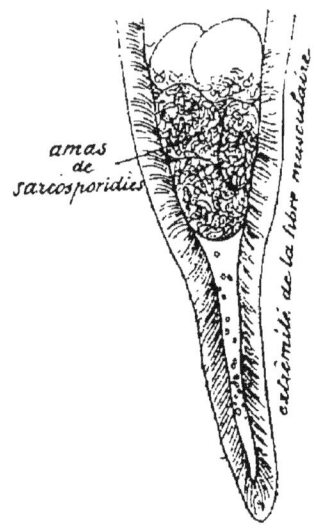

amas de sarcosporidies

extrémité de la fibre musculaire

Fig. 29. — *Sarcosporidies dans une fibre musculaire de Porc* (Sarcocystis).

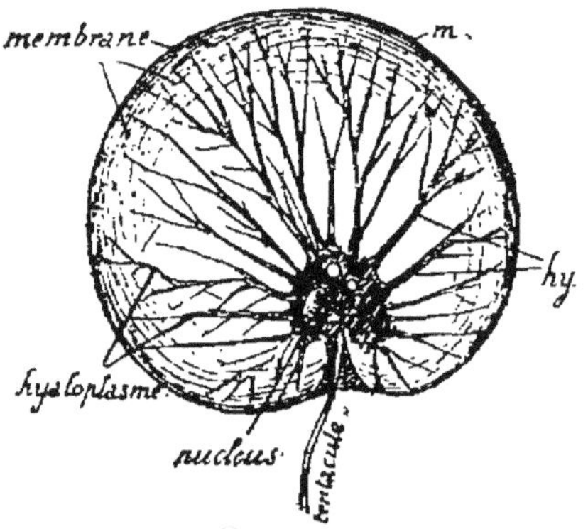

membrane — m.

hy.

hyaloplasme

nucleus

tentacule

Fig. 30.
Noctiluque (Noctiluca miliaris)

qui habitent par troupes innombrables dans les fibres musculaires du Porc. — Nous citerons enfin les *Microsporidies* qui habitent les tissus du Ver à soie et constituent le mal de la *pébrine*. C'est à Pasteur qu'est due la découverte de ces parasites qui ont nui durant tant d'années à l'industrie de la soie en France.

III. **Noctiluques.** — Les *Noctiluques* (*fig.* 30) sont ainsi nommés à cause du pouvoir éclairant ou phosphorescent qu'ils possèdent durant la nuit. Ce sont de petites vésicules, visibles à l'œil nu, grosses comme un grain de millet, contenant un protoplasme ramifié autour du noyau. Un tentacule rétractile leur sert d'organe locomoteur. Comme chaque individu produit 512 spores, les Noctiluques peuvent devenir si nombreux que la mer prenne, pendant le jour, un aspect laiteux et une consistance sirupeuse, pendant la nuit, une teinte lumineuse variant du vert au bleu. Ainsi, la *phosphorescence de la mer* est le fait de ces petits Protozoaires.

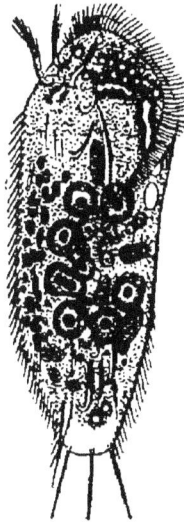

Fig. 31. — *Infusoire cilié* (Stylonychia mytilus).

Des cils nombreux servent à la nutrition et à la locomotion ; d'autres prolongements, plus rigides, ou cirrhes, servent à la même fin.

IV. Infusoires.

— Les *Infusoires*, ainsi nommés parce qu'ils abondent dans les eaux stagnantes où séjournent des matières animales ou végétales, sont les plus élevés des Protozoaires. Ils ont tous une enveloppe, flexible sans doute, mais assez résistante pour garder au petit animal une forme déterminée. Ils sont *ciliés, flagellifères* ou *tentaculifères*.

Les Infusoires ciliés (*fig.* 31) ont leur membrane externe couverte de deux sortes de filaments ; les uns, très grêles, se meuvent sans cesse et avec rapidité : ce sont les *cils vibratiles* ; les autres, plus gros, ont la forme de *rames* ou *crochets*, et ne se meuvent que par la volonté de l'animal. A l'aide de ces instruments, l'animal peut nager, s'accrocher, faire tourbillonner l'eau autour de lui pour attirer les matières alimentaires.

Bien que constitué par une seule cellule, l'Infusoire peut présenter trois ouvertures dans sa membrane d'enveloppe : l'une sert à recevoir les aliments ; la seconde sert à expulser les résidus ; la troisième sert à rejeter l'eau accumulée dans les vacuoles contractiles.

Les Infusoires, généralement libres, se reproduisent avec une incroyable rapidité : en peu d'heures ils pullulent dans les eaux qui contiennent des matières organiques, particulièrement dans les vases à bouquets, qu'ils rendent infects. Cette étonnante multiplication avait porté certains

auteurs à croire que les Infusoires naissaient spontanément et sans germes : les expériences de Pasteur ont dé-
montré que partout où paraît la vie, elle se trouvait préalablement en germe, que tout être vivant naît de parents
semblables à lui.

Les Infusoires **flagellifères** (*fig.* 32) portent, au lieu de
cils, un petit nombre de filaments ou fouets, parfois un
seul. L'un des plus intéressants est le *Codonocladium fla-*

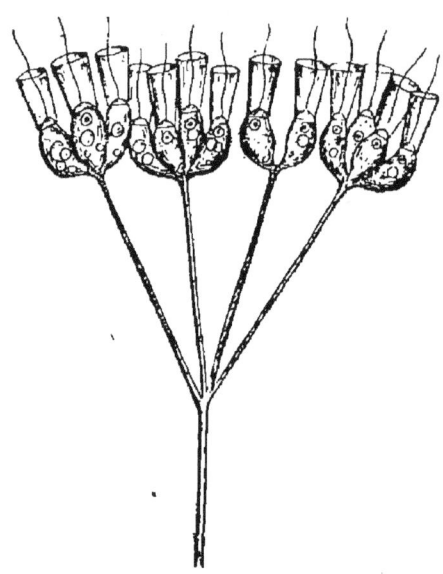

Fig. 32. — *Colonie d'Infusoires flagellifères* (Codonocladium).

gellatum. Les cellules, toutes semblables, vivent en colonie,
portées par un ou plusieurs pédoncules. Autour de l'ouverture buccale, on voit une collerette protoplasmique. Au
milieu paraît le flagellum ou fouet. Les particules alimentaires, attirées ou saisies par le fouet, descendent sur la
paroi de l'entonnoir et parviennent à la surface de la cellule.
Alors une cavité se forme autour de l'aliment qui se trouve
ainsi entraîné dans la masse protoplasmique.

Les Infusoires **tentaculifères** (*fig.* 33) sont aussi appelés
suceurs. Jeunes, ils sont libres et ciliés ; dans l'âge adulte, ils
sont fixés par un pédoncule et armés de tentacules autour

de l'ouverture buccale. Ces tentacules sont de véritables suçoirs : lorsqu'ils sont au contact d'une proie vivante,

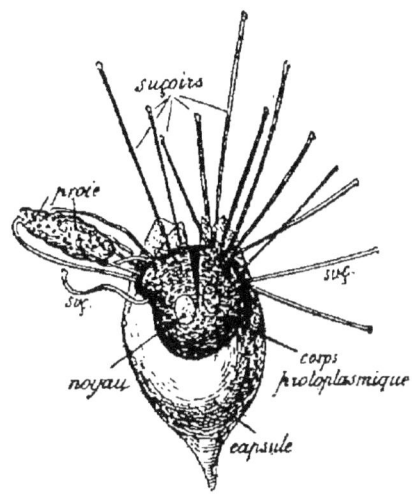

Fig. 33. — *Infusoire tentaculifère* (Acineta mystacina).

ils s'épanouissent à leur extrémité, s'appliquent comme des ventouses, et hument la substance des êtres qu'ils atta- quent.

TABLEAU DES PROTOZOAIRES

1ᵉʳ *sous-embranchement* : **Rhizopodes,** caractérisés par les pseudopodes. — 1ʳᵉ classe : *Amiboïdes ;* pseudopodes courts, peu ramifiés, non anasto- mosés (Monères, Amibes, Arcelles, Difflugies, Euglyphes, Dactylosphères...). — 2ᵉ classe : *Foraminifères ;* pseudopodes fins, ramifiés, anastomosés ; test ordinairement calcaire ; orifice ou *foramen* pour laisser passer les pseudo- podes (Biloculines, Triloculines, Miliolites, Orbitolites, Globigérines, Fusu- lines, Nummulites, Rotalies...). — 3ᵉ classe : *Radiolaires ;* pseudopodes fins, ramifiés, rayonnants ; capsule centrale ; squelette souvent siliceux (Héliosphères...).

2ᵉ *sous-embranchement* : **Sporidiés,** presque tous parasites, sans organes de locomotion. — 1ʳᵉ classe : *Microsporidies* (parasites des Arthropodes ; ex. : pébrine du ver à soie). — 2ᵉ classe : *Myxosporidies* (parasites des Poissons). — 3ᵉ classe : *Sarcosporidies* (parasites des fibres musculaires des Oiseaux et des Mammifères). — 4ᵉ classe : *Grégarinidés* (Grégarines, parasites des Invertébrés).

3ᵉ *sous-embranchement* : **Mégacystidés,** caractérisés par leur taille rela- tivement grande. — Classe unique : *Noctiluques.*

4ᵉ *sous-embranchement* : **Infusoires,** caractérisés par les cils ou les filaments. — 1re classe : *Infusoires ciliés*, munis de cils, de rames et de crochets (Paramécies, Stentors, Vorticelles, Opalines, Kolpodes...). — 2e classe : *Infusoires flagellifères*, munis d'un ou plusieurs filaments ou fouets (Codonocladium...). — 3e classe : *Infusoires tentaculifères*, munis de tentacules suceurs (*Acineta, Podophrya...*).

CHAPITRE IV

LES SPONGIAIRES

Aspect extérieur des Éponges. — Si l'on considère l'*éponge de toilette*, que chacun connaît, il est difficile de se faire une idée bien nette de la constitution des Spongiaires.

En effet, ce que l'on voit alors n'est que le squelette de l'Eponge : c'est une masse de filaments entrecroisés, percée d'innombrables trous de grandeur différente, n'offrant aucune forme régulière d'organisation. Vivante, cette Eponge était fixée au sol, avait une consistance gélatineuse : tous les filaments cornés du squelette étaient revêtus de cellules vivantes armées de cils.

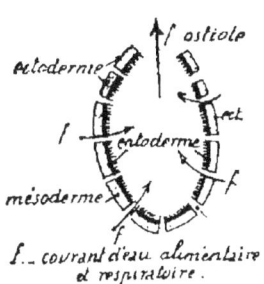

Fig. 34.
Schéma de l'Éponge.

Ce schéma appartient à tous les types, puisqu'il représente seulement les trois tissus, les pores inhalants et l'oscule, avec l'indication du courant d'eau.

De plus, la forme massive n'est point générale parmi les Eponges : tantôt elles sont aplaties et présentent des rameaux juxtaposés comme les doigts de la main; tantôt elles ressemblent à de gracieuses corbeilles ou à des tubes terminés en pommes d'arrosoir.

Surtout, si l'on veut se rendre compte de la façon dont vit une Eponge, c'est un individu très simple qu'il faut considérer.

Comment vivent les Éponges (*fig. 34*). — Prenons pour type l'*Ascetta ciliée*. Elle a la forme d'une corbeille fixée par la base, dont la paroi externe est couverte de cils et dont l'ouverture buccale ou *oscule* est entourée d'une couronne de cils. Supposons tous les cils coupés : alors la corbeille dénudée nous présente : sur ses parois, de nombreux petits trous ou *pores inhalants*; autour des pores,

des spicules ou des filaments qui forment le squelette ;
enfin, au sommet, une plus large ouverture qu'on nomme
ostiole ou *oscule* (*fig.* 35, 36, 37).

L'eau, chargée de matières alimentaires, entre par les
pores inhalants, traverse la cavité de l'Éponge, et sort par
l'oscule. Tandis que l'eau passe, des cellules allongées,
terminées par une collerette au milieu de laquelle s'agite
un fouet ou flagellum, saisissent les aliments : elles se laissent imbiber par les aliments dissous et par l'oxygène ;

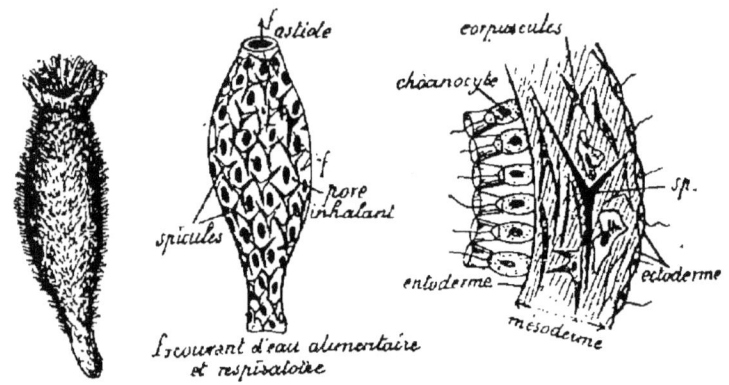

Fig. 35, 36, 37. — *Étude du type Ascon.*

A gauche est représentée une Éponge du type Ascon, avec les cils sur toute la
surface externe et la couronne ciliée autour de l'oscule. — Au milieu, la même
représentée sans les cils, avec les spicules et les pores inhalants mis en évidence.
— A droite, une portion de la même, grossie, et montrant l'ectoderme avec ses
cellules à collerette, le mésoderme avec ses spicules.

elles capturent, à l'aide de leur fouet, les petites proies qui
viennent à leur portée. Pour s'assurer que les choses se
passent bien ainsi, on met une poussière colorée dans l'eau
où vit une Éponge ; on voit que cette poussière entre dans
l'Éponge par les petits trous et qu'elle en sort par l'oscule.

Nous ferons remarquer que les Éponges n'ont ni organes
de locomotion, ni organes de préhension semblables aux
tentacules ; elles sont réduites à prendre la nourriture
qu'amène le courant d'eau qui les traverse ; à peine peut-
on dire qu'elles activent ce courant par le battement des
cils.

Divers degrés de complication. — Dans un type plus

compliqué, la *Sycandra* (*fig.* 38), les cellules à collerette, au lieu de tapisser la surface intérieure de l'Éponge, tapissent de petites corbeilles creusées dans les parois; il semble alors qu'il n'y ait plus une Éponge simple, mais une colonie où chaque corbeille serait un individu. — Dans le type *Leucandra* (*fig.* 39), l'Éponge devient plus compliquée encore, car la paroi est traversée par un réseau de canaux irréguliers, où les corbeilles de cellules à collerette sont nombreuses. Il est bon d'observer que les Éponges pré-

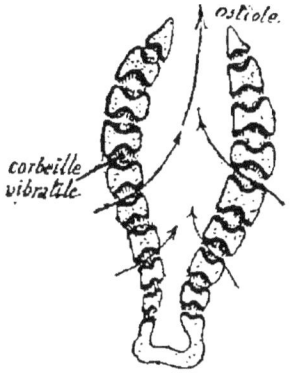

Fig. 38. — *Type Sycon.*

Les cellules flagellifères forment des corbeilles régulièrement disposées le long des pores inhalants.

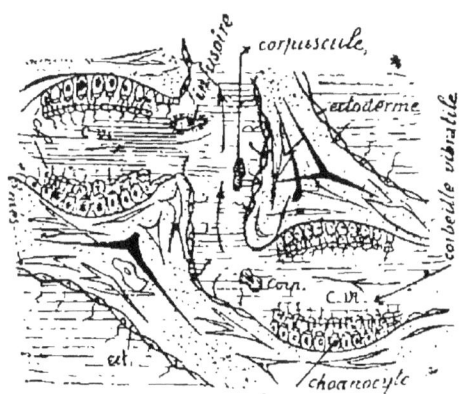

Fig. 39. — *Type Leucon.*

Les corbeilles à cellules flagellifères sont nombreuses et irrégulièrement disséminées.

sentent les premiers linéaments du système nerveux (*fig.* 40).

Les Éponges les plus complexes résultent de l'association des formes simples en colonies : tantôt les individus ne sont unis que par leur base et restent distincts; tantôt les individus s'accolent et se fondent au point de n'être plus reconnaissables. Les trous que l'on remarque alors ne sont pas toujours des cavités gastriques : les uns ne sont que des espaces lacunaires séparant les individus primitifs; d'autres sont des canaux d'alimentation communs à plusieurs individus.

Squelette. — Le *squelette* des Éponges est très variable. Chez un grand nombre il est *calcaire*, formé de spicules rigides sécrétées entre les cellules ciliées du dehors et les cellules à collerette du dedans. Chez d'autres, il est formé de spicules *siliceux*, par con-séquent encore de consis-tance rigide. L'Éponge de toilette a un squelette *corné*, formé de filaments souples entrelacés ; on la pêche dans la Méditerranée et dans la mer des Antilles ; suivant sa provenance, elle est de qualité fort différente. D'au-tres enfin sont *gélatineuses ;* le squelette, formé de spon-

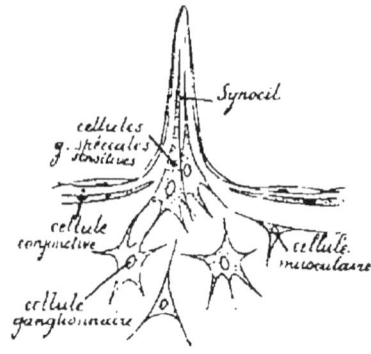

Fig. 40. — *Cellules sensitives de l'Éponge.*

gine, est tout à fait mou ; sur les côtes de France, elles revêtent les rochers d'incrustations violettes.

Multiplication. — Les Éponges se multiplient par des larves et par des bourgeons. A certaines époques, des larves ciliées se déve-loppent et s'échappent par les oscules. Après avoir voyagé quelque temps, chaque larve se fixe et devient une nou-velle Éponge. D'abord simple, elle ressemble à une urne. Mais bientôt, sur la surface, poussent des bourgeons qui se creusent aussi de pores inhalants et d'oscules. En s'accolant, les nou-velles Éponges forment une colonie (*fig.* 41).

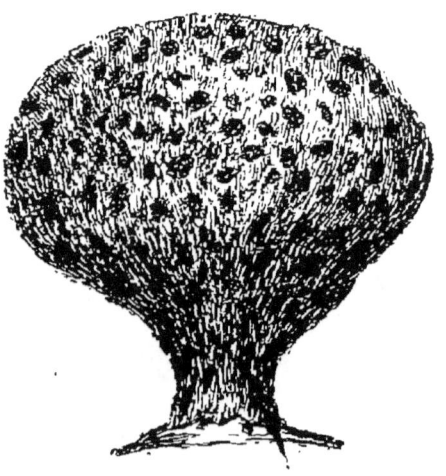

Fig. 41. — *Éponge de Syrie*, dite *Éponge de toilette : colonie globuleuse.*

Usage des Éponges. — Les Éponges sont très recher-chées pour le lavage, à cause de la propriété qu'elles ont d'absorber une grande quantité d'eau et de la céder sous pression. Avant d'être utilisées, il faut que la fermentation

ait détruit leurs cellules vivantes, et que l'acide chlorhy-
drique ait dissous leurs spicules calcaires qui seraient
résistants.

De nombreux essais de *spongiculture* sont restés sans

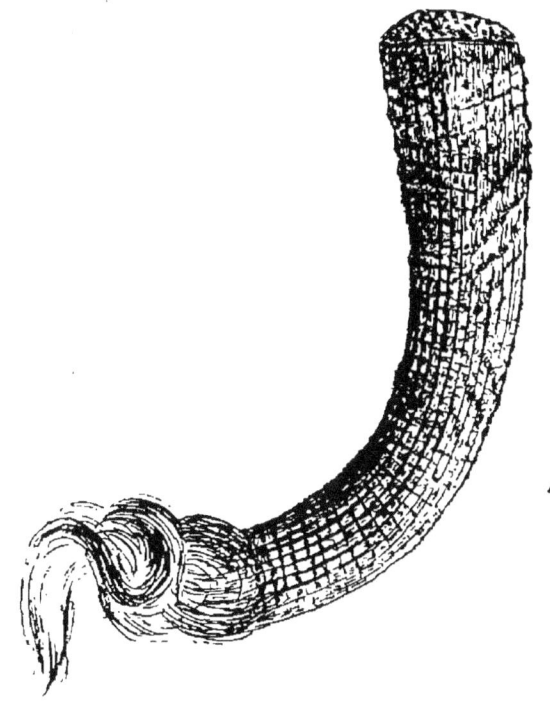

Fig. 42. — *Éponge siliceuse* (Euplectella aspergillum).

succès. Les Éponges les plus estimées sont toujours celles
qu'on pêche sur les côtes de Syrie, dans l'Archipel et dans
l'Adriatique.

L'*Euplectelle*, dont le squelette garde une forme si délicate, n'est estimée que des amateurs (*fig.* 42).

TABLEAU DES SPONGIAIRES

Les Spongiaires se divisent en différentes classes d'après la nature de
leur squelette :

1re *classe.* — **Éponges calcaires**, à spicules exclusivement calcaires :
1er type : *Asconidés*, cavité gastrique tapissée de cellules à collerette
(Ascetta, Homoderma) ; — 2e type : *Syconidés*, canaux aquifères simples

ou corbeilles de cellules à collerette (Sycetta, Sycandra, Grantia). — 3° type: *Leuconidès*, canaux ramifiés à corbeilles multiples (Leucetta, Leucandra).

2° *classe*. — **Éponges non calcaires** : 1° *Éponges siliceuses*, à squelette exclusivement siliceux (Euplectelle arrosoir, Spongille d'eau douce, formant une couche verdâtre sur les bois immergés, comme piliers et portes d'écluses); — 2° *Éponges cornées*, à filaments cornés (Éponge commune...); — 3° *Éponges muqueuses*, à squelette nul (Halisarca, qui teint les rochers en couleur violette).

CHAPITRE V

LES POLYPES.

Caractères généraux. — Les *Polypes* sont ainsi nommés parce qu'ils portent tous des tentacules ou pieds, servant d'organes de préhension, autour de la cavité buccale.

C'est avec raison qu'on les range parmi les Phytozoaires ou animaux-plantes ; car, beaucoup sont fixés au sol comme les plantes, tous ont le corps ramifié comme les plantes, et portent, à certaines époques, des organes qui ressemblent à des fleurs épanouies.

On les mettait autrefois, avec les Spongiaires, dans l'embranchement des Cœlentérés. Ils méritaient cependant de former un embranchement spécial ; ce qui a lieu désormais.

La première raison est tirée de la nature de leur *cavité digestive ;* cette cavité, chez les Polypes, est en forme de sac et ne présente qu'un orifice pour l'entrée et la sortie du courant d'eau ; chez les Éponges, au contraire, l'eau entre par les pores inhalants et sort par les oscules.

La seconde raison est tirée de la présence des tentacules et des nématocystes ; ces deux sortes d'organes appartiennent en propre aux Polypes. — Les *tentacules* sont des rubans plus ou moins longs, qui servent principalement à capturer les proies vivantes. — Les *nématocystes* sont comme des hameçons disséminés sur toute la surface du corps et principalement le long des tentacules. Ils consistent en vésicules contenant : 1° un liquide venimeux ; 2° un tube élastique, enroulé en spirale et tendu comme un ressort. Au moindre choc, la vésicule s'ouvre, le tube se redresse, pénètre comme une pointe dans le corps de l'animal atteint, et y verse le liquide venimeux. Aussi a-t-on bien fait de nommer ces nématocystes *organes urticants*, parce qu'ils produisent des démangeaisons aussi cuisantes que les pointes des orties. Ces masses molles, gélatineuses, appelées Méduses, qui viennent échouer sur les plages, produisent souvent cet effet sur la main qui les saisit.

Nous aurons fait connaître les principales formes de l'embranchement, lorsque nous aurons décrit : l'*Hydre d'eau douce*, l'*Hydractinie*, les *Méduses*, le *Millépore*, le *Corail rouge* et les *Cténophores*.

Hydre d'eau douce. — L'*Hydre d'eau douce* (*fig.* 43),

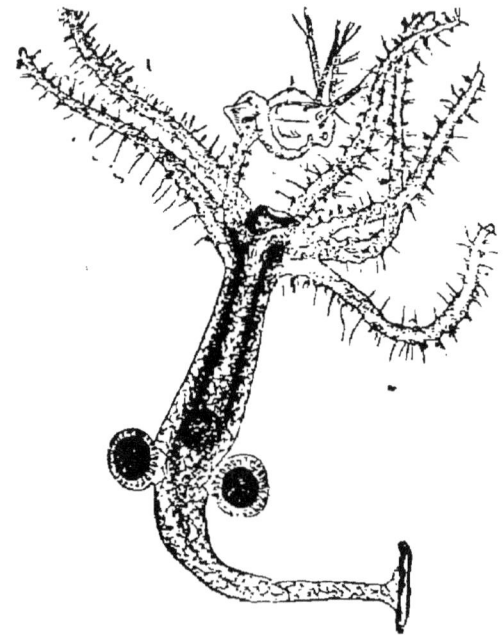

Fig. 43. — *Hydre d'eau douce* (Hydra viridis).

longue tout au plus d'un centimètre, a la forme d'un petit cornet. Fixée par l'extrémité étroite aux feuilles des végétaux aquatiques, elle tend, comme des lignes à pêcheurs à travers l'eau, ses minces et longs tentacules armés de capsules urticantes.

Plusieurs faits montrent que les Hydres sont douées d'une étonnante vitalité. Ainsi on peut les retourner comme un gant : la surface externe, devenue surface digestive, digère fort bien les aliments. Si on les coupe en plusieurs fragments, chaque morceau continue à vivre et devient une

Hydre nouvelle. La multiplication est très rapide : des bourgeons se forment sur la paroi de l'Hydre et poussent comme des rameaux sur une tige de plante ; après avoir vécu quelque temps en communauté avec la mère, ces Hydres filles s'en séparent et vont se fixer ailleurs, où elles vivront pour leur propre compte. A l'automne, des bourgeons spéciaux forment des œufs ; ces œufs passent l'hiver sans souffrir et donnent au printemps de nouvelles Hydres.

Hydractinie. — Il peut arriver que les Hydres filles ne se séparent pas de l'Hydre mère : alors toutes ensemble constituent une colonie assez semblable à un arbre dont chaque feuille serait un animal. De temps à autre, certains individus, plus gros que les autres, laissent échapper des larves ciliées qui vont ailleurs fonder de nouvelles colonies. C'est ce qui arrive en particulier pour l'*Hydractinie*.

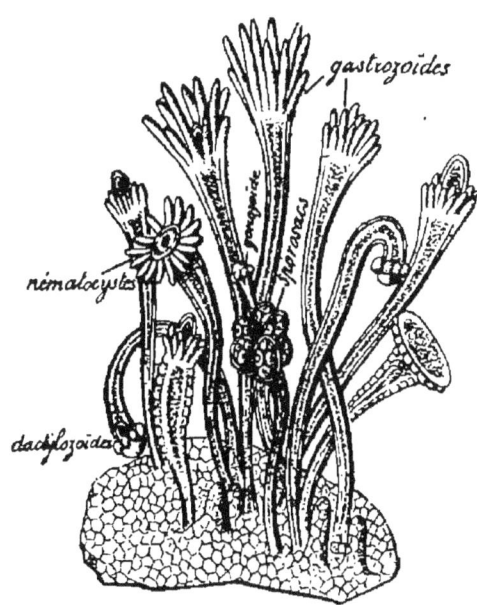

Fig. 44. — *Colonie d'Hydroïdes* (Hydractinia echinata).

Mais nous avons à signaler dans l'Hydractinie (*fig.* 44) un phénomène bien singulier : c'est la *division du travail* entre les différents membres de la colonie. Les uns, les *dactylozoïdes*, jouent le rôle de chasseurs et dirigent vers les gastrozoïdes les proies qu'ils ont capturées ; les *gastrozoïdes* sont principalement appliqués à la digestion des aliments ; d'autres, les *gonozoïdes*, sont les individus reproducteurs : de leurs *sporosacs* sortiront les larves ciliées destinées à fonder d'autres colonies. Tous ces individus communiquent par la base ; là, des canaux de circulation les font participer tous au résultat du travail digestif opéré par les gastrozoïdes.

Méduses. — Mais souvent, au lieu de se disséminer par des larves ciliées, les Polypes se répandent par des *Méduses*.

Les *Méduses* ont d'abord l'aspect de fleurs épanouies sur la colonie de Polypes. Une fois détachées, elles voyagent librement dans l'eau, semblables à des cloches transparentes (*fig.* 45). Au milieu pend un sac ou *manubrium,* ouvert à son extrémité, et destiné à la digestion des aliments. Du fond de ce sac partent quatre canaux qui descendent le long de l'ombrelle et vont aboutir au canal circulaire qui en limite le bord. C'est par là que les aliments digérés dans le sac stomacal se distribuent à toute la masse vivante. Sur les parois du *manubrium* ou sur le trajet des canaux se forment des œufs qui produiront, là où ils tomberont, une nouvelle colonie de Polypes Hydraires. — Du bord de l'ombrelle pen-

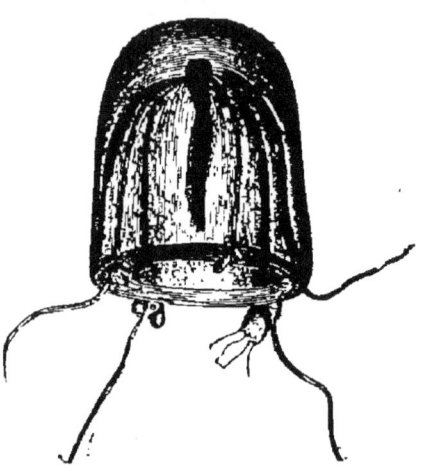

Fig. 45. — *Méduse libre en forme de cloche* (Sarsia prolifera).

Ici les œufs se développent le long du canal circulaire.

dent de longs tentacules armés de capsules urticantes ; des tentacules plus petits entourent l'ouverture du sac stomacal. C'est aussi sur le pourtour de l'ombrelle que se trouvent le système nerveux et les organes de la sensibilité.

C'est par les contractions de l'ombrelle que les Méduses progressent : en se dilatant, les Méduses se remplissent d'eau ; en se contractant, elles produisent un jet d'eau et, par là, une violente réaction sur le fond de l'ombrelle.

En bourgeonnant sur les Polypes, les Méduses se forment aux dépens de cinq individus : l'un donne naissance au *manubrium ;* les quatre autres se soudent pour former l'ombrelle. C'est pour cela qu'on a pu comparer les Méduses à des fleurs gamopétales.

Dans le cas que nous venons d'étudier, la Méduse se forme sur un Polype et donne naissance à des larves qui produisent de nouveaux Polypes ; c'est la caractéristique de la classe des **Hydroïdes**. Dans une autre classe, celle des **Acalèphes** (*fig.* 46), les Méduses naissent directement

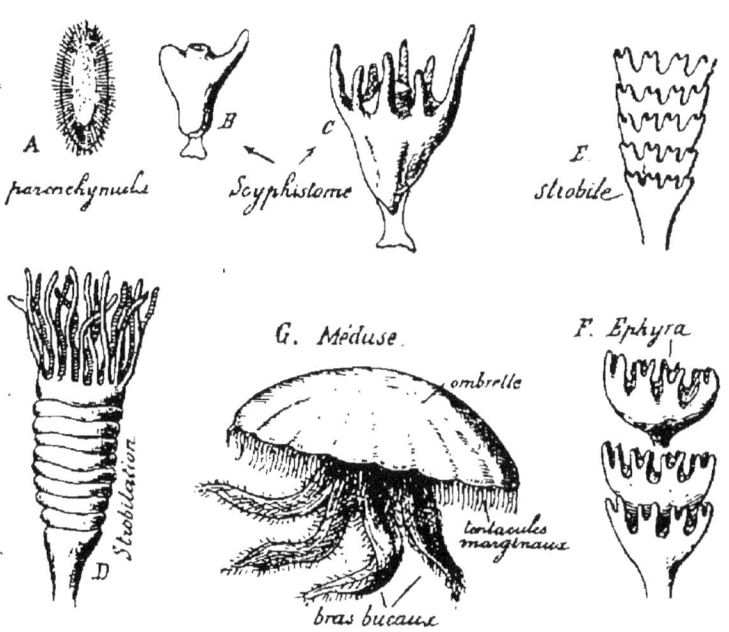

Fig. 46. — *Développement d'une Méduse* (Aurelia aurita).

des larves et produisent des larves ; la phase du Polype se trouve supprimée. Nous en trouvons un exemple dans le développement de l'*Aurelia aurita*.

Siphonophores. — Les Méduses ne produisent pas seulement des œufs et des larves. Certaines espèces donnent naissance, par bourgeonnement, à de nouvelles Méduses. Celles-ci demeurent unies à leurs mères et forment avec elles des colonies flottantes. C'est la classe des *Siphonophores* (*fig.* 47).

Mais, dans ces colonies, la division du travail ne pouvait manquer de se produire. Les individus, tous unis par une

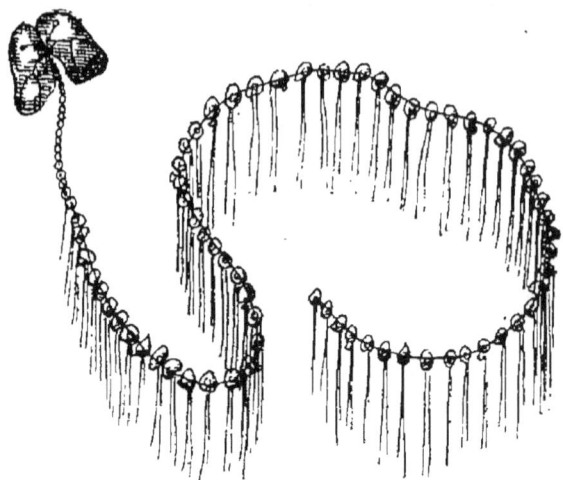

Fig. 47. — *Siphonophore* (Praya diphyes).

longue tige creuse où circulent les aliments digérés, se partagent les fonctions : les uns, *pneumatophores*, se remplissent d'air et servent de vessies natatoires ; d'autres sont exclusivement consacrés à la locomotion, les *cloches natatoires ;* d'autres sont chasseurs et capturent les proies ; d'autres produisent les œufs (*fig.* 48)...

Millépore. — Dans les espèces étudiées jusqu'ici, nous n'avons trouvé que des polypes mous, sans squelette minéral. Dans le *Millépore* (*fig.* 49), outre les polypes mobiles, nous voyons un squelette calcaire ou polypier.

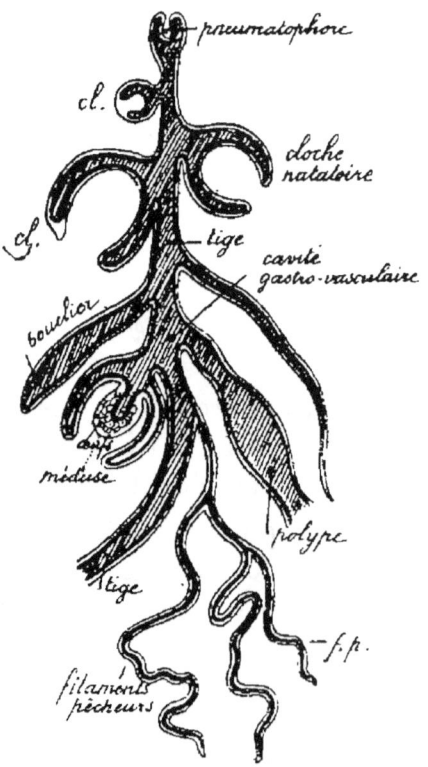

Fig. 48. — *Schéma d'un Siphonophore, montrant les diverses parties.*

Le Millépore non vivant se présente sous la forme d'une pierre percée de mille trous ou pores ; le dedans est aussi tout sillonné de petits canaux. Par les pores de la surface sortaient les polypes du Millépore vivant ; par les canaux intérieurs, les polypes communiquaient entre eux.

Vivant, le Millépore offre l'aspect d'une masse pierreuse, au-dessus de laquelle s'agitent des tiges molles et flexibles. Ces bras mobiles sont de deux sortes : les uns, les *dacty-lozoïdes*, sont des bras armés de tentacules et de capsules urticantes, chargés de saisir la nourriture et de la porter vers une cavité gastrique ou gastrozoïdes ; les autres, les *gastro-zoïdes*, reçoivent les aliments, les digèrent, et, par les canaux intérieurs, en font part à tout le reste de la colonie.

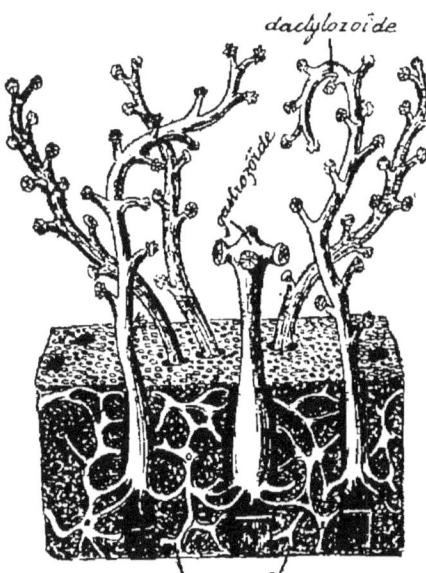

Fig. 49. — *Millépore* (Millepora alicornis).

C'est un Hydrocoralliaire, servant d'intermédiaire entre les Hydroméduses et les Coralliaires.

Corail. — Le Corail (*fig.* 50) est une substance très connue en bijouterie, où elle est utilisée comme ornement. Mais cette pierre, au grain fin et aux vives couleurs, n'est que le squelette minéral d'un polype qui vit sur les rochers, dans les mers assez chaudes, à une faible profondeur.

Le Corail vivant fut d'abord pris pour une plante : car 1° il avait un aspect ramifié comme une branche d'arbre ; et 2° on le vit se couvrir de magnifiques fleurs à huit pétales dentelés sur leur bord. Mais on s'aperçut plus tard que ces fleurs avaient la propriété de s'épanouir à volonté ou de rentrer au dedans de la branche ; on s'aperçut aussi qu'elles ressemblaient aux Méduses. Tandis que, dans une Méduse, les polypes se sont soudés comme les pétales d'une Campanule, on reconnut que, dans le Corail, les polypes demeuraient *distincts* comme les pétales de la corolle du Lis.

Cette fleur épanouie sur la branche est ce qu'on appelle

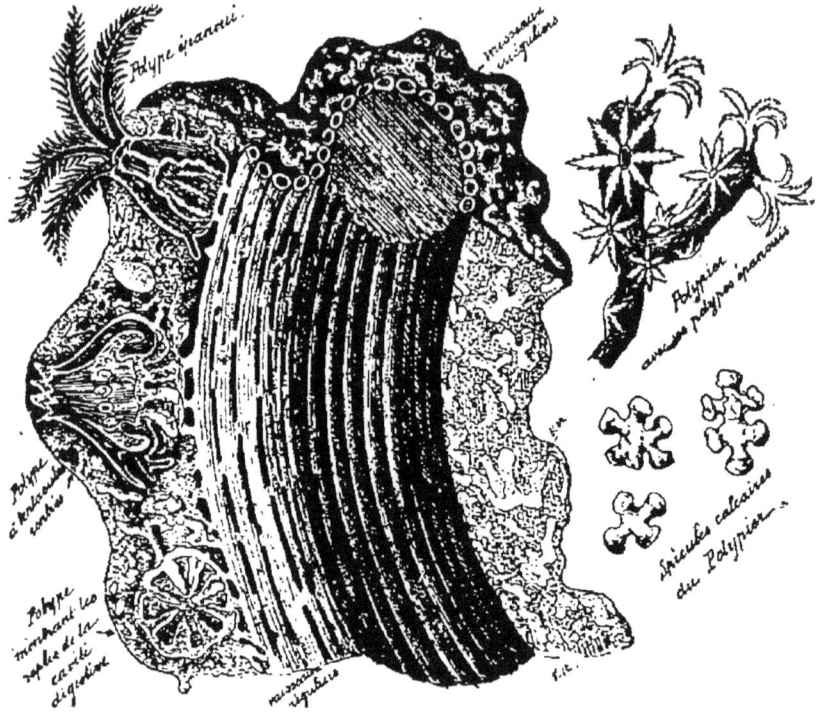

Fig. 50. — *Polype coralliaire* (Corallium rubrum).

A droite, le Polypier est représenté avec ses polypes épanouis; plus bas, les spicules calcaires sécrétés par les polypes et qui donnent au Corail sa consistance dure. — A gauche, le Polypier grossi et ouvert montre : les polypes épanouis et rentrés, les vaisseaux réguliers et irréguliers servant à mettre en commun la nourriture des différents polypes.

un polype du Corail. Les pétales sont libres à leur extrémité, mais ils se soudent à leur base pour former les parois du corps. En même temps ils se fendent dans toute leur longueur, de manière à s'ouvrir tous dans une cavité centrale.

Ainsi l'on distingue autant de *loges* qu'il y a de pétales :

toutes les loges communiquent avec le tube central qui joue le rôle de cavité gastrique.

Les extrémités libres du polype servent de bras préhenseurs qui saisissent les aliments et les dirigent vers la cavité centrale. Là, les aliments sont digérés, puis distribués dans toute la colonie.

Les polypes sont reliés entre eux par un tissu de couleur rouge et par un système compliqué de vaisseaux. Le tissu doit sa couleur à des corpuscules calcaires rouges

Fig. 51. — *Actinies de diverses formes, avec leurs tentacules épanouis.*

dont ses mailles sont remplies. Les vaisseaux sont de deux sortes, les uns réguliers, les autres irréguliers. Tout pied de Corail commence par un seul polype issu d'un œuf. Une fois fixé sur un rocher, ce polype bourgeonne comme une plante et produit d'autres polypes. En même temps, il sécrète une matière pierreuse, composée d'abord de corpuscules ou de spicules isolés, qui se soudent ensuite. C'est ce squelette calcaire ou polypier qui demeure à mesure que la matière vivante disparaît.

La *pêche* du corail se fait surtout dans la Méditerranée, sur les côtes d'Algérie et de Tunisie. L'instrument dont se servent les pêcheurs de corail est le *faubert*, sorte de croix de bois, garnie d'un filet en dessous, avec une grosse pierre au milieu. On promène cette machine le long des rochers, à une profondeur de 25 à 50 mètres : les branches du Corail se brisent et s'accrochent au filet.

Les *usages* du corail sont bien connus. En médecine, on

l'emploie comme dentifrice, après l'avoir réduit en poudre impalpable. Les orfèvres s'en servent pour fabriquer des bijoux, des colliers, des bracelets et autres ornements pour la toilette des dames.

Au Corail se rattachent un grand nombre d'animaux, parmi lesquels nous mentionnerons seulement les Madrépores et les Actinies. — Les *Madrépores*, remarquables par leurs nombreux tentacules, sécrètent des squelettes calcaires qui, en s'accumulant, forment des récifs et même des îles : en formant des anneaux sur le sommet des pics montagneux sous-marins, ils dessinent les *atolls*. — Les *Actinies* ou *Anémones de mer* (fig. 51) ont aussi de nombreux tentacules : mais elles ont le corps mou, et elles sont par là une exception singulière dans leur groupe.

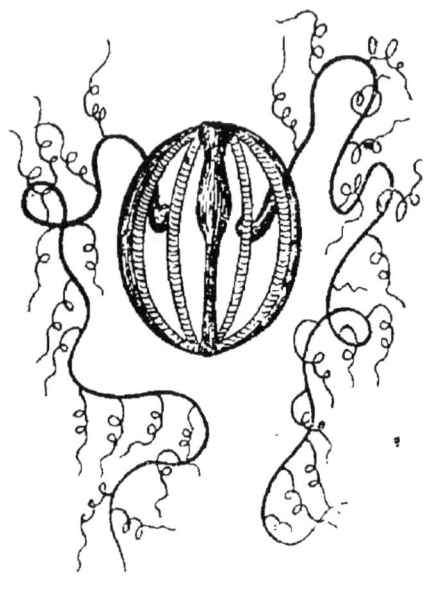

Fig. 52.— *Cténophore* (Cydippe pileus).

Cténophores. — Bien que peu connus du vulgaire, les *Cténophores* méritent d'être mentionnés, parce qu'à eux seuls ils forment toute une classe parmi les Polypes.

Ce sont des animaux mous, transparents, nageurs, ne bourgeonnant jamais. Les uns ont une forme sphérique (fig. 52), d'autres sont cylindriques, quelques-uns rubanés. Ce qui les caractérise et leur a valu leur nom, ce sont des palettes ciliées, en forme de *peignes*, disposées en huit séries longitudinales : ces palettes servent à la locomotion.

Dans certaines espèces, on voit de chaque côté de l'estomac une poche, d'où sort un long tentacule que l'animal rétracte ou fait sortir à volonté : c'est une sorte de fil pêcheur armé d'organes urticants, servant surtout à la préhension des aliments.

TABLEAU DES POLYPES

1re *classe.* — **Hydroméduses**, corps formé d'individus libres ou associés en colonies, toujours dépourvus d'un squelette minéral : 1° *Hydroïdes*, polypes fixés en général ; méduses avec un vélum au bord de l'ombrelle (Hydres , Plumulaire , Sertulaire , Campanulaire , Hydractinie...); — 2° *Acalèphes*, méduses nageuses, sans vélum à l'ombrelle (Lucernaires, Pelagie, Aurélie, Rhizostome...); — 3° *Siphonophores*, colonies flottantes de méduses (Diphyes, Praya, Eudoxella, Physophora, Physalia, Velella).

2e *classe.* — **Anthozoaires**, corps formé, en général, de colonies d'individus pourvus d'un squelette calcaire ou corné (polypier). — 1re *sous-classe:* **Hydrocoralliaires**, gastrozoïdes et dactylozoïdes communiquant par un système de canaux (Millépore, Allopore, Stylaster, Cryptohélie). — 2e *sous-classe :* **Coralliaires**, les cavités des individus associés s'ouvrent dans une cavité commune : 1° *Tétracoralliaires,* à 4 loges, tous fossiles (Calceola du Dévonien); — 2° *Hexacoralliaires* ou *Zoanthaires*, où le nombre des tentacules et des loges est 6 ou un multiple de six : a. *Madréporaires*, pourvus d'un squelette (Porites, Madrépore, Dendrophyllie, Fungia, Astraea, Méandrine, Oculine...); b. *Actiniaires*, sans squelette et fixés aux rochers par un disque pédieux (Actinie, Anémone); — 3° *Octocoralliaires* ou *Alcyonnaires*, à 8 loges et 8 tentacules (Corail, Héliopore, Gorgonie, Tubipore, Vérétille...).

3e *classe.* — **Cténophores**, polypes nageurs, à corps sphérique, cylindrique ou rubané : 1° *Sténostomes*, bouche étroite, 2 tentacules (Hormiphore ou Cydippe, Boline, Ceste...); — 2° *Eurystomes*, bouche large, pas de tentacules (Beroë).

CHAPITRE VI

LES ÉCHINODERMES

Caractères généraux des Échinodermes. — Les *Échinodermes* appartiennent à la série des animaux-plantes ou Phytozoaires, parce que leurs parties sont disposées autour d'un axe comme les branches d'un arbre autour de la tige. Seulement, nous remarquons ici un progrès. Dans les Éponges et les Polypes, les rameaux étaient d'ordinaire irrégulièrement disposés ; dans les Échinodermes, les rameaux sont toujours rayonnants, c'est-à-dire groupés autour de l'axe comme les rayons du cercle autour du centre.

Ils se distinguent des Polypes par d'autres traits encore. La cavité digestive des Polypes est un sac muni d'un seul orifice ; chez les Échinodermes, et chez tous les autres animaux supérieurs, la cavité digestive est un tube plus ou moins compliqué, présentant généralement deux ouvertures, la bouche et l'anus. — Tout le corps des Polypes est couvert d'organes urticants : ces nématocystes font complètement défaut chez les Échinodermes. — Enfin, chez les Polypes, entre le tégument externe et la paroi de la cavité digestive, il n'y avait point de cavité intermédiaire servant à la circulation d'un liquide sanguin ; désormais, cette cavité générale existera chez les Échinodermes et chez tous les autres animaux.

Trois caractères déterminent nettement les Échinodermes : 1° la disposition rayonnée des parties; 2° un tégument calcaire, dur, armé de pointes ou d'épines articulées; 3° un système aquifère, servant à la locomotion, qui projette au dehors des tentacules mous, capables de s'appliquer comme des ventouses aux corps solides.

Nous ferons connaître toutes les variétés d'Échinodermes en décrivant l'*Etoile de mer*, l'*Ophiure*, l'*Oursin*, l'*Holothurie* et la *Comatule*.

Étoile de mer. — L'*Étoile de mer* ou *Astérie* (*fig.* 53) se rencontre sur toutes les côtes, et elle peut aussi vivre au large jusqu'à 5 000 mètres de profondeur. Elle doit son nom à sa forme, qui rappelle par ses rayons la forme d'une étoile. Le corps est large, déprimé, régulièrement divisé en rayons. Ces rayons sont le plus souvent au nombre de cinq : cependant, dans certaines espèces, on en compte

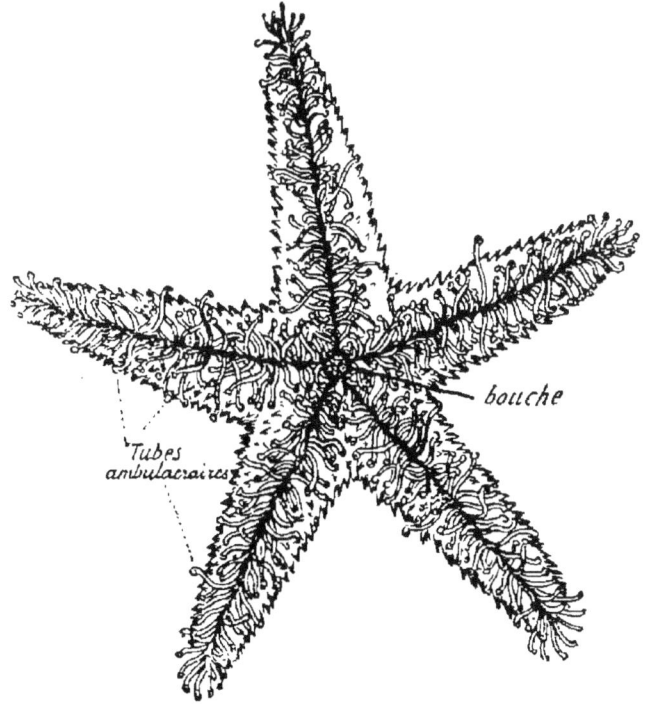

Fig. 53. — *Étoile de mer vue par la face ventrale* (Echinaster sentus).

jusqu'à quarante. L'animal rampe sur le sol, lentement, tantôt dans un sens, tantôt dans un autre, toujours tourné sur la même face qu'on nomme *face ventrale*.

Au milieu de la face ventrale se trouve l'orifice buccal, entouré de suçoirs en forme de tentacules. L'appareil digestif se prolonge par des appendices jusque dans les rayons.

La face inférieure des rayons présente une gouttière plus ou moins profonde ; on y remarque deux ou quatre rangées de tubes membraneux terminés chacun par une ventouse. Ces tubes sont les *pieds ambulacraires* de l'animal (*fig.* 54) ; par eux, il s'accroche aux corps environnants ; en les raccourcissant, il se hisse lentement vers le point où il veut aller. Tantôt ces tubes sont rentrés sous le tégument ; tantôt ils sont projetés au dehors à l'aide d'un appareil interne qui y accumule l'eau à une haute pression. L'eau s'introduit dans ce système de tubes par la *plaque madréporique*, plaque calcaire saillante criblée de petits trous, qu'on remarque sur le dos de la partie centrale.

Un squelette calcaire, enfoui dans la peau et souvent surmonté d'épines, rend dur et résistant le tégument des Étoiles de mer.

On connaît plus de 500 espèces d'Astéries. Elles ne peuvent servir à la nourriture de l'homme. Elles sont carnassières et vivent surtout de Mollusques : elles ravagent particulièrement les bancs de Moules. Elles ont la

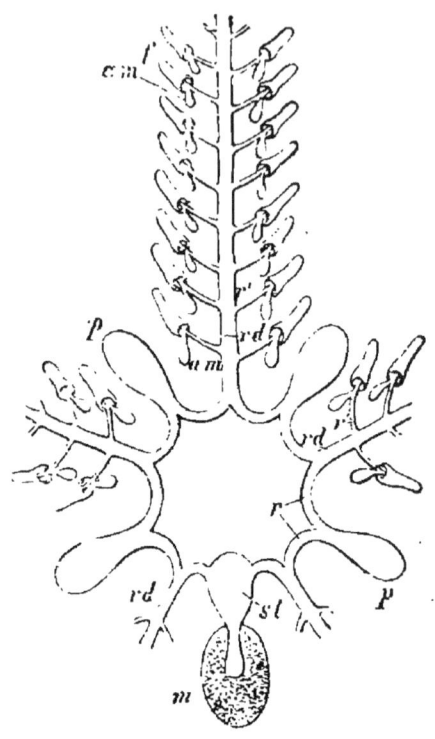

iFg. 54. — *Schéma de l'appareil ambulacraire d'une Étoile de mer.*

r, canal circulaire. — *p*, vésicules de Poli. — *s t*, canal pierreux. — *m*, plaque madréporique. — *f*, pieds ambulacraires. — *a m*, ampoules des pieds ambulacraires. — *r d*, rameaux du canal aquifère dans les rayons. — *r*, petites branches du système.

propriété singulière de reproduire les rayons qui leur ont été enlevés.

Ophiures. — On a longtemps confondu les *Ophiures* (*fig.* 55) avec les Astéries, parce qu'ils ont des bras ou rayons semblables, soudés autour du centre ; plusieurs caractères marquent cependant la différence.

Les bras des Astéries sont épais, peu mobiles, soudés à la base ; ceux des Ophiures sont légers, mobiles comme

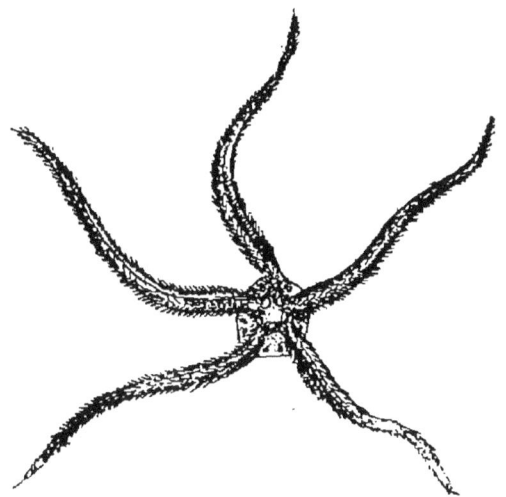

Fig. 55. — *Ophiure* (Amphiura squamata).

des queues de serpents (ce qui leur a valu leur nom), articulés séparément au disque central. — L'estomac des Astéries se prolonge jusque dans les bras : dans les Ophiures, il ne va pas au delà du centre. — Dans les Astéries, les tubes ambulacraires sont disposés sur la face ventrale et, par leurs ventouses, servent à la locomotion ; chez les Ophiures, les tubes ambulacraires font saillie de chaque côté des rayons et sont dépourvus de ventouses : ces animaux rampent sur le sol à l'aide des ondulations de leurs bras.

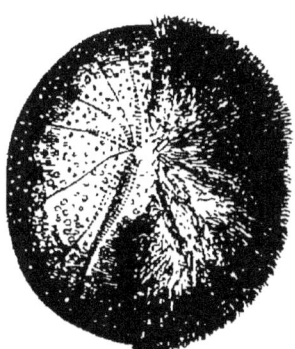

Fig. 56. — *Oursin* (Nucleolites recens).

D'un côté, le test de cet Echinoderme porte encore ses baguettes ; de l'autre côté, il a été mis à nu.

Jamais les bras ne dépassent le nombre de 7 ; mais, dans certaines espèces, comme les Euryales, chacun d'eux se ramifie à l'infini.

Oursins. — Les *Oursins* ou *Châtaignes de mer* (*fig.* 56) semblent, au premier abord, très différents des Astéries et des Ophiures. Leur corps est globuleux, revêtu d'un test calcaire comme une coquille de Mollusque. Ce test est composé de pièces soudées par bandes régulières comme les côtes d'un melon. Sur ces bandes on remarque de petits mamelons qui portent des épines raides.

Mais si on dépouille de ses piquants cette enveloppe solide, on voit que cinq fuseaux régulièrement percés de trous alternent avec cinq autres fuseaux non perforés (*fig.* 57). Les cinq fuseaux percés de trous sont les *ambulacres.* Par ces trous, en effet, sortent les pieds tubuleux du système aquifère, susceptibles de s'allonger au delà des piquants

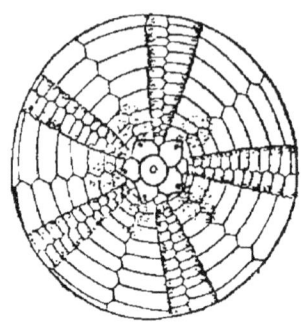

Fig. 57.— *Enveloppe d'Oursin, mise à nu, montrant les fuseaux percés de trous et les fuseaux non perforés.*

et de s'appliquer par leurs ventouses sur les corps solides. — Si nous admettons que les fuseaux perforés correspondent aux bras de l'Étoile de mer, et les fuseaux imperforés aux intervalles de ces bras, nous aurons établi une vraie ressemblance entre les Astéries et les Oursins.

La bouche occupe le centre de la face inférieure ; elle est ordinairement armée de cinq dents. L'anus est à l'opposé : près de l'anus est la plaque madréporique criblée de trous, pour l'introduction de l'eau dans le système aquifère. Notons que certains

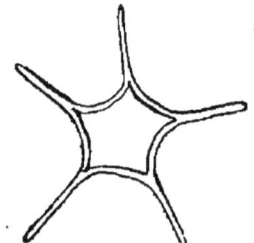

Fig. 58.— *Système nerveux rayonné des Échinodermes.*

Oursins irréguliers ont les ouvertures du tube digestif différemment placées.

Le système nerveux consiste en un anneau renflé en cinq ganglions (*fig.* 58) ; de chaque ganglion part un cordon nerveux qui se répand dans les fuseaux ambulacraires.

Les Oursins sont tous marins. A marée basse, on les trouve dans les fentes des pierres, entre les plantes marines ou sur le sable. L'*Oursin comestible* est le plus connu : il a la grosseur et la forme d'une pomme ordinaire ; ses piquants sont courts, rayés, ordinairement violets. Certains gourmets le regardent comme un mets délicat : ils le mangent comme un œuf à la coque, en y trempant des mouillettes de pain. — Les Oursins se nourrissent d'algues marines et de petits mollusques.

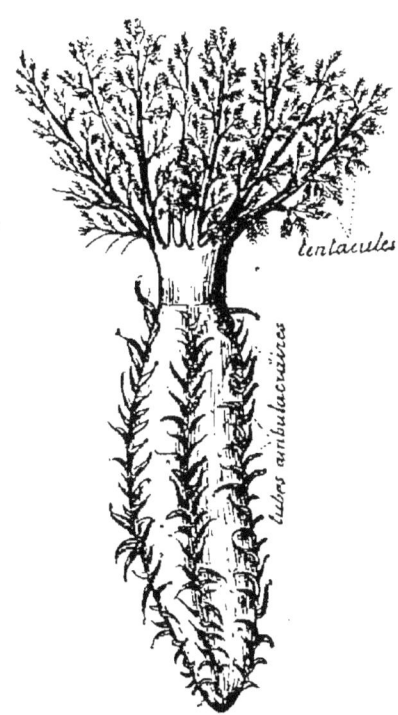

Fig. 59. — *Holothurie avec ses tentacules épanouis* (Cucumaria).

Holothuries. — Les *Holothuries* ou *Concombres de mer* (*fig.* 59) ont le corps allongé en forme de concombre. Leur peau est épaisse, parce qu'elle est bourrée de spicules calcaires : mais elle est flexible, et non raide comme le test des Oursins, parce que ces spicules ne sont pas soudés entre eux. Malgré l'aspect vermifore des Holothuries, on reconnaît en elles des Échinodermes, parce que leur corps présente cinq séries longitudinales de trous par lesquels sortent les tubes ambulacraires ; ces tubes ou tentacules sont terminés par des cupules qui s'appliquent comme des ventouses aux corps solides.

L'extrémité antérieure est creusée d'un entonnoir, au fond duquel est la bouche. Autour de la bouche est une couronne de tentacules ramifiés qui s'épanouissent ou se rétractent à la volonté de l'animal. Le tube digestif, d'un calibre presque égal sur toute sa longueur, se termine dans un cloaque. Là se greffe l'organe respiratoire, une sorte d'arbre creux très ramifié, qui se remplit et se vide d'eau alternativement (*fig.* 60).

Les Holothuries sont toutes marines; elles se nourris-

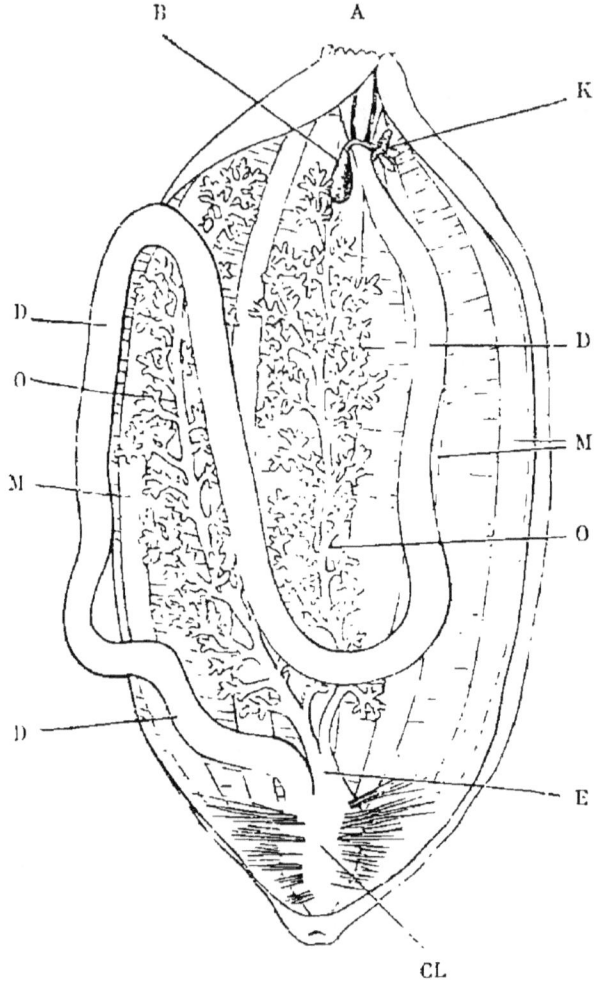

Fig. 60. — *Structure intérieure d'une Holoturie.*

a, la bouche. — *d*, tube intestinal. — *cl*, cloaque. — *oo*, organe ramifié servant à la respiration. — *c*, lieu où cet organe aboutit au cloaque. — *m*, muscles longitudinaux. — *h*, vésicule de Poli. — *l*, canal pierreux.

sent de petits animaux, qu'elles saisissent à l'aide des tentacules buccaux. Elles vivent sur les rochers, où elles rampent à l'aide de leurs tubes ambulacraires. Les Holothuries sont recherchées sur les bords de la Méditerranée par les gens du peuple, qui les mangent. Mais, dans la mer de Chine et aux Moluques, la pêche en est très active ; l'*Holothurie trépang*, surtout, passe pour avoir des propriétés merveilleuses, et c'est pour cela qu'en Chine on en fait une grande consommation.

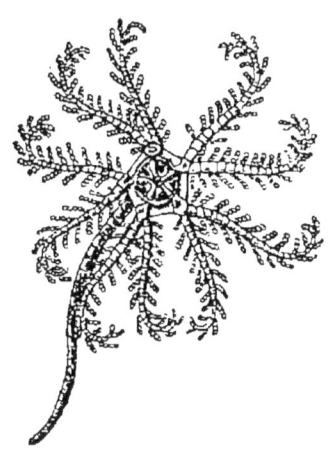

Fig. 61. — *Comatule vue par en haut, représentée avec son pédoncule* (Antedor rosacea).

Crinoïdes. — La *Comatule* (*fig.* 61) peut être prise comme le type de la classe des *Crinoïdes*. Elle ressemble aux Astéries et aux Ophiures par ses bras rayonnants, souvent au nombre de dix. Mais elle s'en distingue parce qu'elle a la bouche tournée en haut et parce qu'elle est fixée, jusqu'à l'état adulte, aux roches et aux plantes marines par des appendices articulés de la région dorsale. Même lorsqu'elle devient libre, la Comatule garde la même attitude.

Dans certaines Crinoïdes, les Pentacrines par exemple, le pédoncule grandit durant toute la vie de l'animal et demeure toujours attaché au sol. L'animal se balance alors dans les eaux à l'extrémité de cette tige comme la fleur du Lis : de là est venu à cette classe le nom de Crinoïdes.

Les Crinoïdes ont été très nombreux dans les temps géologiques : leurs débris calcaires accumulés forment, en Lorraine surtout, le beau *calcaire à entroques*.

TABLEAU DES ÉCHINODERMES

1re *classe*. — **Stellérides** ou **Astéries**, libres, à corps étoilé, appareil digestif sacciforme, bras larges et se fusionnant en un disque médian, ambulacres sur la face inférieure des bras : 1° *Tétrasériés*, quatre rangées ou plus de tubes ambulacraires (Astérias, Heliaster...) ; — 2° *Bisériés*, deux rangées de tubes (Echinaster, Solaster, Asterina, Astropecten, Brisinga).

2e *classe*. — **Ophiurides**, libres, corps étoilé, appareil digestif sacci-

forme, bras grêles, simples ou ramifiés, distincts du disque central :
1° *Ophiures*, bras simples (Ophiura, Amphiura, Ophiothrix);— 2° *Euryales*,
bras ramifiés et volubiles (Euryale, Astrophyton...).

3° *classe.* — **Échinides**, libres, sans bras, globuleux, test calcaire
continu, hérissé de piquants : 1° *Oursins réguliers*, bouche et anus opposés :
Échinidés (Oursin melon, Oursin commun...); *Cidaridés* (Cidaris, Salenia...);
— 2° *Oursins irréguliers*, bouche et anus non opposés (Clypeaster, Scutel-
lides, Spatangues, Ananchytes, Échinolampas...).

4° *classe.* — **Holothurides**, libres, sans bras, allongés, squelette non
continu, peau bourrée de spicules calcaires, couronne de tentacules :
1° *Pédieux*, tubes ambulacraires saillants au dehors (Holothuria, Cucumaria
Psolus...); — 2° *Apodes*, sans tubes ambulacraires ancrés dans la peau
(Synaptes).

5° *classe.* — **Crinoïdes**, fixés, munis de bras simples ou ramifiés :
1° *Paléocrinoïdes*, genres fossiles (Encrinites, Cyathocrinus...); — 2° *Néo-
crinoïdes* (Comatule, Pentacrine, Rhizocrine).

CHAPITRE VII

LES ARTHROPODES

Caractères généraux des Arthropodes. — Trois mots suffisent à caractériser les Arthropodes : ce sont des animaux à *symétrie bilatérale, revêtus de chitine, munis de membres articulés.* Ils constituent, en effet, le premier embranchement des Artiozoaires ; leurs parties, au lieu d'être ramifiées comme chez les animaux-plantes ou Phytozoaires, se disposent sur une même ligne; de plus, les parties se produisent en double, si bien que, à droite et gauche de l'axe longitudinal, on trouve les mêmes éléments placés à la même distance de l'axe. — Leurs téguments sont couverts d'une épaisse couche de chitine, qui se continue sur les parois du tube digestif et des autres organes internes en communication avec l'extérieur ; aussi forment-ils le premier groupe des Chitinophores. — Enfin, par les membres articulés qu'ils portent, ils se distinguent des Némathelminthes, qui sont aussi revêtus de chitine.

Le corps des Arthropodes est formé d'*anneaux* rangés sur une même ligne ; ces anneaux sont tantôt distincts, tantôt soudés. — Le *tube digestif* a toujours deux orifices ; des appendices masticateurs saisissent les aliments, les broient et les portent à la bouche. — La *respiration* se fait par la peau et par des appareils spéciaux, branchies ou trachées. — Le sang, généralement incolore, *circule* dans les lacunes des tissus sous l'action d'un cœur ou vaisseau dorsal en forme de sac ou de tube. — Des canaux ou organes segmentaires remplissent le même rôle excréteur que les reins chez l'homme.

Les Arthropodes sont à peu près tous libres ; ils se *meuvent* à l'aide de leurs membres articulés. Parmi les *sens,* les yeux ont acquis le plus de perfection. Le système nerveux consiste en une chaîne rectiligne de ganglions, toujours placée au-dessous de l'appareil digestif, et reliée par un collier œsophagien à des ganglions cérébroïdes situés dans la tête.

Nous ferons connaître chaque classe par la description des types les plus caractéristiques ou les plus intéressants.

On distingue aujourd'hui deux classes d'Arthropodes aquatiques ou *branchiates* : les *Mérostomacés* et les *Crustacés ;* quatre classes d'Arthropodes aériens ou *trachéates :* les *Arachnides*, les *Onychophores*, les *Myriapodes* et les *Insectes*.

CLASSE DES **MÉROSTOMACÉS**

Les Limules. — Les *Limules (fig.* 62) ou *Crabes des Moluques* sont les seuls représentants actuels de la classe des Mérostomacés. Ils sont placés au rang inférieur des Arthropodes, parce que leurs membres articulés, tous terminés par des pinces, n'ont subi aucune différenciation.

Ces animaux ont le corps recouvert par un large bouclier céphalothoracique, derrière lequel se trouve un bouclier plus petit qui correspond à l'abdomen et se termine par un stylet.

Sous le premier bouclier, on remarque six paires de membres qui entourent la bouche : ils sont terminés en pince et servent à la division des aliments. Le bouclier abdominal est armé de chaque côté d'aiguillons mobiles. Les anneaux de l'abdomen sont soudés, sauf le der-

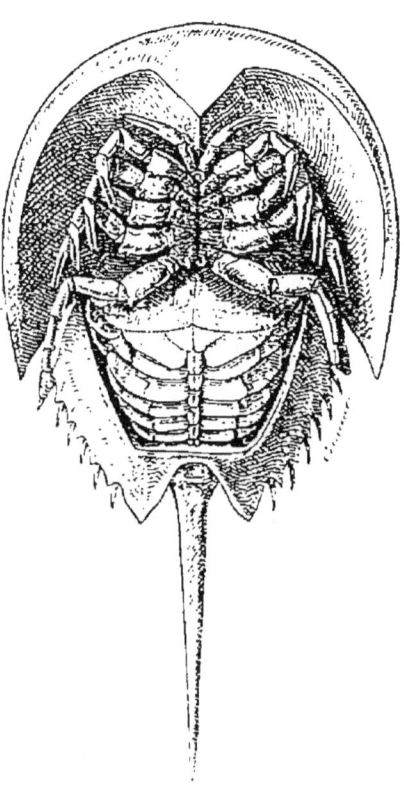

Fig. 62. — *Limule* (Limulus rotundicauda).

nier, qui porte l'aiguillon caudal : les appendices munis de lamelles servent d'appareil branchial pour la respiration.

Le Crabe des Moluques habite les mers chaudes. Sa chair est très goûtée des sauvages, qui usent de sa cara-

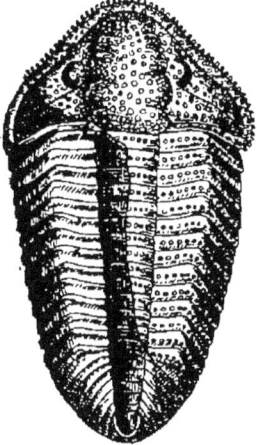

Fig. 63. — *Trilobite* (Calymene Blumenbachi).

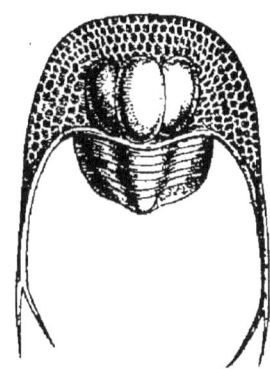

Fig. 64. — *Trilobite* (Trinucleus Pongerardi).

pace comme d'une cuillère. Le stylet caudal est utilisé par eux en guise de pointe de flèche.

Les Trilobites. — Les *Limules* n'ont d'intérêt pour nous qu'à cause des *Trilobites* qui ont laissé de si nombreuses traces dans les terrains primaires. Les Trilobites (*fig*. 63 et 64) sont ainsi nommés parce qu'ils apparaissent formés de trois lobes, tant dans le sens longitudinal que dans le sens transversal. A part l'aiguillon caudal, qui leur faisait défaut, ils avaient tous les caractères des Limules.

CLASSE DES CRUSTACÉS

Les *Crustacés* sont des Arthropodes aquatiques, respirant par des branchies. Leurs membres articulés diffèrent entre eux suivant la région du corps où ils se trouvent. Une enveloppe chitineuse imprégnée de calcaire revêt leur corps d'une sorte de *croûte :* de là est venu leur nom. La description de l'Écrevisse (*fig.* 65) nous en donnera les principaux caractères.

L'Écrevisse. — *Régions du corps.* — Vue du côté dorsal,

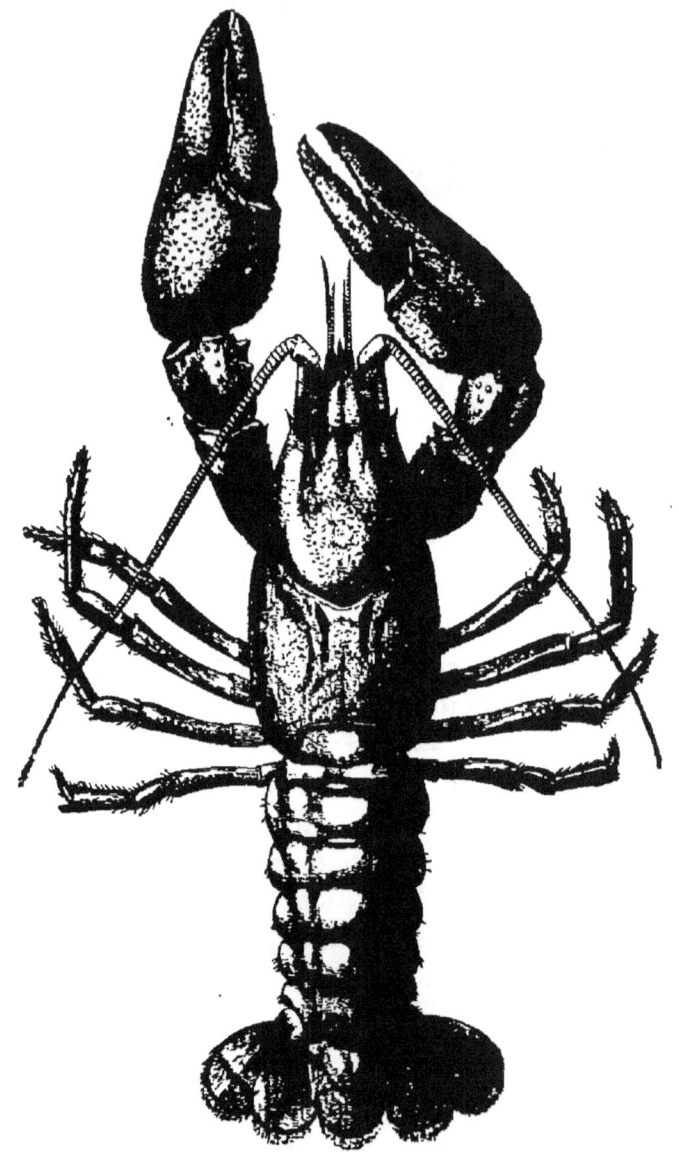

Fig. 65. — *Écrevisse* (Astacus fluviatilis).

l'Écrevisse paraît composée de deux parties seulement : une partie antérieure, ou *céphalothorax*, que recouvre un tégument rigide d'une seule pièce ; une partie postérieure, ou *abdomen*, formée de sept anneaux non soudés entre eux. — Mais, considérée du côté ventral, la partie antérieure se décompose elle-même en deux régions : le *thorax*, qui porte cinq paires de pattes à peu près semblables et se montre formée de cinq segments soudés ensemble ; la *tête*, qui porte six paires d'appendices masticateurs et deux paires d'antennes, et doit se composer de huit anneaux soudés.

Appendices. — Tous les appendices sont à peu près composés des mêmes parties, occupant les mêmes positions relatives ; tous construits sur le même modèle, ils se sont modifiés pour s'adapter à des fonctions diverses. — La *tête* porte huit paires d'appendices : deux paires d'*antennes*, inégales en longueur, qui servent à palper ; six paires d'*organes masticateurs*, qui passent graduellement à la forme de pattes. — Le *thorax* porte cinq paires de pattes ; la première, plus volumineuse, se termine en une pince ou serre dentelée à son bord interne. — L'*abdomen* porte sept paires de toutes petites pattes, qui servent soit à la natation, soit à retenir les œufs ; les dernières paires, composées de lames plates et élargies, forment une puissante rame en éventail à l'extrémité du corps.

Branchies. — Si l'on enlève le demi-étui qui sert de carapace au céphalo-thorax, on met alors à nu les organes internes. Ce qui frappe surtout, ce sont des organes arborescents ou branchies, qui servent à la respiration. C'est là que le sang vient puiser l'oxygène dissous dans l'eau.

Les yeux. — Sur la partie antérieure du céphalo-thorax, deux pédoncules mobiles portent des yeux sphériques. Ce sont des yeux composés, à facettes, comme ceux des insectes.

Mues. — L'Écrevisse, ainsi que tous les Crustacés, étant enfermée dans une enveloppe rigide, ne peut s'accroître sans subir des *mues*. Les mues consistent en changement de téguments. Dans la première année de son existence, l'Écrevisse change trois fois de peau : chaque mue est suivie d'un accroissement rapide de l'animal. Après la première année, les mues sont annuelles, plus rares chez les vieilles

Écrevisses. Après la mue, l'Écrevisse est molle et sans défense ; elle est craintive et se cache dans des trous.

Mœurs. — L'Écrevisse de rivière habite les eaux douces d'Europe. Elle habite sous des pierres ou dans des trous, d'où elle ne sort que pour chercher les larves d'insectes, les mollusques et les matières organiques dont elle fait sa nourriture. Elle peut marcher en avant, à reculons ou de côté : mais elle nage toujours à reculons. On croit qu'elle peut vivre plus de vingt ans.

On la pêche, tantôt à la main, tantôt à l'aide de filets, tantôt avec des fagots dans lesquels on l'attire par un

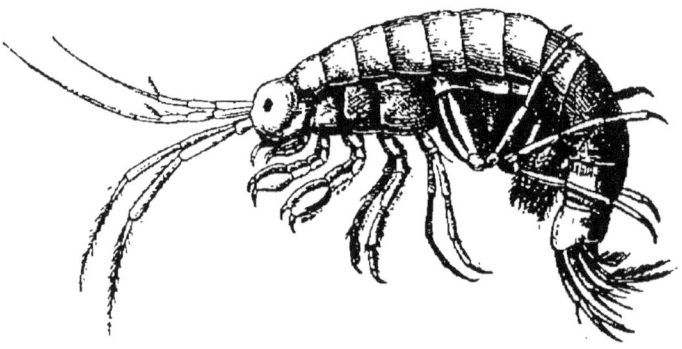

Fig. 66. — *Crevettine des ruisseaux* (Gammarus).

appât de chair putréfiée. Les Écrevisses les plus estimées pour la table sont celles qui habitent les eaux vives.

Quelques particularités sur divers Crustacés. — Le *Homard* est très voisin de l'Écrevisse ; il s'en distingue surtout par sa grande taille et par son habitat marin. — **La** *Langouste* diffère du homard par ses antennes qui sont très longues, et par ses pattes antérieures qui sont dépourvues de pinces.—Les *Crevettes* ont un test délicat et à demi transparent ; leur front s'allonge et se termine en pointe dentelée ; leurs pattes abdominales deviennent de **véritables** nageoires.

La *Crevettine de ruisseau* (*fig.* 66) vit dans les **eaux** courantes : sa carapace est peu développée.

Le *Crabe* n'a point le même aspect que l'Écrevisse ; on
ne voit d'abord en lui que le céphalo-thorax : c'est que
l'abdomen, mal protégé par son tégument, s'est replié et est
venu s'abriter sous la carapace. Quand on suit le dévelop-

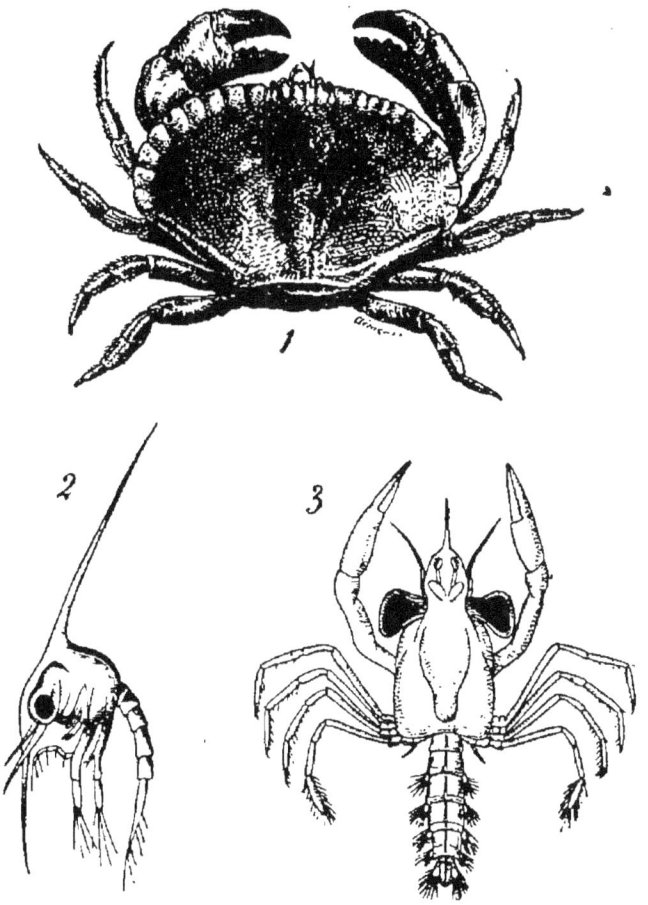

Fig. 67, 68, 69. — *Crabe.*

1, Crabe adulte (*Cancer Pagurus* ou Crabe Tourteau). — 2, la phase *Zoé* de l'évolution d'un Crabe. — 3, la phase Mégalope du Crabe *Portunus*, où l'on voit que
les anneaux de l'abdomen ne sont pas encore repliés sous le céphalo-thorax.

pement du Crabe, on le voit passer par une phase où les
parties de son corps sont dans les mêmes proportions que
dans l'Écrevisse (*fig.* 67, 68, 69).

Le *Pagure* ou *Bernard l'Ermite* obvie d'une autre façon

à l'inconvénient d'avoir un abdomen mal protégé. Il l'abrite dans une coquille vide de mollusque, qu'il traîne partout avec lui et dont il défend l'entrée à l'aide de ses pinces.

Le *Branchippe* (*fig.* 70), assez analogue aux Crevettes, a toutes ses pattes pourvues de rames lamelleuses, qui servent aussi de branchies pour la respiration.

Enfin on rattache aux Crustacés les *Cirripèdes* (Anatife), qui se fixent aux rochers dans l'âge adulte. Leur corps est

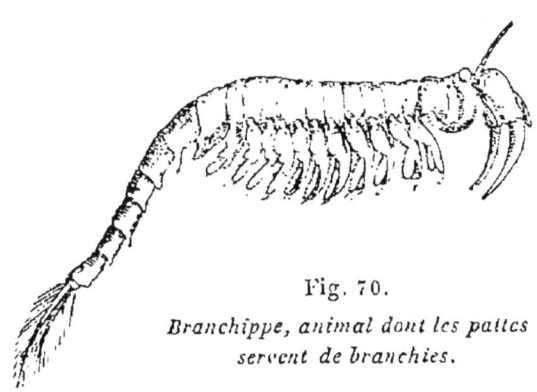

Fig. 70.
*Branchippe, animal dont les pattes
servent de branchies.*

renfermé en tout ou en partie dans une espèce de coquille multivalve. On remarque en eux six paires de pattes bifurquées, ou *cirres,* rendues très mobiles par de nombreuses articulations (*fig.* 71, 72, 73.)

CLASSE DES **ARACHNIDES**

Les *Arachnides* sont des Arthropodes aériens, respirant par des trachées. Le corps est divisé en deux parties, le céphalothorax et l'abdomen. Le céphalothorax porte six paires de membres articulés ; les deux premières sont préhensiles, les quatre autres sont locomotrices. Nous décrirons, pour faire connaître les divers degrés de cette classe, le *Scorpion,* l'*Araignée*, l'*Acarus de la gale* et les *Tardigrades.*

Le Scorpion. — Le corps du *Scorpion* (*fig.* 74) se compose d'au moins dix-huit segments ou anneaux. Les six premiers, soudés ensemble, forment le céphalothorax et portent les six paires d'appendices. Les sept suivants, articulés et mobiles, forment l'abdomen. Les six derniers constituent la queue; le dernier se termine par un aiguillon venimeux.

Les *appendices,* au nombre de six paires, se décomposent

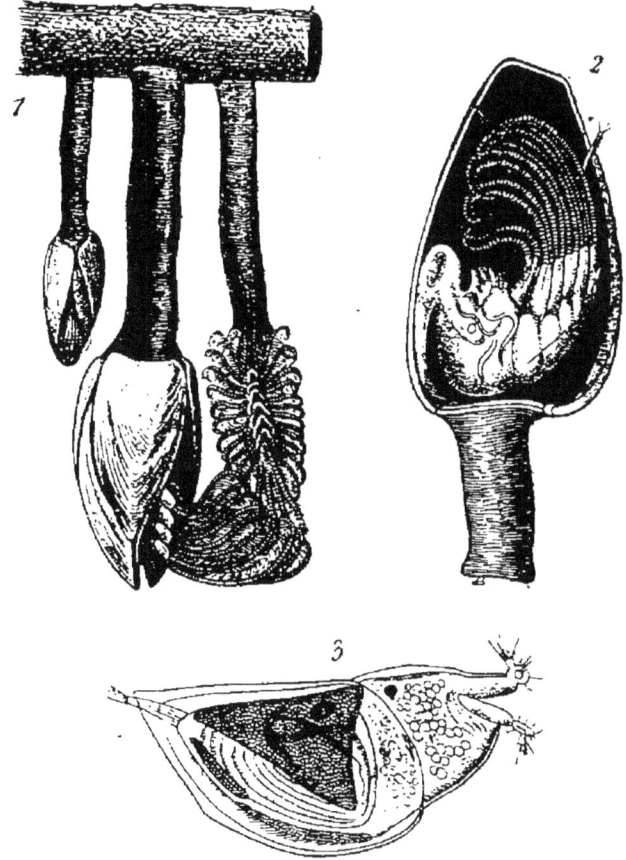

Fig. 71, 72, 73. — *Cirripèdes* (Lepas anatifera).
1, groupe d'anatifes flottants. — 2, un individu isolé, la carapace ouverte.
3, anatife jeune.

comme il suit : une paire de petites pinces ou griffes; une paire de pattes-mâchoires armées de pinces considérables; quatre paires de pattes locomotrices.

Les Scorpions ont une paire de gros yeux sur le milieu du céphalothorax, et de deux à cinq paires d'yeux plus petits sur le bord antérieur de la même partie. — La respiration ne se fait point par de vraies trachées, mais par des sacs pulmonaires qui se mettent en communication avec l'air extérieur par des stigmates placés de chaque côté de l'abdomen.

Mœurs. — Les Scorpions vivent dans les régions chaudes de l'Europe et de l'Afrique : ils habitent sous les pierres, dans les troncs d'arbre et jusque dans les maisons. Ils courent très vite, tenant leur queue élevée au-dessus du dos, la dirigeant à leur gré contre leurs ennemis ou contre eurs proies. Très voraces, ils se nourrissent d'insectes et

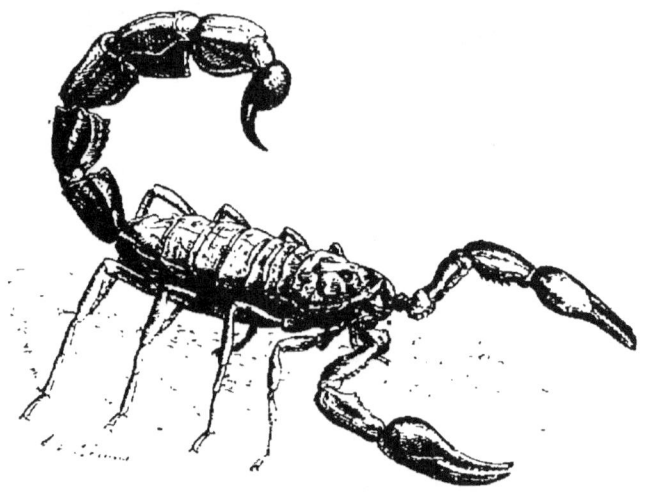

Fig. 74. — *Scorpion d'Algérie* (Buthus funestus).

de vers ; parfois même ils se dévorent les uns les autres. La piqûre du Scorpion d'Afrique est très dangereuse : les Arabes prétendent qu'un homme peut en mourir. La piqûre du Scorpion d'Europe n'est jamais mortelle ; elle produit une inflammation locale que l'on combat par l'alcali volatil.

L'Araignée. — Dans l'*Araignée* (*fig.* 75), la tête et le thorax sont encore réunis en un même corps, le céphalotorax. Les anneaux de l'abdomen sont soudés dans la plupart des espèces. L'abdomen et le céphalotorax sont reliés par un pédicule très mince. Au lieu de glandes à venin, l'extrémité de l'abdomen porte des glandes séricigènes d'où l'Araignée tire la soie de ses fils.

Les *appendices* sont au nombre de six paires. Ceux de la première paire, placés de chaque côté de la bouche, sont de simples crochets venimeux. Ceux de la seconde paire ressemblent aux pattes locomotrices. Toutes les pattes se terminent par une rangée de petits crochets qui servent à tisser la toile.

Huit *yeux*, placés sur la tête, permettent à l'animal d'explorer, sans se mouvoir, les alentours de son corps.

Mœurs de l'Araignée. — L'Araignée est très connue par les toiles qu'elle file. Les fils de ces toiles sont tirés de

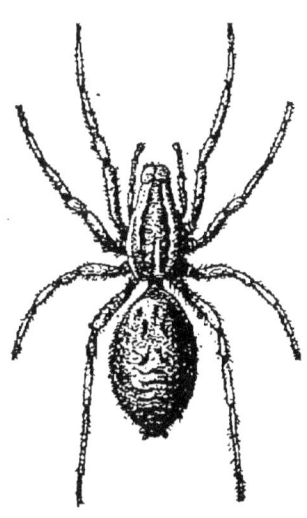

Fig. 75. — *Araignée errante* (Lycosa tarentula).

mamelons ou *filières*, situés à l'extrémité de l'abdomen. Au nombre de quatre ou de six, les filières sont percées de nombreux petits trous où viennent aboutir les vaisseaux des glandes séricigènes. Par ces petits trous sort un liquide qui, au contact de l'air, prend de la consistance et s'étire en fils d'une ténuité extrême, si bien qu'un millier de ces fils équivaudrait à peine à la grosseur d'un cheveu. L'Araignée applique ces fils et les colle à quelque objet; puis, à l'aide de ses pattes dentelées, elle les réunit en un seul fil qu'elle tire en s'éloignant du point d'attache.

La plupart des Araignées construisent des toiles ; les unes en réseau circulaire très régulier, les autres en tissu plus irrégulièrement formé dans un angle de mur ou entre deux branches d'arbre. Ces toiles sont des pièges que l'Araignée surveille, blottie en un coin où elle s'est construit une loge cylindrique. Dès qu'un insecte s'est pris dans ses filets, elle accourt, l'entoure de nouveaux liens, puis le tue en le perçant de ses crochets venimeux qui terminent ses mâchoires. Elle suce alors le sang et les humeurs de sa victime, puis elle s'en débarrasse. Souvent la toile aura été endommagée dans le combat ; l'Araignée répare le dégât, ou bien elle se construit une autre toile.

Certaines Araignées ne construisent pas de toiles ; leurs fils servent soit à tapisser leur demeure, soit à faire des cocons pour abriter leurs œufs, soit à fabriquer des échelles pour descendre à terre. Au lieu d'attendre leur proie, elles courent à sa recherche ou se mettent aux aguets pour la saisir au passage. L'une des plus intéressantes est l'Argyronète aquatique, qui chasse dans l'eau, où elle se cache dans une cloche pleine d'air, fabriquée par elle avec une habileté remarquable.

La piqûre des Araignées, très dangereuse pour les insectes, est inoffensive pour l'homme ; aussi leur présence n'est-elle point à redouter pour nous.

Le fil des Araignées a pu être utilisé pour la fabrique des gants et des bas. Pour l'obtenir en grande quantité, il eût fallu domestiquer ces animaux ; mais on a dû y renoncer, parce qu'ils sont toujours prêts à s'entre-dévorer.

L'Acarus de la gale. — La *gale* est une maladie de peau très connue ; elle est produite par un Arachnide suceur qui creuse dans la peau des galeries. L'organisation en est très dégradée ; l'abdomen et le céphalothorax sont soudés en une seule pièce.

L'*Acarus de la gale* (*fig.* 76) n'a qu'un tiers de millimètre de longueur. Les pattes antérieures sont terminées chacune par une vésicule, les pattes postérieures sont rudimentaires et terminées par de longues soies. Cet animal se tient entre le derme et l'épiderme, là où la peau a le moins d'épaisseur, aux plis des membres, entre les doigts. Là où les œufs sont déposés, à l'extrémité des galeries, il se forme des vésicules purulentes : c'est le travail de l'Acarus creusant ses sillons qui produit des démangeaisons insupportables. La gale se communique avec une grande facilité par le contact, la cohabitation... ; elle est heureusement aisée à guérir.

Les *Mites*, les *Cirons*, la *Pince des bibliothèques*, sont des Acariens voisins de l'Acarus.

Les Tardigrades. — Les *Tardigrades* sont des Arachnides dégradés, microscopiques, qui vivent librement dans l'eau et dans la mousse des toits. Ils sont très connus comme *animaux réviviscents* ; desséchés, ils passent à

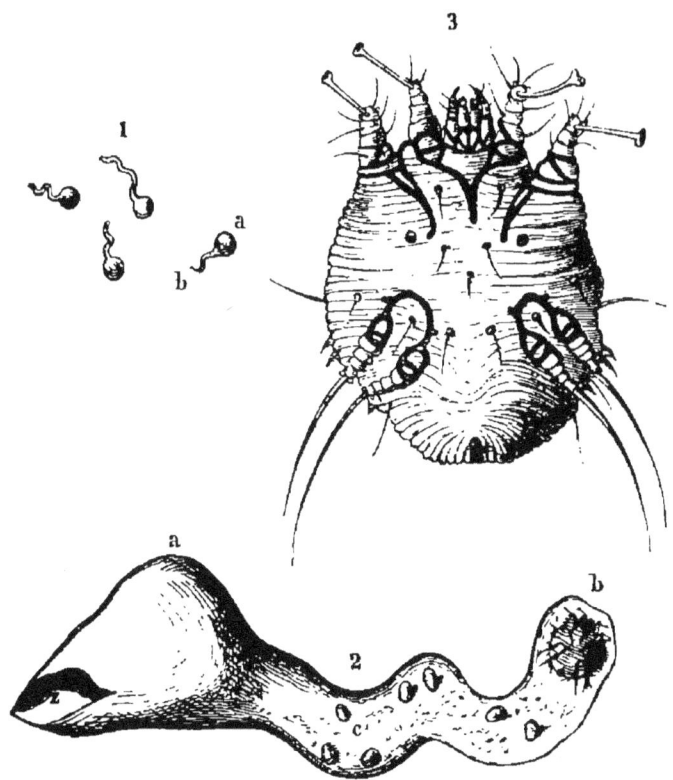

Fig. 76. — *Parasite de la gale* (Sarcoptes scabiei).

1. Larves de l'animal. — 2. Galerie creusée dans l'épiderme par le parasite : *a*, boursouflure ; *b*, animal en place ; *c*, ses œufs dans la galerie. — 3. Individu notablement grossi.

l'état de vie ralentie et paraissent morts, mais ils reprennent l'état de vie active dès qu'ils sont mis au contact de l'eau.

CLASSE DES ONYCHOPHORES

Le Péripate. — Le *Péripate* (fig. 77), qu'on trouve au Cap, en Australie, aux Indes, n'offre d'intérêt sérieux que parce qu'il sert aujourd'hui à former, parmi les Arthropodes, la classe des *Onychophores*.

Au premier aspect, il ressemble aux Mille-pieds. Son corps est divisé en anneaux bien apparents. Chaque anneau

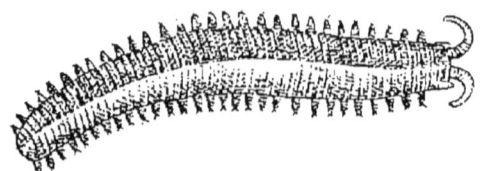

Fig. 77. — *Péripate* (Peripatus Edwardsi).

porte, à la face ventrale, une paire d'appendices : ce sont des mamelons charnus, coniques, terminés par une griffe

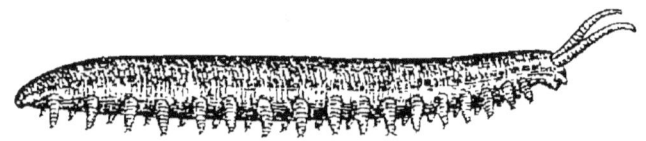

Fig. 78. — *Péripate montrant ses antennes et ses pattes articulées* (Peripatus capensis).

bifurquée (*fig.* 78). La tête, peu distincte, est munie de deux antennes épaisses et de deux yeux. De chaque côté de la bouche est une papille qui sécrète un liquide gluant : quand l'animal le projette sur une proie, il la réduit à l'immobilité et s'en empare. La respiration est aérienne, elle se fait par la peau et des trachées rudimentaires.

CLASSE DES **MYRIAPODES**

Les *Myriapodes*, ainsi nommés à cause de leurs nombreuses pattes articulées, ont le corps nettement segmenté. La tête, distincte du reste du corps, porte une paire d'antennes articulées, une paire de mandibules et deux paires

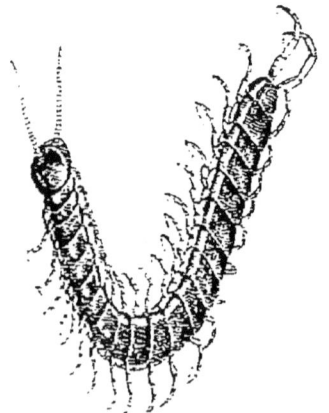

Fig. 79. — *Mille-pieds ou Scolopendre* (Scolopendra morsitans .

de mâchoires. Le reste du corps est formé de segments identiques entre eux, mais en nombre variable. La respiration se fait par des trachées.

La Scolopendre. — La *Scolopendre*, ou Mille-pieds (*fig.* 79), a le corps formé de vingt et un anneaux, tous munis de pattes articulées. Certaines espèces, dans les pays chauds surtout, atteignent jusqu'à 25 ou 30 centimètres, et leur morsure est très redoutée. La *Scolopendre mordante* du midi de la France atteint 8 centimètres ; elle est carnassière et elle sort le soir pour chasser les Cloportes et les Insectes ; sa morsure cause une cuisson très douloureuse. Une espèce de l'Amérique centrale, longue de 20 centimètres, fait, dit-on, des blessures mortelles.

Iule. — L'*Iule* est beaucoup moins dangereux, car il est herbivore. Il recherche les lieux humides, se roule en spirale sous les pierres à la moindre apparence de danger. Parfois il s'attaque aux récoltes.

Son corps est à peu près cylindrique, tandis que celui de la Scolopendre est aplati. Le nombre des anneaux peut aller jusqu'à cinquante. Le premier anneau est sans pieds ; les trois suivants portent chacun une paire de pattes ; tous les autres en ont deux. L'*Iule des sables*, très commun en France, a plus de deux cents pattes, et il ne dépasse pas 4 ou 5 centimètres de longueur.

TABLEAU DES CINQ PREMIÈRES CLASSES D'ARTHROPODES

1re *classe.* — **Mérostomacés**, appendices articulés non différenciés : 1º *Xiphosures*, corps pourvu d'un long aiguillon (Limule) ; — 2º *Euryptérides*, fossiles primaires, grand nombre de segments libres (Eurypterus, Pterygotus) ; — 3º *Trilobites*, fossiles primaires, corps divisé en trois régions (Calymene, Phacops, Trinucleus...).

2e *classe.* — **Crustacés**, aquatiques, croûte tégumentaire ; 10 *ordres* ; 1er ordre : *Décapodes,* yeux pédonculés, carapace couvrant tout le thorax (Crabe, Araignée de mer, Ecrevisse, Homard, Crevette, Crangon, Langouste, Bernard l'ermite ou Pagure) ; — 2e ordre : *Schizopodes*, carapace laissant à nu 1 ou 2 anneaux thoraciques, yeux pédonculés (Mysis) ; — 3e ordre : *Stomatopodes* : yeux pédonculés, carapace laissant à nu 3 ou 4 anneaux thoraciques (Squille) ; — 4e ordre : *Cumacés*, yeux sessiles, lames respiratoires sur les pattes mâchoires (Cuma); — 5e ordre : *Amphipodes*, yeux sessiles, lames respiratoires sur les pattes thoraciques (Hypérie, Crevettine des ruisseaux ou Gammarus, Puce de mer, Pou de baleine); — 6e ordre : *Isopodes*, yeux sessiles, lames respiratoires sur les pattes abdominales foliacées (Cloportes, Porcellio, Ligia, Anceus); — 7e ordre : *Copépodes*, pas de pattes lamelleuses, carapace rudimentaire ou nulle, abdomen réduit et fourchu (Cyclope, muni d'un œil frontal unique, Calige, Lernée); — 8e ordre : *Ostracodes*, pas de pattes lamelleuses, carapace bivalve, abdomen presque nul (Cypris ou Pou d'eau, Cythère...); — 9e ordre : *Branchiopodes*, de 4 à 60 paires de pattes lamelleuses, corps allongé (Branchipus, Apus, Daphnie ou Puce d'eau); — 10e ordre : *Cirripèdes*, fixés ou parasites à l'état adulte, plaques calcaires servant de téguments, 6 paires de pattes bifurquées et multiarticulées (Anatife, Balane).

3e *classe*. — **Arachnides**, terrestres, respirant par des trachées, 4 paires d'appendices locomoteurs, céphalothorax et abdomen; 5 *ordres* : 1er ordre : *Arthrogastres*, abdomen segmenté (Scorpion, Télyphone, Phryne, Galéodes, Araignée faucheur); — 2e ordre : *Arancides*, abdomen non segmenté, mais distinct du céphalothorax (Mygale, Lycose, Thomise, qui fabrique les fils de la vierge, Epeire, Araignée domestique, Araignée des caves, Argyronète); — 3e ordre : *Acariens*, abdomen non segmenté et confondu avec le céphalothorax (Oplophore, Oribate, Ixode, Argas, Acarus ou Sarcopte de la gale...); — 4e ordre : *Linguatulidés*, corps vermiforme, respiration cutanée (Linguatule, parasite des fosses nasales du Chien); — 5e ordre : *Tardigrades*, très dégradés, revivescents.

4e *classe*. — **Onychophores**, terrestres, respirant par des trachées rudimentaires, tête peu distincte, une seule paire d'appendices buccaux : genre unique : *Péripate*.

5e *classe*. — **Myriapodes**, terrestres, respirant par des trachées, tête distincte du reste du corps, plusieurs paires d'appendices buccaux, segments identiques pour le reste du corps; 2 *ordres*. 1er ordre : *Chilopodes*, corps aplati, 1 paire d'appendices par anneaux (Scolopendre, Géophile, Lithobie, Scutigère); — 2e ordre : *Chilognathes*, corps cylindrique, 2 paires d'appendices sur presque tous les segments (Glomeris, Iule).

CHAPITRE VIII

LES ARTHROPODES (*suite*).

CLASSE DES **INSECTES**

NOTIONS GÉNÉRALES SUR LES INSECTES

Principaux caractères anatomiques. — Les Insectes sont des animaux articulés, toujours pourvus de trois paires de pattes, et le plus souvent d'une ou deux paires d'ailes. Ils respirent par des trachées et subissent des métamorphoses. Ces traits les distinguent nettement des Crustacés, des Myriapodes et des Arachnides, que l'on confond souvent avec les Insectes et qui ont toujours plus de trois paires de pattes, jamais d'ailes et n'éprouvent jamais de métamorphoses.

On remarque distinctement trois régions du corps : la *tête*, le *thorax*, l'*abdomen* (*fig.* 80).

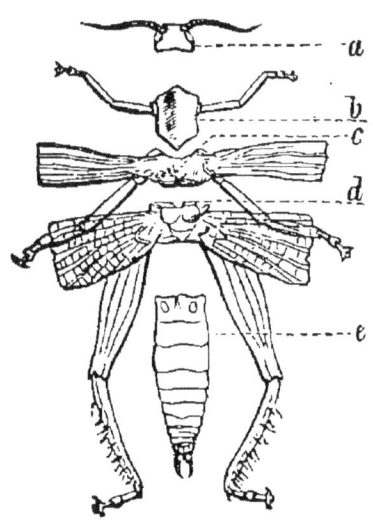

Fig. 80. — *Diverses parties d'un insecte.*

a, tête. — *b*, premier anneau du thorax. — *c*, anneau moyen du thorax. — *d*, dernier anneau du thorax. — *e*, abdomen.

La tête. — La tête est composée de six anneaux soudés : elle porte les antennes, les yeux et l'appareil buccal.

Les *antennes* sont des filaments formés de pièces articulées : ce sont les organes du tact, peut-être même de l'ouïe.

Les *yeux* sont nombreux et de deux sortes : les uns, simples et lisses, nommés *ocelles*, au nombre de trois, sont disposés en triangle au milieu du front; les autres, composés et à *facettes*, sont formés d'une multitude de petits yeux simples, affectant dans leur ensemble la forme sphérique : on compte jusqu'à 25 000 facettes sur les yeux de certains Insectes.

L'*appareil buccal* prend diverses formes : chez les Insectes broyeurs, la bouche est ouverte verticalement et se compose d'une lèvre supérieure, d'une paire de mandibules, d'une paire de mâchoires et d'une lèvre inférieure ; chez les Insectes suceurs, les lèvres et les mâchoires s'allongent en stylet, trompe, gaines membraneuses, et servent d'instruments de succion.

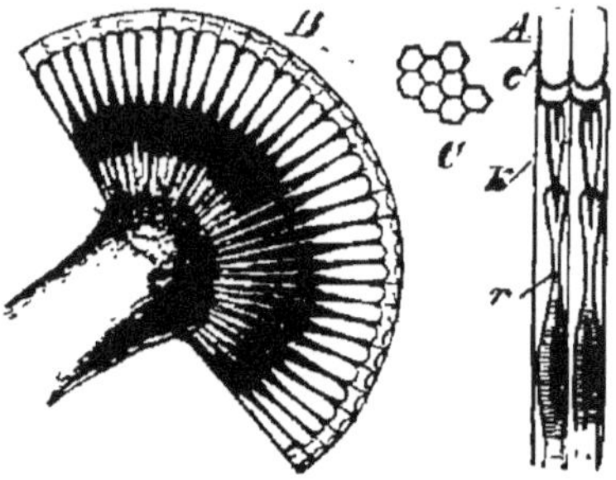

La *voix* n'existe pas chez les Insectes, ils produisent des sons par des frottements, des vibrations rapides imprimées à certaines parties de leurs corps. Les uns font mouvoir la tête sur le thorax ; d'autres font vibrer les élytres à l'aide du thorax ou de l'abdomen ; d'autres, comme la Cigale, le Grillon, ont des appareils particuliers.

Fig. 81. — *Coupe de l'œil composé d'un Insecte.*

A, deux bâtonnets rétiniens (*r*), avec leurs cristallins cornéens (*c*). — C, facettes cornéennes vues de face. — B, section transversale ; le nerf optique, suivi d'un renflement ganglionnaire, s'épanouit en éventail.

Le thorax. — Le *thorax* est composé de trois anneaux distincts, pourvus chacun d'une paire de pattes locomotrices ; les deux derniers anneaux portent d'ordinaire chacun une paire d'ailes.

Les *pattes* sont composées de pièces articulées : la hanche, la cuisse, le tibia, le tarse ou pied : le pied est formé de plusieurs articles dont le dernier se termine par des crochets ou griffes.

Les *ailes* varient par le nombre et la structure. Il y en a deux dans la Mouche, quatre dans le Hanneton et le Papillon ; elles font défaut dans la Puce. Quand les ailes supérieures sont dures, on les appelle *élytres* ; les ailes transparentes comme la gaze sont dites *membraneuses*. Les ailes membraneuses sont les vrais instruments du vol ; les nervures qui les sillonnent leur servent à la fois pour les soutenir et pour les mouvoir.

L'Abdomen. — L'abdomen se compose d'une série variable d'anneaux mobiles. Ces anneaux ne portent ni pattes ni ailes, le dernier seul porte des organes variés qui servent, soit pour la ponte des œufs, soit comme armes offensives et défensives (dards des Abeilles et des Guêpes), soit simplement d'ornement.

Régime. — Le *régime* des Insectes est très variable : ils sont carnassiers, herbivores, frugivores. Le tube digestif est court chez les carnassiers, long chez les herbivores. En général, il présente trois renflements : le *jabot,* le *gésier,* le *ventricule chylifique.* Le foie est remplacé par de nombreux vaisseaux excréteurs qui versent leur produit dans l'intestin (*fig.* 82).

Les Trachées. — Les Insectes respirent par des trachées (*fig.* 83). Les trachées sont des vaisseaux aériens creusés à travers le corps et maintenus ouverts par des filaments cartilagineux : elles communiquent avec le dehors par des stigmates, au nombre de dix paires au plus, placées sur les

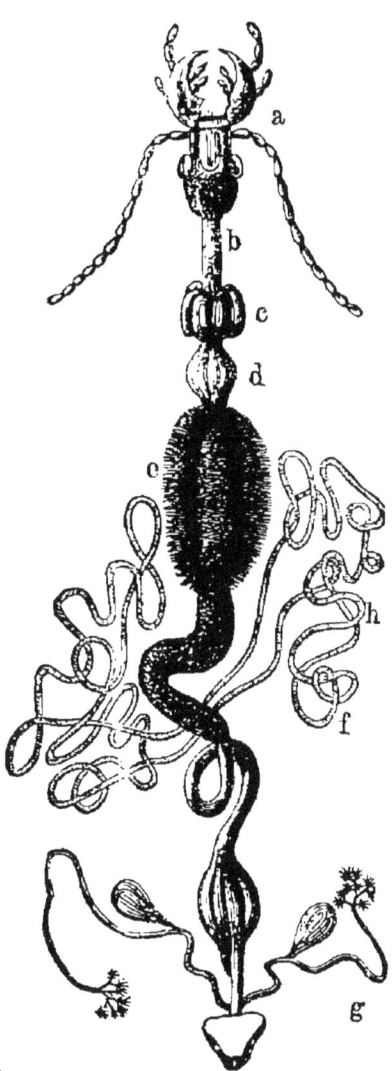

Fig. 82. — *Appareil digestif d'un Insecte coléoptère.*

a, la tête avec les antennes et les organes buccaux. — *b*, œsophage. — *c*, jabot. — *d*, gésier. — *e*, ventricule chylifique, hérissé de glandes et suivi d'un court intestin. — *f, h*, tubes de Malpighi, organes biliaires et urinaires. — *g*, organe sécrétant un liquide fétide.

parties latérales de l'abdomen. Par là l'air circule dans tout le corps et fournit au sang l'oxygène nécessaire.

Circulation. — Le sang est mis en mouvement par un *vaisseau dorsal* placé dans l'abdomen. Ce vaisseau se compose d'un certain nombre de chambres présentant chacune

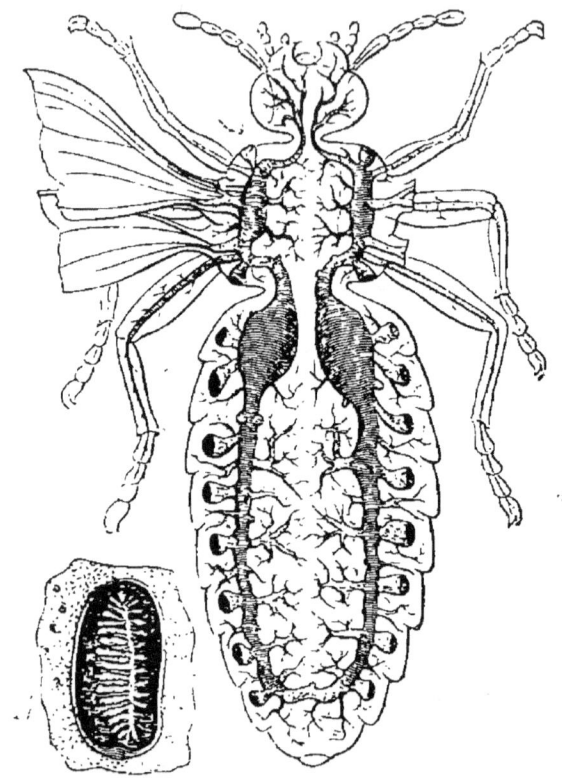

Fig. 83. — *Schéma de l'appareil respiratoire d'un Insecte.*
Les trachées, représentées en noir,
sont parcourues par l'air ; l'air pénètre par des ouvertures latérales ou stigmates (A).

une paire d'orifices latéraux. Quand le vaisseau est dilaté, le sang y pénètre par ces orifices ouverts ; quand le vaisseau se contracte, ces orifices se ferment, et le sang est refoulé dans une artère qui débouche dans la tête. Le sang se répand alors dans les lacunes ou intervalles libres du corps, se purifie au contact des trachées, et rentre ensuite dans le vaisseau dorsal pour être lancé de nouveau.

Système nerveux. — Le *système nerveux* (*fig.* 84) est formé de ganglions : deux, placés dans la tête, forment les lobes cérébroïdes : par un collier œsophagien, ils sont unis à une chaîne ganglionnaire placée en avant du tube digestif. Cette chaîne présente tous les degrés intermédiaires, depuis la chaîne composée de renflements distincts jusqu'à une seule masse ganglionnaire.

Développement et métamorphoses (*fig.* 85-86-87). — 1° *La ponte.* — Presque tous les Insectes sont ovipares.

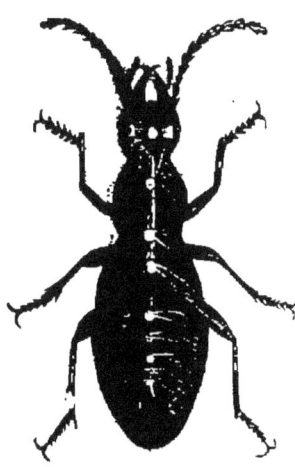

Fig. 84. — *Système nerveux d'un Insecte.*

La chaîne des ganglions nerveux est représentée en blanc : elle est liée aux ganglions de a tête par un collier œsophagien.

Les œufs, toujours très petits, affectent les formes les plus variées, souvent bizarres. Leur nombre atteste une prodigieuse fécondité : une reine d'abeilles peut pondre jusqu'à 3 000 œufs par jour. Rien n'est plus merveilleux que l'instinct de la mère pour protéger les œufs et préparer aux larves futures une nourriture appropriée. Si l'œuf n'est pas revêtu d'une coque solide, la mère le couvre d'un enduit gommeux, ou bien d'une enveloppe moelleuse, composée de poils fins qu'elle arrache à son propre corps. La Cigale cache ses œufs dans une fente adroitement pratiquée sur la tige des arbres ; la Blatte fabrique un étui solide, semblable à un fourreau de cuir. Le Papillon Vanesse dépose ses œufs sur les orties armées d'aiguillons ; le Grand-Mars sur les feuilles du Peuplier ; la Belle-Dame sur le chardon aux ânes... Jamais la moindre erreur n'est commise dans le choix de la nourriture propre à élever les larves : tel Insecte piquera un autre Insecte de manière à le jeter en léthargie sans le tuer, puis déposera ses œufs dans cette chair vivante.

Les œufs éclosent d'ordinaire sous l'influence de la chaleur solaire : on connaît peu d'Insectes qui couvent leurs œufs et défendent leurs petits. En brisant sa coque, la jeune Insecte se présente sous la forme de larve.

2º *La larve.* — Le mot *larve* signifie *masque* : c'est qu'a-

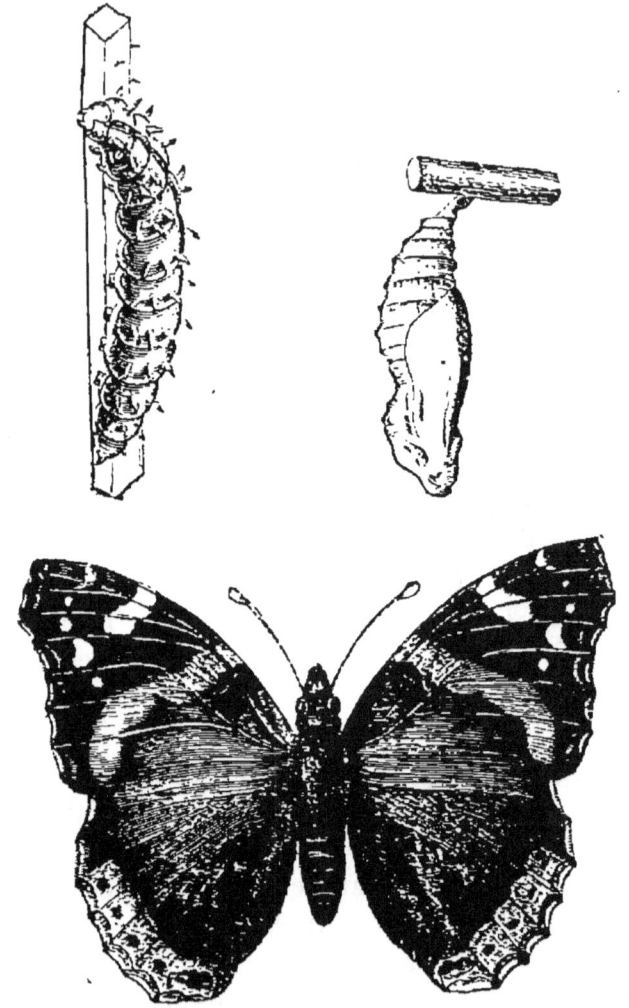

Fig. 85, 86, 87. — *Métamorphoses du Papillon* (Vanessa atalanta).

Chenille, première phase ; chrysalide, deuxième phase ; papillon ailé, troisième phase de la vie. Les transformations se sont opérées dans un même individu.

lors l'Insecte n'est pas revêtu de sa forme définitive ; il est *masqué* sous une forme trompeuse. Si la larve a l'aspect d'un ver et ne possède encore aucun organe de l'insecte, la métamorphose est *complète* : c'est le cas des Papillons, dont la chenille est la larve. Si la larve a déjà en partie les organes de l'insecte parfait, comme les Sauterelles, les Criquets, les Cigales, les Punaises, la métamorphose est dite *incomplète*. — Les larves sont, en général, objet de dégoût : ce sont des vers rampants, sans élégance, voraces, faisant des ravages considérables dans les champs et dans les arbres. A mesure qu'elles grandissent, elles subissent des mues en changeant de peau. L'état larvaire a peu de durée chez les Abeilles (20 jours), chez certaines Mouches (6 ou 7 jours): mais il comprend, d'ordinaire, la majeure partie de l'existence de l'Insecte ; ainsi le Hanneton vit trois ans à l'état de larve ou ver blanc ; le Cerf-volant est quatre ou cinq ans dans le même état. — Comme les larves manquent de moyens pour échapper aux dangers, elles ont recours à la ruse : les unes se couvrent de poussière pour se rendre invisibles ; d'autres mettent sur leur dos des matières dégoûtantes pour éloigner les oiseaux ; quelques-unes laissent suinter de leur corps une huile empestée ou lancent une liqueur caustique ; certaines Teignes n'avancent que sous un chemin couvert où elles se dissimulent, etc...

3° *La Nymphe.* — Avant d'arriver à l'état parfait, la larve doit passer par un profond sommeil. Comme si elle avait le pressentiment des périls qu'elle va courir dans cette immobilité, elle cherche un abri sûr : quelques espèces privilégiées (Papillons) filent une coque de soie où elles s'enferment comme dans un tombeau. Engourdie, la nymphe présente l'aspect d'une momie emmaillotée. Le temps du sommeil est plus ou moins long suivant les espèces : deux ou trois jours pour certains Insectes, plusieurs mois ou même plusieurs années pour d'autres. Tantôt la nymphe se fend par le milieu du dos, et l'insecte parfait en sort comme d'un étui, avec ses organes tout formés : tantôt une petite calotte se détache de la partie antérieure et ouvre une porte par laquelle sort l'animal. Si la nymphe est dans un cocon, comme le Ver à soie, elle produit une liqueur particulière qui en amène le ramollissement.

4° *L'Insecte parfait.* — L'insecte parfait nous charme par sa beauté, mais il vit peu de temps : le Cerf-volant vit un mois, l'Ephémère à peine quelques heures. Tous les insectes parfaits meurent avant l'hiver ; c'est ce qui oblige les insectivores à émigrer (Hirondelles), ou à s'endormir (Hérissons, Chauves-souris). — L'insecte parfait a des mœurs très différentes de celles de sa larve. Tandis que les larves sont souvent aquatiques, l'insecte parfait est toujours aérien. La Chenille se nourrit de feuilles, tandis que le Papillon puise avec sa trompe le nectar accumulé dans la corolle des fleurs. — L'insecte parfait pond les œufs de la génération suivante : dans la plupart des espèces, il ne verra pas ses petits. Les merveilleux instincts des Insectes ne sont donc point l'effet de l'éducation ni de l'imitation, puisque ces animaux n'ont point connu leurs parents : ils résultent nécessairement d'une harmonieuse et incompréhensible adaptation d'organes, préparée par la Providence.

Insectes nuisibles et utiles. — Les Insectes, dont le nombre s'élève à plus de 400 000 espèces, sont pour la plupart nuisibles à l'homme. Les Charançons, les Taupins, les Criquets... mangent ses blés ; les Xylophages rongent son bois ; les larves du Hanneton dévorent les racines des plantes ; les Punaises sucent les bourgeons et les branches tendres ; les Chenilles mangent les feuilles des arbres ; le Phylloxera dévaste les vignes ; les Poux, les Puces, les Punaises, les Cousins, les Moustiques s'attaquent à l'homme lui-même.

Cependant un certain nombre rendent à l'homme de grands services : les Cantharides fournissent à la médecine des substances vésicantes ; les Cynips produisent, par leurs piqûres, la noix de galle, très employée pour la teinture ; les Cochenilles donnent de la matière colorante ; le Ver à soie donne la soie, dont le commerce et l'industrie bénéficient tant ; les Abeilles produisent le miel et la cire.

Il serait injuste de ne pas mentionner les services importants qu'ils rendent dans l'économie générale de la nature. — Ils aident à la multiplication des végétaux, en transportant le pollen ou poussière fécondante d'une fleur à l'autre. — Plusieurs assainissent le sol et les eaux, en consommant les détritus qui les corrompraient, comme les débris végétaux ou les cadavres et les déjections des grands animaux : ils transforment ainsi des matières nuisibles en un terreau fécond. — Bon nombre d'Insectes servent de nourriture aux animaux supérieurs et même à l'homme ; ainsi, aux Antilles, on mange les larves du Charançon palmiste ; les Africains mangent les sauterelles ; les Australiens consomment plusieurs espèces d'Insectes. — Les Insectes carnassiers dévorent certains Insectes phytophages, et sauvent ainsi les forêts que ceux-ci anéantiraient.

Chasse des Insectes. — Les collections d'Insectes occupent d'une façon à la fois très agréable et très instructives. Mais on ne posséderait que les types les plus communs, si on se contentait de ramasser ceux qui se présentent à la vue. Il faut les rechercher avec soin dans les prés, dans les eaux, sous les pierres, dans les trous des arbres et sur les feuilles, dans les détritus végétaux et animaux. Pour se mettre en chasse, il faut se munir de boîtes garnies de liège pour y piquer les Insectes, de bouteilles contenant du cyanure de potassium, ou remplies d'alcool ou de benzine, de filets, de pinces, d'épingles... Un moyen prompt consiste à secouer des branches d'arbres au-dessus d'une nappe blanche étendue sur le sol, ou simplement d'un parapluie ouvert. On peut aussi passer un filet à travers les herbes en fleur ou à travers les branches : la secousse fait tomber dedans de nombreux insectes qu'on saisit aisément. A mesure qu'on les prend, on pique les plus gros immédiatement, on met les autres en flacon : il faut éviter de mettre dans un liquide ceux dont les couleurs sont dues à de fines écailles, comme les Papillons. Ce n'est qu'après les avoir laissés sécher quelques jours, qu'on peut les placer en collection : autrement, ils se couvriraient de moisissures. Quand ils sont bien secs, on les plonge dans la benzine ou dans l'alcool arséniqué, durant plusieurs heures, afin de les abriter contre les microbes, les mites et diverses larves.

Conservation des Insectes. — Les Insectes se conservent ordinairement dans des boîtes de carton hermétiquement fermées. Il faut prendre garde de les tenir, surtout les Papillons, à l'abri d'une lumière trop vive, de peur que leurs couleurs ne s'altèrent. Les boîtes doivent être visitées souvent par les entomologistes ; car, malgré la bonne fermeture des boîtes, les mites trouvent le moyen d'y pénétrer avec la poussière. Un petit tube contenant une éponge imbibée de benzine et d'acide phénique, placé dans un coin de la boîte, éloigne ces insectes destructeurs. On reconnaît qu'une boîte est attaquée à la poussière qui s'accumule au pied des épingles des Insectes infestés : on peut se contenter de plonger dans la benzine les types attaqués; on peut aussi placer la boîte entière dans une étuve sèche.

Vu l'importance exceptionnelle des Insectes en histoire naturelle, nous allons parcourir les différents ordres, en donnant les caractères et en décrivant une espèce typique.

ORDRE DES **COLÉOPTÈRES**

Caractères. — Les *Coléoptères* sont des insectes broyeurs, pourvus de quatre ailes : les ailes antérieures, ou *élytres*, sont cornées, rigides, et forment un étui ; les ailes postérieures, membraneuses, sont plissées sous les premières et servent pour le vol. Les métamorphoses sont complètes.

Le Hanneton. — Le *Hanneton commun* (*fig.* 88) fait, dans nos cultures, des ravages considérables. Comme insecte parfait, il ne vit que six semaines, de la mi-avril à la fin de mai : il se tient alors sur les arbres dont il ronge les feuilles. Sa larve vit trois ans. — Les œufs, déposés au mois de mai, dans un sol meuble et bien fumé, à 15 centimètres de profondeur, donnent bientôt des larves d'un blanc sale, recourbées en arc; elles restent en société jusqu'à l'hiver et commettent peu de dégâts. Elles passent l'hiver profondément cachées dans le sol. Elles remontent au printemps, et dévorent alors toutes les racines qu'elles rencontrent, particulièrement celles des fraisiers et des

rosiers. Leurs ravages sont incalculables : dans une seule
année, on les avait évalués à plus de 25 millions de francs
pour la Seine-Inférieure. Vers la fin de la troisième année,
les larves s'enfoncent à 50 centimètres, s'y transforment
en nymphes et bientôt en insectes parfaits : cependant
l'insecte parfait ne sort de sa coque qu'en avril du prin-

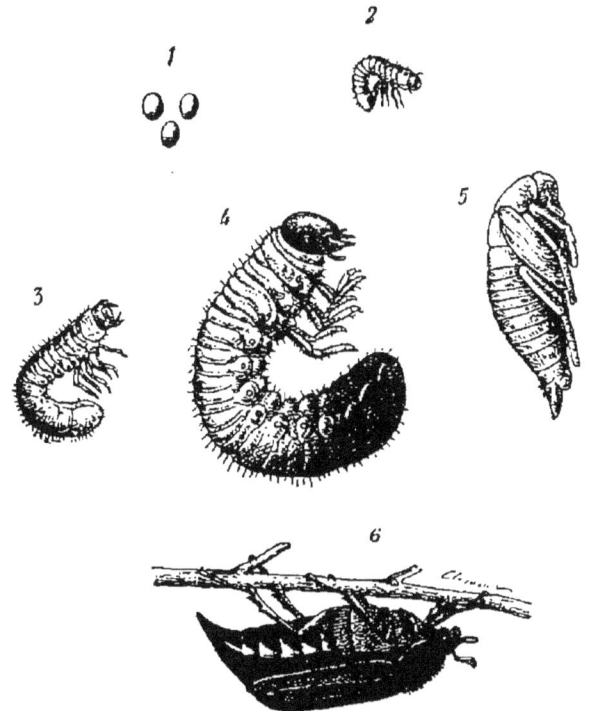

Fig. 88. — *Tableau du développement d'un Hanneton* (Melolontha vulgaris).
1, œufs. — 2, 3, jeunes larves. — 4, larve à tonte sa taille. — 5, nymphe.
6, insecte parfait.

temps suivant. Les Hannetons abondent de trois ans en
trois ans : cela se comprendra sans peine, si l'on réflé-
chit que les œufs pondus dans une année où ils abondent,
ne donneront d'insectes parfaits que trois ans après.

La Coccinelle ou bête du bon Dieu, la Cantharide, le
Charançon, le Capricorne, le Cerf-volant, les Lampyres
ou vers luisants..... sont aussi des Coléoptères.

ORDRE DES **ORTHOPTÈRES**

Caractères. — Les *Orthoptères* sont des insectes broyeurs, pourvus de quatre ailes : les ailes antérieures,

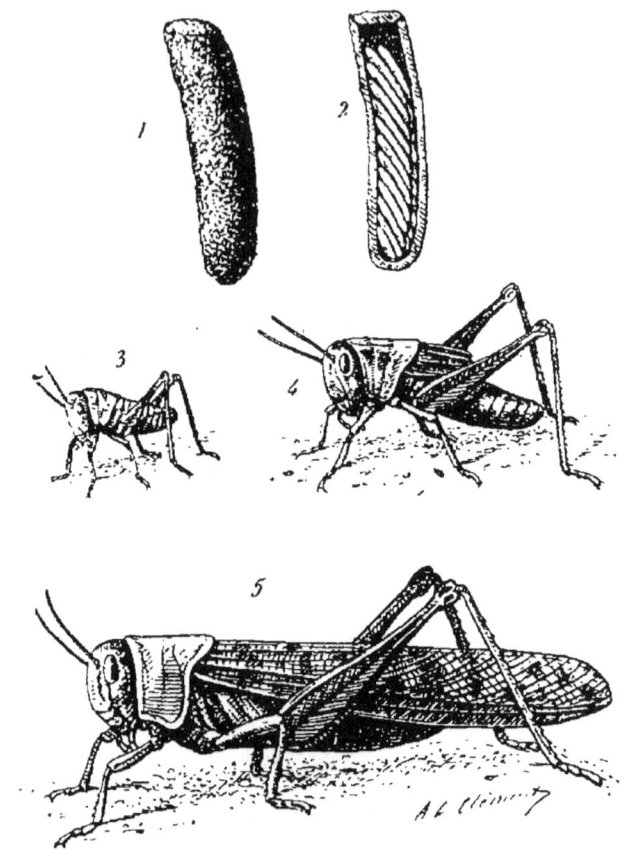

Fig. 89. — *Les phases de développement du Criquet voyageur*
(Acridium peregrinum).

1, coqué ovigène. — 2, coque ouverte montrant les œufs. — 3, larve.
4, nymphe. — 5, insecte parfait.

pseudélytres, sont plus petites et plus résistantes que les autres; les ailes postérieures sont finement réticulées et plissées en éventail à l'état de repos. Leurs métamorphoses sont incomplètes : il leur suffit de subir quelques mues et de prendre des ailes pour être insectes parfaits. Les uns sont coureurs, les autres sauteurs.

Le Criquet voyageur. — Les œufs des Criquets, pondus à la fin de l'automne, éclosent aux premiers jours du printemps. La larve a déjà la forme de l'insecte parfait : il ne lui manque que les ailes qui poussent après quelques mues. Les Criquets sont répandus presque partout ; ils se nourissent de végétaux indistinctement. Dans les pays chauds, où ils abondent, ils transforment rapidement les terres les plus fertiles en véritables déserts. Quand la pâture leur manque, ils partent tous à la fois et s'abattent comme un nuage sur les contrées riches en végétation. Le *Criquet voyageur* (*fig.* 89) est celui qui cause le plus de dégâts : en Afrique, il est extrêmement redouté. Les Hottentots se réjouissent au contraire de l'arrivée des Criquets, parce qu'ils les mangent et en font des conserves.

La Blatte, la Sauterelle, le Grillon... sont aussi des Orthoptères,

ORDRE DES **NÉVROPTÈRES**

Caractères. — Les *Névroptères* sont des insectes broyeurs pourvus de quatre ailes membraneuses, finement réticulées, plus ou moins velues. Leurs métamorphoses sont complètes.

Le Fourmilion. — A l'état d'insecte parfait, le *Fourmilion* (*fig.* 90) voltige de buisson en buisson : il ressemble alors à la Libellule ou Demoiselle, quoiqu'il ait l'abdomen moins effilé. La Larve surtout mérite de fixer l'attention. Elle a une tête et un thorax étroits, un abdomen volumineux. Les mandibules, plus longues que la tête recourbées et aiguës, forment des pinces puissantes. Dans les endroits sablonneux et chauds, elle se creuse un entonnoir, en marchant à reculons et en lançant le sable au loin avec sa tête. Le trou est-il achevé, elle se place au fond, en embuscade, le corps enfoncé dans le sable, la tête seule en dehors. Un insecte vient-il à passer sur les parois de l'entonnoir, elle lui jette du sable avec sa tête pour l'étourdir et le faire tomber au fond du précipice. Elle suce alors sa victime, puis rejette au loin sa carapace vide. Son nom lui vient de ce qu'elle saisit surtout des Fourmis.

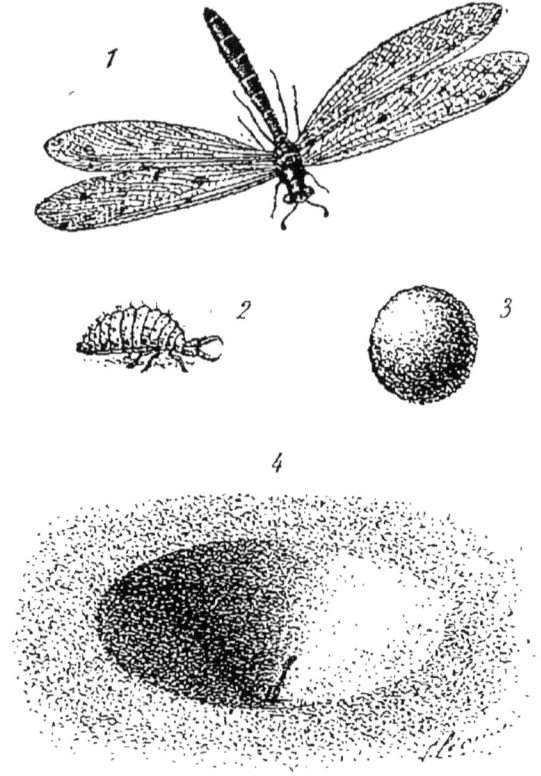

Fig. 90. — *Le Fourmilion* (Myrmeleon formicarius).

1, insecte adulte. — 2, larve. — 3, cocon. — 4, entonnoir avec larve à l'affût.

Les Phryganes, dont les larves se cachent dans des étuis de bouts de bois et de sable, sont du même groupe.

ORDRE DES **PSEUDONÉVROPTÈRES**

Caractères. — Les *Pseudonévroptères* sont aussi des insectes broyeurs, pourvus de quatre ailes membraneuses bien réticulées. Mais les métamorphoses en sont incomplètes : car des rudiments d'ailes, qui grandissent à chaque mue, apparaissent dès l'état de larve (*fig.* 91).

L'Ephémère. — L'*Ephémère* doit son nom au peu de durée de son état parfait, quelques heures seulement. Les

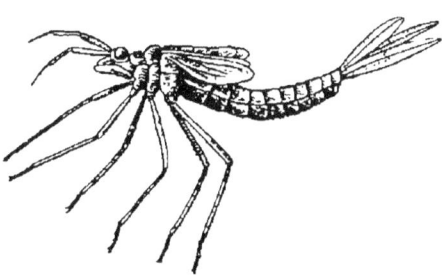

Fig. 91. — *Larve d'Agrion* (Lentus).

soirs d'été ou d'automne, on voit ces insectes voltigeant par troupes le long des lacs et des étangs, sans prendre aucune nourriture. Dès le lendemain, on trouve leurs cadavres jonchant le sol. Mais, avant de mourir, ils ont laissé tomber dans l'eau leurs œufs qui s'y dispersent. Les larves y vivent deux ou trois ans, fort retirées dans des trous tubulaires, se nourrissant d'animalcules. Au

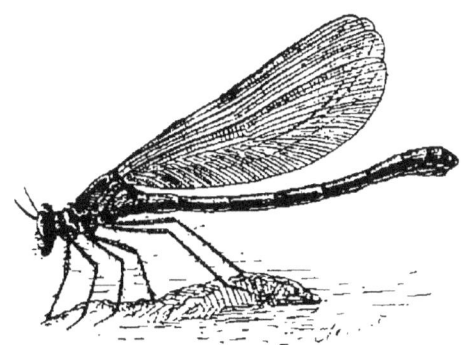

Fig. 92. — *Agrion*, insecte voisin de la Libellule.

moment de sa transformation, la nymphe sort de l'eau et grimpe sur quelque tige : son enveloppe une fois desséchée, l'insecte parfait prend son vol.

Les Termites et les Libellules ou Demoiselles (*fig. 92*) sont du même ordre.

ORDRE DES **HYMÉNOPTÈRES**

Caractères. — Les *Hyménoptères* sont des insectes lécheurs, à métamorphoses complètes : ils ont quatre ailes membraneuses, transparentes et à grandes nervures ; les ailes postérieures sont plus courtes que les autres.

On distingue deux groupes : les *Vulnérants*, dont l'abdomen se termine par un aiguillon venimeux ; les *Térébrants,* dont l'abdomen se termine par une tarière pour percer les animaux et les végétaux, et creuser ainsi une cavité où sont déposés les œufs.

Les Abeilles. — L'*Abeille* ou mouche à miel est l'insecte bien connu qui donne à l'homme la cire et le miel. Qu'elles soient livrées à leur instinct naturel, ou qu'elles soient domestiquées dans des ruches, les Abeilles vivent en société et forment de petites républiques admirablement policées. On y remarque trois sortes d'individus : les *ouvrières*, les *bourdons* et la *reine* (*fig.* 93).

Les *ouvrières* méritent bien ce nom, car elles font tout le travail de la colonie ; elles vont aux champs, butiner sur les fleurs ; dans la ruche, elles fabriquent trois produits : le *propolis*, la *cire* et le *miel*. — Le *propolis* est une matière résineuse, rougeâtre, cueillie sur les bourgeons et les jeunes pousses : les ouvrières s'en servent pour fermer les orifices de la ruche et fixer les rayons de miel. — La *cire* est sécrétée par les glandes cirières situées sous les anneaux de l'abdomen : elle suinte au bord de ces arceaux. Avec la cire, les ouvrières fabriquent les rayons dans lesquels seront placés le miel et les œufs. — Le *miel* est puisé dans les nectaires des fleurs : après avoir été élaboré dans le jabot, il est déposé dans les alvéoles des rayons. Le miel est, pour l'abeille, seulement une provision d'hiver : car, pour la nourriture des larves, les ouvrières composent un mélange de miel et de pollen. — Les ouvrières sont très nombreuses, jusqu'à 30 000 dans une même colonie. Elles sont plus petites que les bourdons. Elles sont munies d'un aiguillon venimeux, barbelé, qui reste dans la plaie qu'elles font, et occasionne de fortes démangeaisons. Inoffensives loin de leur ruche, elles défendent courageusement la colonie lorsqu'elles se sentent attaquées.

Les *bourdons* sont plus gros que les abeilles ouvrières ; ils sont dépourvus d'aiguillon. Leur nombre varie de

200 à 1 200 par ruche. A certaines époques, les ouvrières les tuent et ménagent ainsi leurs provisions.

Il n'y a jamais plus d'une *reine* dans chaque colonie. On

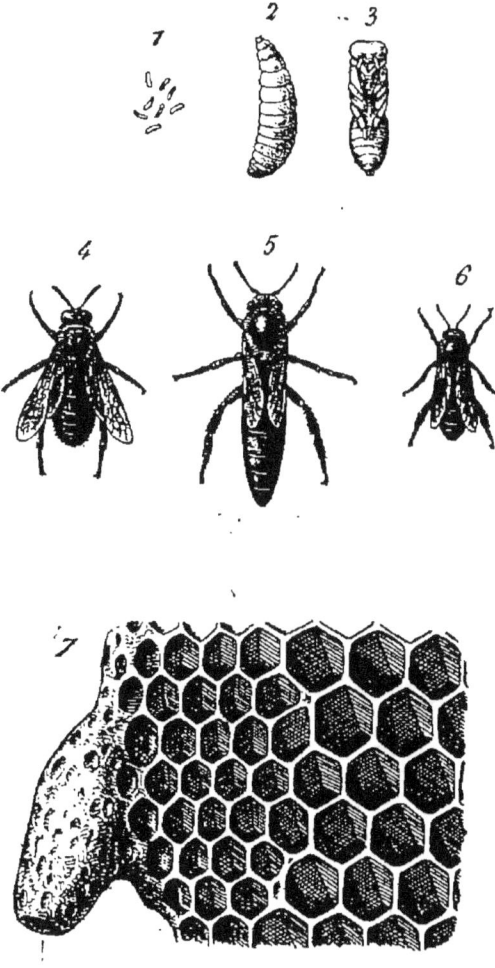

Fig. 93. — *Abeille domestique* (Apis mellifica).

1, œufs. — 2, larve. — 3, nymphe. — 4, bourdon. — 5, reine. — 6, ouvrière. 7, rayon contenant des cellules de bourdons à droite, des cellules d'ouvrières au milieu, une cellule de reine à gauche.

devrait plutôt l'appeler une *mère* : car elle n'a point pour rôle de commander, mais seulement de pondre les œufs. Elle parcourt les rayons et dépose un œuf dans chaque alvéole. Après trois jours, les larves sortent des œufs,

croissent rapidement, puis se transforment en nymphes
d'où sortiront les insectes parfaits, ouvrières ou bourdons.
Les alvéoles des ouvrières sont les plus petites, celles des
bourdons sont plus grandes. Quand les ouvrières veulent
une reine, elles lui fabriquent une cellule spéciale, plus
grande que les autres : à la jeune larve qui y éclôt, elles
ne donnent point la nourriture commune, mais une *pâtée
royale*. Deux reines ne restent jamais ensemble dans une

Fig. — 94. *Combat de Fourmis.*

même ruche : la plus vieille s'en va avec un essaim pour
constituer une nouvelle colonie. Les jeunes reines pondent
surtout des œufs d'ouvrières, et, après deux ou trois ans,
surtout des œufs de bourdons. Une seule reine peut pondre
jusqu'à 3 000 œufs par jour.

Les **Guêpes** sont très voisines des Abeilles : elles construisent leur nid avec du bois mâché qu'elles transforment
en une sorte de papier, et elles le déposent dans la terre
ou le suspendent aux branches des arbres.

Les **Fourmis** (*fig.* 94) sont aussi du même ordre. Elles

vivent en société : elles comprennent des pères, des mères
pourvues d'ailes temporaires, et des ouvrières sans ailes.
— Au printemps, les mères s'envolent et se fixent bientôt
en quelque endroit avec des ouvrières qui les aident à
couper leurs ailes. Les ouvrières construisent un nid et
placent dans des chambres les œufs pondus par les mères.
Au moment de l'éclosion des larves, elles vont à la recherche des matières sucrées, et reviennent, le jabot gorgé,

Fig. 95. — *Fourmi adulte donnant la nourriture aux larves.*

porter leurs réserves aux ouvrières restées au nid et aux
larves qui grandissent (*fig.* 95)...

ORDRE DES **LÉPIDOPTÈRES**

Caractères. — Les *Lépidoptères* sont des insectes suceurs, dont les mâchoires sont le plus souvent allongées
en une trompe enroulée en spirale. Ils ont quatre ailes
recouvertes d'une poussière de petites écailles colorées.
Leurs métamorphoses sont complètes : la larve est appelée
chenille, la nymphe *chrysalide*, et l'insecte parfait *papillon* (*fig.* 96).

On distingue trois groupes de papillons : les *diurnes*,
les *crépusculaires*, les *nocturnes*.

Le Ver à soie. — Le *Ver à soie* ou *Bombyx du mûrier* (*fig.* 97) est classé parmi les papillons nocturnes. Il

intéresse au plus haut point le commerce et l'industrie.
Originaire de Chine, il a été introduit en France par

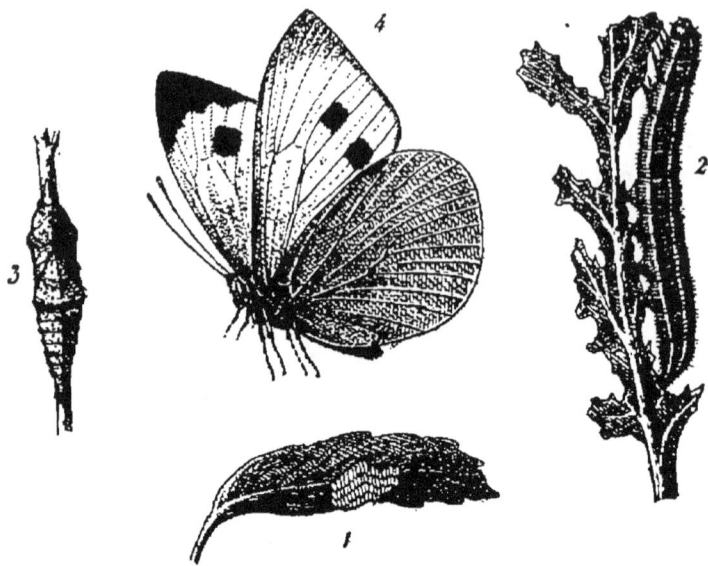

Fig. 96. — *Développement d'un Papillon* (Pieris Brassicæ).

1, ponte sur une feuille. — 2, chenille en train de dévorer une feuille.
3, chrysalide suspendue à un petit rameau. — 4, papillon adulte.

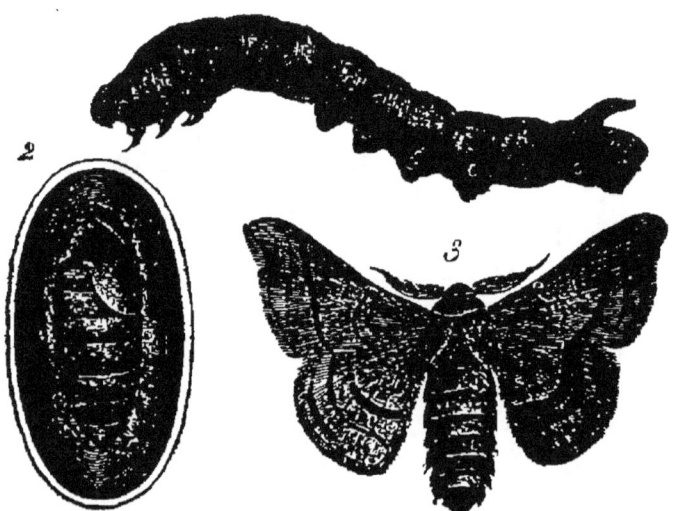

Fig. 97. — *Bombyx du mûrier ou Ver à soie.*

1, chenille du Ver à soie. — 2, chrysalide enveloppée dans son cocon.
3, Ver à soie à l'état de papillon.

Olivier de Serres. De l'œuf sort une chenille blanchâtre, longue de 2 millimètres : elle croît rapidement en consommant des feuilles de mûrier. En trente-trois jours, elle subit quatre mues et atteint 80 millimètres de longueur. Elle monte alors sur des bruyères disposées au voisinage et file son *cocon* pour passer à l'état de chrysalide. Après trois semaines d'immobilité, le papillon sort, en ramollissant et en écartant, à l'une des extrémités, les fils de soie qui s'opposent à sa sortie. — Pour recueillir la soie, on étouffe la chrysalide en plongeant le cocon dans l'eau bouillante : le vernis se ramollit et la soie se laisse aisément dévider. Le fil d'un cocon est continu : il atteint plus de mille mètres de long. On dévide plusieurs cocons à la fois pour former la *soie grège*. M. Pasteur a rendu à l'industrie de la soie les plus éminents services, en découvrant les parasites du Bombyx et en indiquant les moyens d'en préserver l'insecte.

ORDRE DES **HÉMIPTÈRES**

Caractères. — Les *Hémiptères* sont des insectes suceurs dont les pièces buccales sont allongées en quatre stylets enfermés dans un rostre ou trompe cornée : ce rostre est replié sur la poitrine. Ils ont quatre ailes d'inégale consistance. Leurs métamorphoses sont incomplètes. Tous se nourrissent du suc des animaux ou des plantes dont ils percent les tissus.

A cet ordre appartiennent les Punaises, les Cigales, les Pucerons.

Le Phylloxera. — De tous les Pucerons, le *Phylloxera* (*fig.* 98) est le plus connu. Depuis 1875, il a fait d'immenses ravages dans les vignobles de France. Il suce les racines de la vigne, y détermine des nodosités qui détruisent les poils absorbants et font périr le cep. En été, le Phylloxera devient ailé, sort de terre, vole à de grandes distances pour propager ses œufs. — On peut combattre le Phylloxera soit par l'injection de sulfure de carbone autour de chaque cep, soit par l'immersion des vignobles : mais

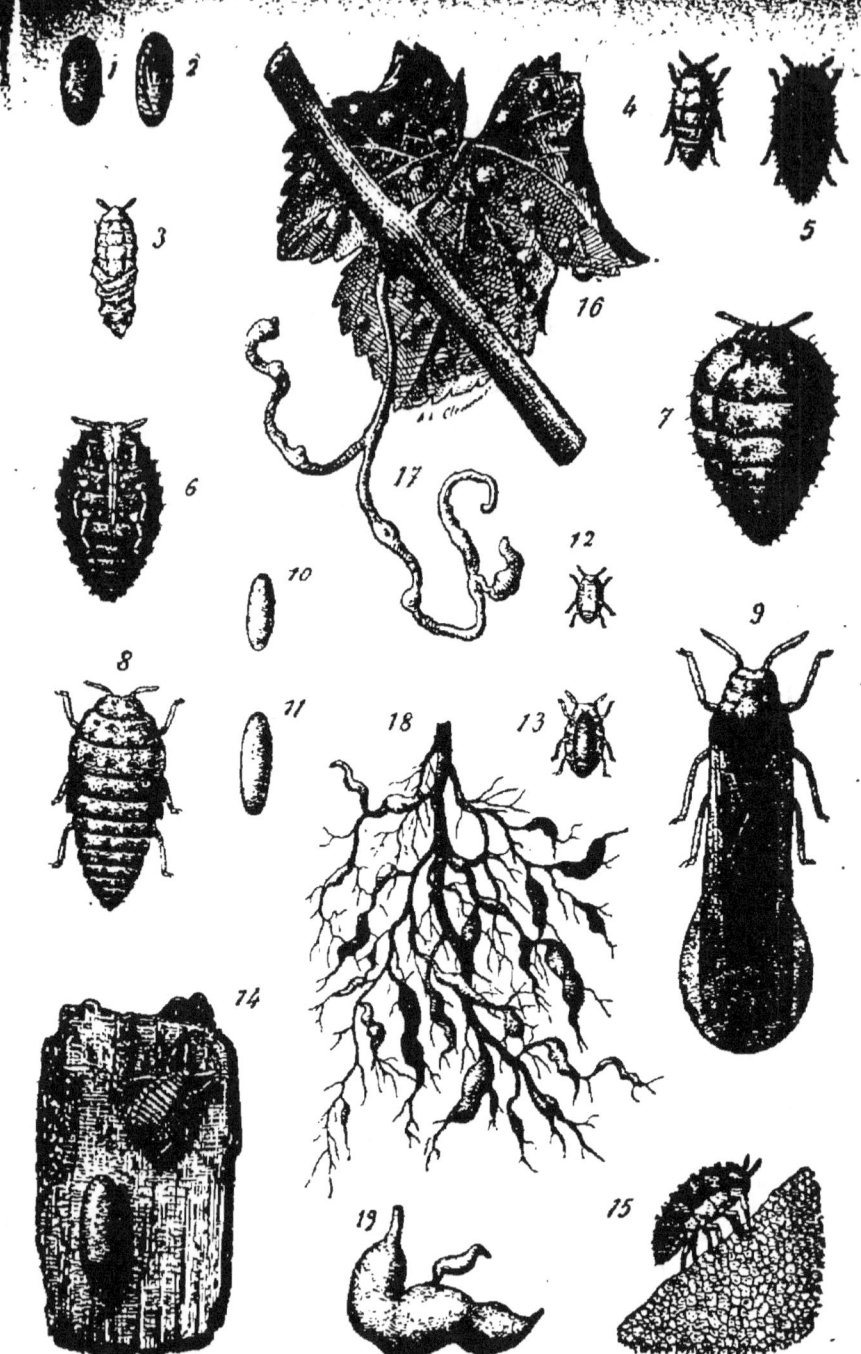

Fig. 98. — *Évolution du Phylloxera* (Phylloxera vastatrix).

1, œuf d'hiver. — **2**, œuf près d'éclore. — **3**, éclosion de l'œuf. — **4, 5**, après les premières mues. — **6**, pondeuse aptère des racines. — **7**, pondeuse aptère des feuilles, produisant des galles. — **8**, nymphe avec ses rudiments d'ailes. — **9**, pondeuse ailée pouvant propager le mal d'une vigne à une autre. — **10, 11**, œufs de dimensions différentes, fruit de la pondeuse ailée. — **12, 13**, individus reproducteurs d'automne. — **14**, œuf d'hiver sur la racine, à côté de la pondeuse desséchée. — **15**, individu suçant une racine. — **16, 17**, galles sur une feuille et sur une vrille. — **18, 19**, nodosités sur les racines.

ces remèdes ne peuvent être pratiqués sur une assez grande échelle pour être vraiment efficaces.

ORDRE DES **DIPTÈRES**

Caractères. — Les *Diptères*, souvent désignés sous le nom de Mouches, sont des Insectes suceurs : ils n'ont que deux ailes, toujours membraneuses ; les autres sont rempla

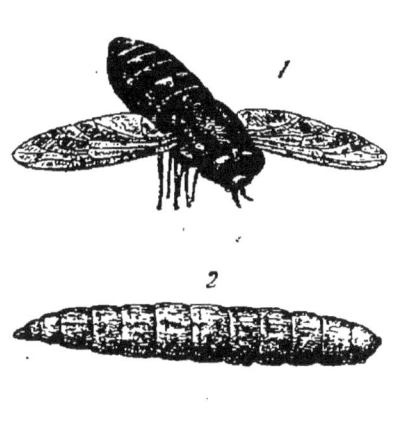

Fig. 99. — *Taon des bœufs* (Tabanus bovinus).
1, adulte. — 2, larve. — 3, nymphe.

cées par des boutons pédiculés ou balanciers. Les ailes font complètement défaut dans certaines espèces (Puces). Les métamorphoses sont complètes.

Les Cousins, le Taon des bœufs, les Mouches et les Puces sont de cet ordre.

Le Taon des bœufs. — Le *Taon des bœufs* (fig. 99), d'un brun noirâtre avec des lignes jaunes sur l'abdomen, est répandu partout. Il commence à paraître à la fin du printemps et devient surtout importun dans les temps d'orage. Il a le corps large, la trompe saillante, terminée par deux lèvres allongées. Il est très redouté du bœuf et du cheval, dont il perce la peau pour en sucer le sang.

La *Puce* dépose ses œufs dans la poussière des planchers, surtout dans les interstices qui séparent les planches. La larve, dépourvue de pattes, est nourrie par la mère qui dégorge une partie du sang dont elle s'est repue. L'insecte parfait n'a point d'ailes : il ne marche pas, il saute.

ORDRE DES **PARASITES**

Caractères. — Les *Parasites* sont des insectes aptères ; les uns broyeurs, les autres suceurs. Le caractère du parasitisme a déterminé la formation de cet ordre, plutôt que les caractères anatomiques.

Les Poux. — Le *Pou de la tête* qui foisonne sur les têtes mal entretenues est le plus connu. Il a le corps déprimé, presque transparent, muni de six pattes terminées par de forts crochets. Les œufs ou *lentes* collés sur les cheveux éclosent au bout de cinq ou six jours : les petits ne subissent aucune métamorphose. La fécondité est telle qu'en deux mois deux individus peuvent avoir produit 18 000 de ces parasites. Il importe d'en débarrasser promptement les enfants qui en sont atteints.

TABLEAU DE LA CLASSE DES **INSECTES**

Le corps des Insectes comprend : une tête, un thorax et un abdomen distincts ; 3 paires de pattes locomotrices au thorax, et en général 2 paires d'ailes ; pas d'appendices à l'abdomen, sauf à l'extrémité.

1er *ordre.* — **Coléoptères**, broyeurs, 4 ailes, dont les premières sont des élytres cornées, métamorphoses complètes : 1º *Pentamères*, 5 articles à tous les tarses (Carabe, Calosome, Cicindèle, Dytique, Gyrin, Taupin, Lampyre ou Ver luisant, Vrillette, Lime-bois, Anthrène, Scarabées, Hanneton, Cerf-volant) ; — 2º *Hétéromères*, 5 articles aux tarses antérieurs et 4 aux tarses postérieurs (Blaps, Ténébrion, Cantharide) ; — 3º *Tétramères*, 4 articles à tous les tarses (Bruches, Charançon, Capricorne, Criocère, Cosside, Eumolpe de la vigne ou Ecrivain) ; 4º *Trimères*, tarses composés de 4 articles, dont l'avant-dernier rudimentaire (Coccinelle ou bête du bon Dieu).

2e *ordre.* — **Orthoptères**, 4 ailes *droites*, les antérieures plus petites et plus résistantes que les autres, broyeurs, métamorphoses incomplètes : 1º *Coureurs*, tarses de 5 articles (Blatte, Mante) ; — 2º *Sauteurs*, cuisses des pattes postérieures renflées pour le saut (Sauterelle, Grillon, Courtilière, Criquet) ; — 3º *Forficulides*, abdomen pourvu de 2 crochets formant pince (Perce-oreille).

3e *ordre.* — **Névroptères**, broyeurs, 4 ailes membraneuses, métamorphoses complètes : 1º *Planipennes*, ailes planes, nues (Fourmilion) ; — 2º *Plicipennes*, ailes écailleuses, postérieures pliées (Phrygane).

4e *ordre.* — **Pseudonévroptères**, broyeurs, 4 ailes membraneuses, métamorphoses incomplètes (Termites, Libellule ou Demoiselle, Perle, Ephémère).

5ᵉ *ordre*. — **Hyménoptères**, 4 ailes membraneuses, lécheurs, métamorphoses complètes : 1° *Vulnérants*, pourvus d'un aiguillon venimeux : *Chasseurs* (Guêpe, Frelon, Eumène); *Formicides* (Fourmis); *Mellifères* (Abeilles); — 2° *Térébrants*, pourvus d'une tarière perforante à l'abdomen (Tenthrède, Cynips de la noix de galle, Ichneumon).

6ᵉ *ordre*. — **Lépidoptères**, suceurs, trompe, les ailes couvertes d'écailles, métamorphoses complètes, *chenille, chrysalide, papillon* : comprennent tous les Papillons (Machaon, Flambé, Piéride, Nacré, Vanesse, Paon du jour, Belle-Dame, Argus, Sphynx, Bombyx ou Ver à soie, Pyrale, Teigne).

7ᵉ *ordre*. — **Hémiptères**, suceurs, trompe cornée enfermant 4 stylets, 4 ailes en général, métamorphoses incomplètes : mieux vaudrait les appeler Rhynchotes ou animaux à rostre (Punaises, Cigales, Pucerons, Phylloxera, Cochenille).

8ᵉ *ordre*. — **Diptères**, appelés aussi *Mouches*, suceurs, deux ailes, parfois aptères, métamorphoses complètes (Cousin et Moustique, Taon des bœufs, Volucelle, OEstre du cheval, Mouches, Puce).

9ᵉ *ordre*. — **Parasites**, aptères, nuisibles (Poux).

CHAPITRE IX

LES NÉMATHELMINTHES

Caractères généraux. — L'embranchement des *Némathelminthes* ne comprend
qu'un petit nombre d'espèces. On a longtemps classé ces animaux parmi les Vers,
parce qu'ils en ont l'aspect extérieur, et
parce que, comme eux, ils manquent de
membres articulés. Aujourd'hui, à cause
de leur enveloppe chitineuse, on les met à
côté des Arthropodes. Comme ceux-ci, ils
sont Chitinophores ; mais, tandis que les
Arthropodes ont des membres articulés,
les Némathelminthes en sont complètement dépourvus. La plupart sont des parasites de l'homme.

Parmi les plus intéressants nous citerons : l'*Ascaride*, la *Trichine*, la *Filaire* et
l'*Anguillule*.

L'Ascaride. — Les *Ascarides* ont le
corps allongé, aminci aux deux bouts : la
bouche est munie de trois papilles charnues entre lesquelles passe une petite
trompe. L'*Ascaride lombricoïde* (*fig.* 100),
ainsi nommé à cause de sa ressemblance
avec le Lombric ou Ver de terre, est le
plus connu. Il vit dans l'intestin grêle de
l'homme, surtout chez les enfants et à la
campagne. Sa longueur peut varier de 20
à 45 centimètres.

En voici les diverses étapes. Les œufs
de l'Ascaride, étant munis de deux enveloppes résistantes, peuvent rester jus-
qu'à cinq ans sur le sol, desséchés et en état de vie ra-

Fig. 100. — *Ver
intestinal* (Ascaris
lumbricoïdes).

lentie. Dans un milieu humide, ils se développent : souvent ils tombent dans les eaux des mares et des fontaines découvertes. Absorbés dans les eaux non filtrées de la campagne, les œufs ou les larves acquièrent dans l'intestin leur état définitif. Tant qu'il reste dans le tube digestif, l'Ascaride cause peu de dommage ; mais il provoque de grands troubles, s'il vient à émigrer dans le canal cholédoque, dans les bronches, dans l'oreille même par la trompe d'Eustache.

On rencontre également des Ascarides chez l'âne, le cheval, le bœuf, le chat (*fig.* 101)..., etc...

Beaucoup plus dangereux est l'*Ankylostome du duodénum*, qui déchire les vaisseaux capillaires, pour sucer le sang. On le rencontre surtout parmi les mineurs et les briquetiers qui portent à la bouche leurs mains souillées de boue contaminée.

Trichine. — Ainsi nommée parce qu'elle a le corps fin comme un cheveu, la *Trichine* (*fig.* 102 *et* 103) est le parasite ordinaire du Rat et du Porc : accidentellement, elle peut envahir le corps de l'homme.

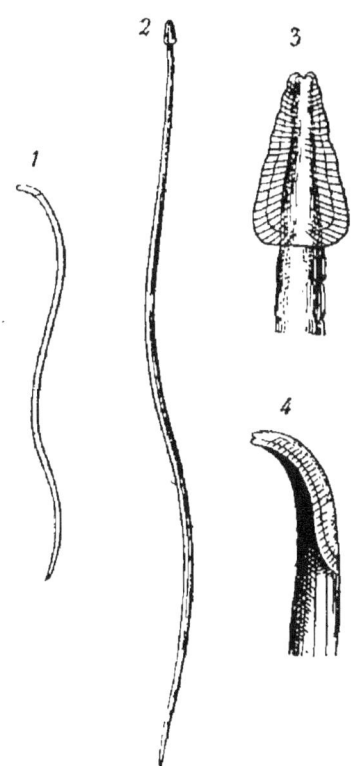

Fig. 101. — *Ascaride parasite du chat.*

1, 2, individus de diverses tailles. — 3, tête très grossie, vue de face. — 4, la même, vue de profil.

La Trichine est un petit animal vermiforme, blanc, à peu près cylindrique, long de 1 à 3 millimètres, plus mince qu'un dixième de millimètre. A l'état de larve, la Trichine habite les muscles des Souris et des Rats. Quand le Porc mange le cadavre de ces animaux, les larves passent à l'état adulte dans son tube digestif. Là, des œufs en grand nombre sont pondus par la Trichine adulte. Les larves qui en naissent traversent l'intestin, pénètrent dans les vaisseaux sanguins, puis se répandent dans les muscles. Elles y demeurent immobiles, jusqu'à ce que la chair du Porc soit consommée par l'homme : alors les mêmes phénomènes se passeront dans le corps humain. L'homme trichiné éprouve d'abord un grand embarras dans ses fonctions digestives : si les parasites s'enkystent en grand nombre

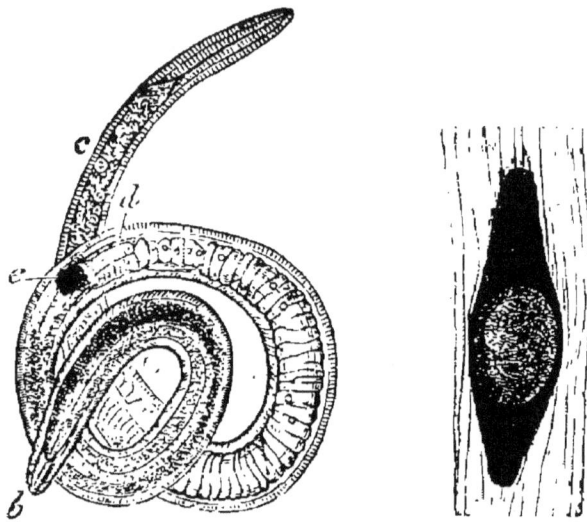

Fig. 102 et 103. *Trichine* (Trichina spiralis).

À gauche, un individu développé et notablement grossi. À droite, individu enroulé dans une capsule, au milieu d'un muscle. *a*, bouche. — *b*, anus. — *c*, tissu musculaire entourant l'œsophage. — *d*, intestin.

dans ses muscles, la paralysie des muscles atrophiés se produit, et la mort même peut en être le résultat. Rare en France, la trichinose est fréquente en Amérique et en Allemagne, où la chair du Porc est souvent mangée sans une cuisson suffisante. Le jambon bien fumé et conservé depuis longtemps a perdu toute influence nuisible.

La Filaire. — La *Filaire*, semblable à un fil, a le corps très long : elle fait des ravages énormes parmi les populations des pays chauds. — La *Filaire de Médine* n'a qu'un millimètre d'épaisseur; mais elle peut atteindre 1 ou 2 mètres de longueur. Elle vit dans les eaux impures : elle se fixe presque toujours dans la peau des jambes ou des pieds de ceux qui passent dans ces eaux. Elle y forme d'abord une saillie, puis un abcès purulent et douloureux, où elle vit pelotonnée sur elle-même. Les indigènes laissent l'abcès s'ouvrir ; alors, ils extirpent l'animal en l'enroulant sur un petit bâtonnet. Ils procèdent très doucement, de peur de briser l'animal qui est très cassant. — La *Filaire du sang* peut atteindre 7 à 8 centimètres de longueur. L'homme en absorbe les œufs en buvant de l'eau mal filtrée. C'est dans les capillaires sanguins et lymphatiques que la Filaire se réfugie ; elle y détermine des abcès. — Cette histoire de la Filaire nous avertit de l'importance de la propreté dans les eaux potables.

L'Anguillule. — Les *Anguillules* sont des animaux microscopiques, effilés comme de petites anguilles. Elles se développent dans le vinaigre, dans la colle de farine, dans le blé niellé. Une propriété singulière qui les a rendues célèbres, c'est de pouvoir reprendre la vie active après avoir été longtemps desséchées et laissées comme mortes. Les unes sont parasites de divers animaux, de l'homme même ; la plus connue est celle du blé *niellé*.

TABLEAU DES **NÉMATHELMINTHES**

1re *classe*. — **Chætognathes**, animaux libres, corps divisé en trois régions, tube digestif avec armature buccale spéciale (Flèche, Spadelle, animaux vivant à la surface des mers).

2e *classe*. — **Chætosomidés**, animaux libres, corps allongé, hérissé de petites soies fines, tête distincte avec couronne de crochets mobiles (Chætosomes, animaux marins et d'eau douce).

3e *classe*. — **Nématodes**, parasites en général, corps cylindrique effilé à ses deux extrémités (Ascarides, Ankylostome, Strongle géant, Trichocéphale, Trichine, Filaire, Anguillule).

4e *classe*. — **Gordiens**, larves parasites, adultes libres, corps filiforme très allongé (Gordius).

5e *classe*. — **Acanthocéphales**, parasites très dégradés, corps vermiforme, trompe protractile et armée de crochets servant d'organes de fixation (Echinorhynque géant, parasite du Porc).

CHAPITRE X

LES LOPHOSTOMÉS

Caractères généraux. — Les *Lophostomés* forment le premier embranchement de la grande série des *Néphridiés*. Ils se distinguent des Chitinophores par l'absence de l'enveloppe chitineuse, qui est remplacée par une cuticule mince. Le caractère qui leur est commun avec tous les Néphridiés, c'est d'avoir des *néphridies* ou organes excréteurs, qui remplissent le même rôle que les reins chez l'homme.

Ils sont définis par un *appareil ciliaire spécial*, en forme de *houppe*, servant à porter les aliments à la bouche. Leur corps n'a point l'apparence segmentée que nous avons trouvée chez les Arthropodes et les Némathelminthes, et que nous trouverons encore chez les Vers : ou bien ils n'ont qu'un segment, ou bien les divers segments sont fusionnés en un.

On met aujourd'hui dans cet embranchement des classes qui ont été longtemps difficiles à encadrer : les *Rotifères*, les *Bryozoaires*, les *Brachiopodes*.

I. Les Rotifères. — Les *Rotifères* sont des animaux de petite taille, ne dépassant pas 1 millimètre, rarement associés en colonie. Une mince cuticule enveloppe le corps (*fig.* 104 *et* 105).

L'*appareil rotateur* est la partie la plus caractéristique des Rotifères, celle qui leur a valu leur nom. Cet appareil, que les Rotifères font saillir à volonté au moment des repos et pour la natation, consiste en deux lobes charnus portant sur leur bord libre une rangée de cils délicats. Quand ils sont en mouvement, l'ensemble produit l'impression de deux roues tournant rapidement autour de leur axe. Le tourbillonnement de l'appareil permet à l'animal de nager d'un mouvement lent et spiralé : les cils forment un entonnoir qui conduit vers la bouche les aliments saisis.

Si on laisse évaporer la goutte d'eau dans laquelle vit un Rotifère, l'animal se contracte, se déforme, et prend l'aspect d'un fragment de parchemin desséché. En cet état, il peut se conserver de nombreuses années. Dès qu'on vient à l'humecter de nouveau, il reprend toute sa vitalité. Pour que l'expérience réussisse, il est nécessaire qu'il n'ait point

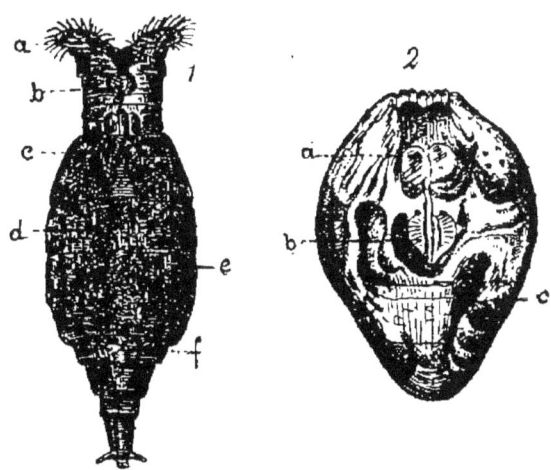

Fig. 104 et 105. — *Rotifère commun :* 1, *à l'état de vie active ;* 2, *desséché.*

1, *a,* appareil rotateur ; *b,* bouche et tube respiratoire ; *c,* appareil masticateur; *d,* intestin ; *e,* canal d'excrétion ; *f,* vésicule contractile. — 2, *a,* appareil rotateur; *b,* appareil masticateur ; *c,* intestin.

été desséché à nu, mais qu'on l'ait préalablement recouvert de poussière ou de mousse. Comme les Tardigrades et les Anguillules, les Rotifères sont donc des *animaux réviviscents.*

II. Bryozoaires. — Les *Bryozoaires* doivent leur nom à leur ressemblance avec de la mousse. Ce sont des animaux de petite taille; ils vivent en colonies plus ou moins ramifiées. Eux aussi portent autour de la bouche un appareil ciliaire, en couronne ou en double fer à cheval.

Les *Plumatelles* (*fig.* 106) sont des Bryozoaires habitant les eaux douces. — On les appelait autrefois des Polypes fluviatiles, à cause de leur ressemblance avec les Polypes : mais le microscope ayant découvert en eux des organes bien plus élevés que ceux des Polypes, on les a placés tout à côté des Vers.

Fig. 106. — *Bryozoaire* (Plumatella repens).

t, tentacule. — *est*, estomac.

Leur corps, transparent, en forme de tube, porte à la partie supérieure un double rang de tentacules disposés en fer à cheval. Ils flottent librement dans le jeune âge : un peu plus tard ils se fixent par leur base, sécrètent un tube membraneux qui adhère aux corps solides sur lesquels ils reposent. Ils bourgeonnent à la manière des plantes et des polypes : les tubes issus du premier recouvrent d'un treillis souvent fort délicat les rochers ou les feuilles qui soutiennent la colonie.

III. Les Brachiopodes.

— Au premier abord, il serait aisé de confondre les *Brachiopodes* avec les Mollusques lamellibranches. Comme ceux-ci, l'Huître et la Moule par exemple, les Brachiopodes sont des animaux

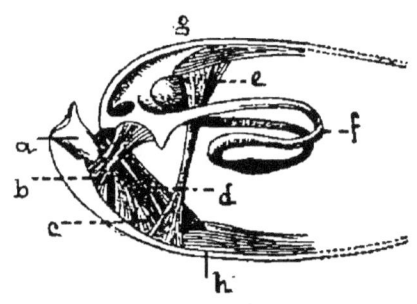

Fig. 107. — *Anatomie d'un brachiopode* (Waldheimia australis).

a, pédoncule. — *b*, *c*, muscles ajusteurs, dorsal et ventral. — *d*, muscle divariceur. — *e*, muscle occluseur. — *f*, appareil apophysaire soutenant les bras. — *g*, valve dorsale. — *h*, valve ventrale.

mous enfermés dans une coquille à deux valves. Mais un examen attentif montre que les Brachiopodes se distinguent des Mollusques à la fois par leurs bras et par leur coquille.

Les *bras* sont la caractéristique des Brachiopodes (*fig.* 107). Ils sont au nombre de deux, disposés de chaque côté de la bouche : ils sont tantôt pliés en anse, tantôt enroulés en spirales coniques. Un bras est une baguette cartilagineuse couverte, d'un côté par une membrane, de l'autre par une rangée de cils. Ils se terminent par une houppe de cils vibratiles, dont les mouvements produisent un courant d'eau et conduisent jusqu'à la bouche les particules en suspension.

La *coquille* (*fig.* 108 et 109) est sécrétée par le manteau qui recouvre l'animal comme un tégument. Elle se compose d'une valve ventrale et d'une valve dorsale. La valve ventrale est adhérente au sol ; elle est plus grande que l'autre ; en avant, elle se recourbe en crochet vers la valve dorsale. Un pédoncule musculaire, à l'aide duquel l'animal se fixe aux rochers, est inséré au fond de la valve ventrale et fait saillie au dehors par un orifice. Si le pédoncule manque, la coquille est fixée aux rochers par la face externe de la valve ventrale. — La valve

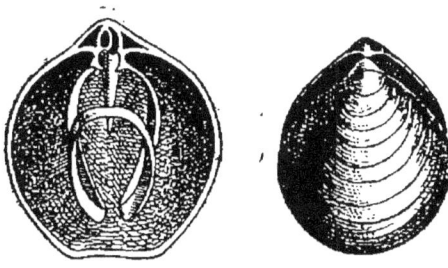

Fig. 108 et 109. — *Coquille de brachiopode* (Terebratula numismalis).

A droite, on voit les deux valves. — A gauche valve dorsale ouverte, montrant l'appareil apophysaire qui soutient les bras.

dorsale porte les bras que l'animal peut à volonté porter au dehors ou cacher au dedans de la coquille.

Dans les Brachiopodes, le dos et le ventre adhèrent aux parois de la coquille : au contraire, dans les Mollusques lamellibranches, comme l'Huître, les flancs adhèrent à la coquille, tandis que le dos et le ventre sont dans le plan d'ouverture.

TABLEAU DES **LOPHOSTOMÉS**

1ʳᵉ *classe.* — **Rotifères**, appareil rotateur et appareil masticateur : 1° *Nageurs*, pied court et bifide (Rotifère commun, Trochosphère) ; — 2° *Tubicoles*, pied allongé contenu dans un tube édifié par l'animal (Mélicerte, Flosculaire, Stéphauocère) ; — 3° *Parasites*, pas d'appareil rotateur à l'état adulte (Balatro, Seison).

2ᵉ *classe*. — **Bryozoaires**, appareil ciliaire, pas d'appareil masticateur, colonies : 1° *Ectoproctes*, l'anus s'ouvre en dehors de l'appareil ciliaire, tentacules creux (Cristatelle, Plumatelle, Bugula, Flustra, Alcyonidium, Crisia) ; — 2° *Entoproctes*, anus s'ouvrant avec la bouche dans l'appareil ciliaire, tentacules pleins (Pédicalline, Loxosome) ; — 3° *Ptérobranches*, prolongements dorsaux avec deux rangées de tentacules (Rhabdopleura, 2 bras ; Céphalodiscus, 12 bras).

3° *classe*. — **Brachiopodes**, bras en spirale et pourvus de cirres respiratoires, coquille bivalve, individus fixés, jamais de colonies : 1° *Articulés*, les deux valves unies par une charnière, bras soutenus par un squelette calcaire (Térébratules, Rhynchonelles) ; — 2° *Inarticulés*, valves sans charnière, bras sans squelette (Crania, Lingula, Orthis, Discina).

Les Brachiopodes fossiles sont très abondants ; ils servent à caractériser les terrains. Ce sont les inarticulés qui ont paru dans les premières époques.

CHAPITRE XI

LES VERS

Caractères généraux. — Les *Vers* (*fig.* 110) sont des animaux dont le corps est mobile, allongé, segmenté, dépourvu d'organes articulés pour la locomotion. Tantôt leur corps est lisse, tantôt il porte des soies rigides ou des mamelons nommés *parapodes*.

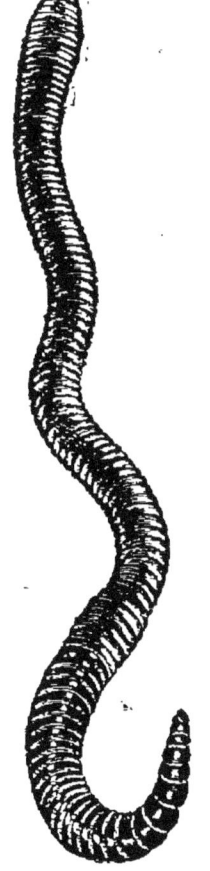

On les divise en trois classes : les *Annélides* ou Vers annelés, les *Plathelminthes* ou vers plats, les *Pseudhelminthes* ou vers dégradés.

I. Classe des Annélides. — Les *Annélides* sont ainsi nommées parce qu'elles sont formées d'anneaux très accentués, disposés en une série linéaire. Chaque anneau est rendu visible au dehors par des sillons : au dedans, on distingue autant de chambres que d'anneaux. La respiration est branchiale ou cutanée. Un sang rouge circule dans un système vasculaire clos. Des soies ou des parapodes servent à la locomotion. Le système nerveux se compose de ganglions cérébroïdes et d'une chaîne ganglionnaire ventrale.

Fig. 110.
Type de Ver.

Le Lombric ou Ver de terre. — Les *Lombrics* (*fig.* 111) sont les plus connus parmi les Vers. Leur corps est allongé, aminci en pointe aux deux extrémités. Il est composé d'un grand nombre d'anneaux portant chacun en dessous huit soies rigides, courtes et crochues, qui servent à la progression. Vers le tiers antérieur, on aperçoit un bourrelet un peu saillant, appelé *ceinture :* là est sécrété le cocon où le Lombric enferme ses œufs. Chaque anneau est percé de deux pores par lesquels sortent les produits excrétés par les organes rénaux.

Les Lombrics vivent de préférence dans les lieux humides : ils se nourrissent de matières végétales, et ils avalent souvent de la terre, soit pour creuser leurs galeries, soit pour en extraire les sucs organiques qu'elle contient. On ne les rencontre que pendant la belle saison : dans les temps froids, ils s'enfoncent en terre à de grandes profondeurs.

Les Vers de terre rendent les plus grands services à

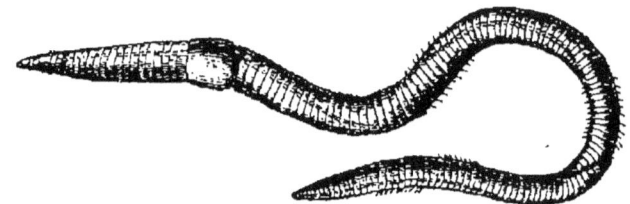

Fig. 111. — *Lombric ou Ver de terre.*

l'agriculture : loin de les écraser avec dégoût, il faudrait plutôt les protéger. On estime que leur nombre dépasse 134 000 par hectare dans les jardins; dans les prairies, ils sont plus nombreux encore. En mangeant la terre, ils la rendent meuble : on a calculé qu'en un mois les vers de terre ameublissent 647 grammes de terre par mètre carré. En mangeant les feuilles, ils contribuent à la formation de l'*humus* ou terre végétale.

Ils rampent de tous côtés durant les nuits humides ; s'ils sortent durant le jour, ils restent cramponnés à leur trou par la queue, si bien qu'on ne peut les arracher sans les rompre. Aussi les pêcheurs ont-ils coutume de rechercher pendant la nuit les vers qui devront leur servir d'appâts.

L'Arénicole — L'*Arénicole des pêcheurs* (*fig.* 112), très recherchée comme appât, habite au bord de la mer la zone sableuse que la marée laisse chaque jour à sec. Elle vit dans un tube en U qu'elle creuse dans le sable, et auquel elle donne de la consistance par une matière gluante qu'elle

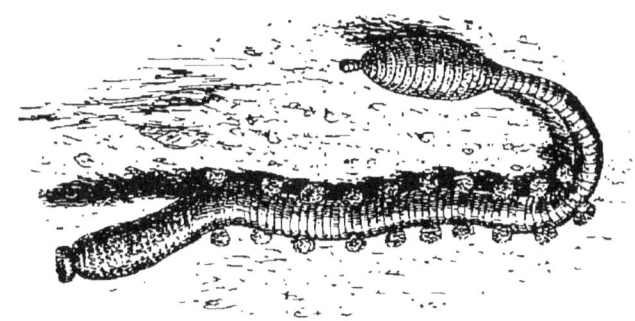

Fig. 112. — *Arénicole hors de l'eau* (Arenicola piscatorum).

sécrète. Elle atteint parfois de 25 à 30 centimètres de long. La tête, peu distincte, n'a ni yeux, ni antennes, ni mâchoires. La partie antérieure, formée de sept anneaux, est

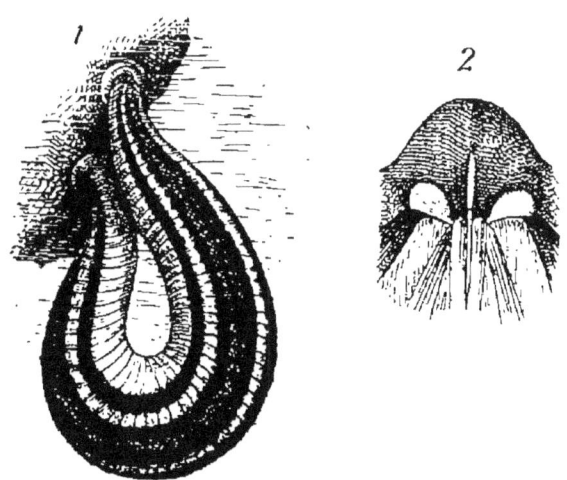

Fig. 113. — *Sangsue médicinale.*

1, individu suspendu par ses ventouses. — 2, bouche montrant les mâchoires chitineuses et leurs muscles.

munie de rames composées de petits poils simples. La région moyenne comprend 13 anneaux, garnis de parapodes et de branchies. La région postérieure est cylindrique,

finement annelée, sans traces de parapodes ni de soies.

D'autres Vers, très voisins de l'Arénicole, vivent aussi dans des tubes et
portent autour de la tête de splen-
dides panaches de tentacules servant
parfois de branchies (Térébelle, Serpule, Sabelle). D'autres, comme la
Souris de mer, sont des Vers errants,
carnassiers, pourvus d'yeux, d'antennes et d'appareils masticateurs.

La Sangsue. — La *Sangsue médicinale* (*fig.* 113) a le corps un peu
aplati, nu, dépourvu de soies locomotrices. Elle se distingue aussi des
autres Annélides par les ventouses
qui terminent son corps en avant et
en arrière. Elle habite les eaux douces
et tranquilles, dans lesquelles elle
nage rapidement. Hors de l'eau, elle
progresse à l'aide de ses ventouses :
après avoir fixé sur un corps solide
sa ventouse antérieure, elle se ra-
masse en un peloton et fixe tout près
sa ventouse postérieure; alors elle
s'allonge et va fixer plus loin sa ventouse buccale.

Le tube digestif de la Sangsue commence par une bouche armée de trois
mâchoires ou pièces cornées, à l'aide
desquelles la Sangsue peut entamer
la peau des animaux pour sucer leur
sang.

Le reste du tube digestif est très
developpé : on y remarque onze es-
tomacs pourvus de cæcums, où le sang
absorbé séjourne en attendant qu'il
soit digéré et absorbé (*fig.* 114).

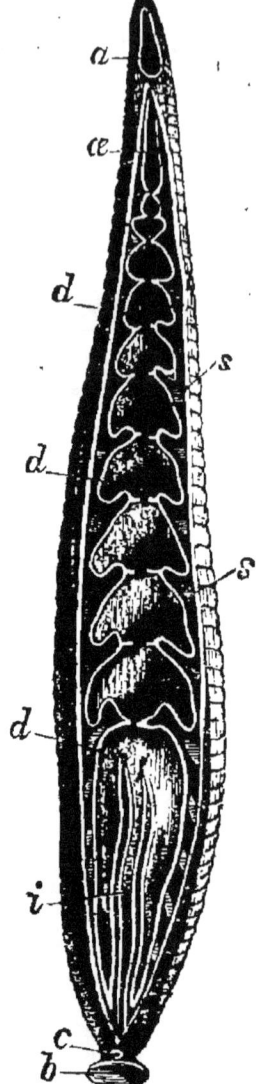

Fig. 114. — *Sangsue
médicinale.*

a, ventouse buccale. —
œ, œsophage, ou entrée du
tube digestif. — *d*, intestin, divisé en autant de
segments qu'il y a d'an-
neaux dans l'animal. — *s*,
appareil segmentaire des-
tiné à la sécrétion urinaire.
— *c*, anus. — *b*, ventouse
postérieure.

Les Sangsues étaient très employées en médecine autrefois pour pratiquer des saignées locales : chacune peut absorber 10 centimètres cubes de sang. Aujourd'hui, la consommation des Sangsues diminue notablement, soit parce qu'on attache moins d'importance aux saignées, soit parce qu'on produit un effet équivalent par les ventouses.

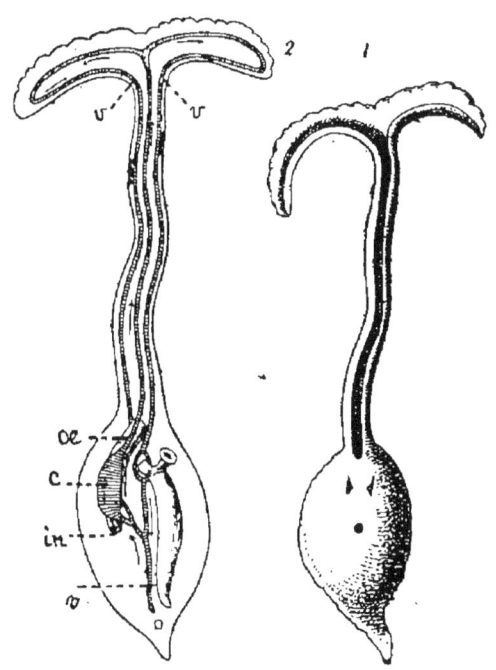

Fig. 115 et 116. — *Un Géphyrien, la Bonellie verte.*

1, Bonellie vue par le dehors. — 2, section de la Bonellie, montrant l'appareil circulatoire.

sèches. Cependant le commerce des sangsues est encore prospère dans l'ouest et le centre de la France. On les élève dans des étangs naturels ou artificiels, où elles vivent dans les fonds tourbeux. Ce n'est qu'au bout de deux ans, lorsque les jeunes Sangsues pèsent près de 2 grammes, qu'on les utilise.

Aux Annélides se rapportent les *Géphyriens.* Lorsqu'ils sont adultes, on ne découvre aucune trace de segmentation, comme dans la Bonellie verte (*fig.* 115 et 116); mais à l'état de *larves*, la segmentation de leur corps est parfaitement reconnaissable.

II. Classe des Plathelminthes. — Les *Plathelminthes* sont des Vers à corps plat ou cylindrique. Le caractère commun à tous est qu'ils sont dépourvus de cavité générale, c'est-à-dire que l'espace compris entre le tube digestif et la peau, au lieu d'être ouvert pour la circulation, se trouve complètement obstrué par du parenchyme.

Les uns sont formés d'un segment unique, les autres de plusieurs segments disposés en une série linéaire. Les plus

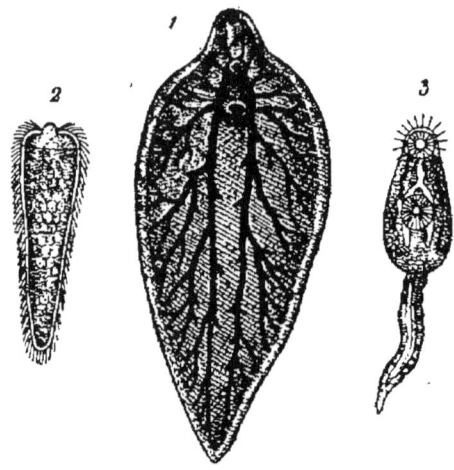

Fig. 117. — *La Douve du Mouton* (Distoma hepaticum).
1, adulte. — 2, larve ciliée. — 3, cercaire sortie déjà de la Rédie.

connus sont parasites : parmi eux, nous citerons seulement la Douve du mouton et le Ténia de l'homme.

La Douve du mouton. — La *Douve du mouton* (*fig.* 117) est un Ver parasite qui, dans certaines années, tue les moutons par centaines de mille. Son corps, formé d'un segment unique, est aplati, oblong, lancéolé comme une feuille. Il présente deux ventouses, l'une à la bouche, l'autre quelques millimètres plus bas. Il fait 2 à 3 centimètres de long, 1 centimètre de large : sa couleur est d'un blanc sale plus ou moins teinté de brun.

Ce parasite subit de curieuses migrations. Les œufs pondus par les Douves sont entraînés au dehors avec les excréments du mouton. Il en sort des larves ciliées pourvues d'un rostre, d'une tache oculaire dorsale, d'un rudiment de tube digestif et de cellules germinatives. Bientôt elles se fixent par leur rostre au tégument des Lymnées, petits mollusques vivant à la surface des eaux douces. Entrées dans leur hôte, elles prennent une forme de sac, où les cellules germinatives se multiplient et se groupent en individus nouveaux, les Rédies.

Les Rédies percent le sac et produisent une foule de petits, semblables à de microscopiques têtards de grenouilles, qu'on nomme *Cercaires*. Les Cercaires quittent la Lymnée, s'attachent aux gazons des prés humides. Mangées bientôt par quelque mouton, elles passent de leur estomac dans leur foie, où elles prennent la forme de Douve adulte.

Le *mésostome d'Ehrenberg* (*fig.* 118), qui vit dans les mares et dont le corps est transparent, peut être cité comme type d'un ordre voisin des *Trématodes*, celui des *Turbellariés*.

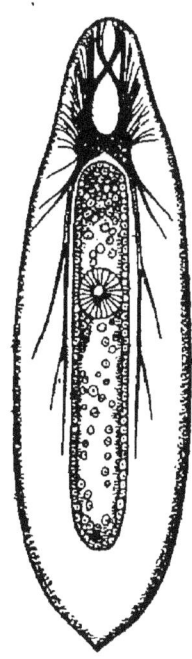

Fig. 118.
*Mésostome d'Eh-
renberg.*

Système nerveux et
appareil digestif, d'a-
près Graff.

Le Ténia de l'homme. — Le *Ténia de l'homme* ou Ver solitaire (*fig.* 119), est un Ver parasite, à corps aplati. Long souvent de 2 à 3 mètres, il est semblable à un ruban très aminci à l'une de ses extrémités et formé d'anneaux placés bout à bout. Comme l'organisation de chaque anneau ressemble à celle d'une Douve, on pourrait presque dire que le Ténia est une chaîne ou une colonie linéaire de Douves.

A l'extrémité amincie du ruban se trouve une tête ou *scolex* (*fig.* 120), dont l'anneau est pourvu d'une couronne de crochets et de quatre ventouses. A l'aide des crochets, le Ténia entame la peau de son hôte pour s'y fixer : à l'aide des ventouses, il s'y attache fortement. Étant dépourvu de tube digestif, il se nourrit par imbibition des liquides qui le baignent.

Les migrations et les métamorphoses du Ténia sont fort intéressantes. Le Ténia vit dans l'intestin de son hôte. Les anneaux de l'extrémité de la chaîne se détachent peu à peu, et sont rejetés avec leurs œufs parmi les excréments. Qu'un jour ou l'autre, un Porc avale ces œufs, ils se développent dans son estomac. Les larves qui en sortent, munies de six crochets, cheminent dans les tissus, se fixent dans les muscles, et s'y transforment en petites boules de la grosseur d'un Pois. Ces vésicules munies d'une tête à crochets sont des cysticerques. On nomme *ladrerie* la maladie des Porcs envahis par de nombreux cysticerques. Si l'homme mange du Porc *ladre* insuffisamment cuit, il avale les cysticerques, et chaque cysticerque devient, dans l'intestin de l'homme, un Ténia. Il est aisé de penser de combien d'éléments nutritifs ce parasite incommode prive son hôte. Une faim insatiable est

Fig. 120. — *Tête de Ténia.*

1. *a*, proboscide ; — *b*, couronne de crochets ; — *c*, ventouses. — 2. Un crochet fortement grossi. *a*, partie fixée à la tête du Ténia.

Fig. 119. — *Ver solitaire* (Tænia solium).

Le Ténia, composé d'un grand nombre d'anneaux similaires disposés sur une même ligne, a la forme d'une longue banderole. — *a*, tête. — *b*, anneaux.

souvent le signe de sa présence. — Presque tous les Vér-
tébrés sont sujets à être infestés par des Ténias.

Un autre Ver plat, le *Botryocéphale*, est aussi parasite
de l'homme. Il atteint jusqu'à 10 mètres de long. Sa tête a
six crochets et deux ventouses. Ses migrations sont peu
connues.

III. Les Pseudhelminthes. — Sous ce nom de Pseudhel-
minthes, on comprend des Vers parasites très dégradés. Ils

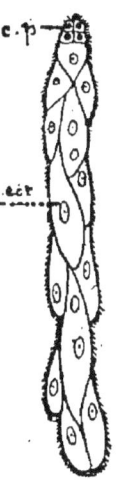

ont perdu toute trace d'organisation. Les
uns sont réduits à une
enveloppe mince qui ren-
ferme une cellule cen-
trale unique : les autres
contiennent, sous une en-
veloppe ciliée, un grand
nombre de cellules sem-
blables (*fig.* 121 et 122).
Nous ne les citons que
pour mémoire.

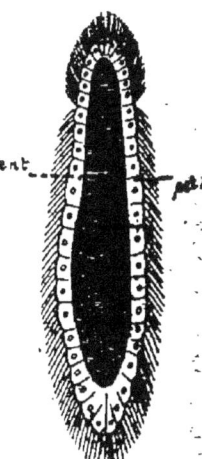

Fig. 121. —
*Pseudhelminthe,
parasite du rein
des Céphalopo-
des* (Dicyema ty-
pus).

e. p, coiffe po-
laire. — *c. ect*,
cellules ectoder-
miques.

TABLEAU DES VERS

1re *classe.* — **Annélides**, cavité générale distincte, système
nerveux avec chaine ganglion-
naire ventrale : 1er ordre : *Ché-
topodes*, segmentation persis-
tante chez l'adulte, soies ou
parapodes, vie libre ; *Polichètes*,
soies nombreuses (Souris de mer,

Fig. 122. — *Pseu-
dhelminthe, parasite des
Ophiures* (Rhopalæa
Giardii).

ent, cellules entoder-
ques nombreuses ; *ect*, cellules ectodermiques, ci-
liées.

Eunice, Nephthys, Néréis, Phyl-
lodoce, Arénicole, Hermelle, Sabelle, Serpule, Térébelle); *Oligochètes*,
4 paires de soies à chaque anneau (Lombric ou Ver de terre, Naïs, Tubifex,
Déro); — 2e ordre : *Hirudinées*, segmentation persistante, pas de soies,
2 ventouses, vie ectoparasitaire (Sangsues, Clepsine, Piscicole); — 3e ordre :
Géphyriens, segmentation non visible chez l'adulte : armés de crochets
(Bonellie); sans crochets (Siponcle).

2e *classe.* — **Plathelminthes**, pas de cavité générale, pas de chaine
nerveuse ventrale : 1er ordre : *Némertes*, corps cylindrique, allongé, cilié,
segment unique, trompe exsertile (Amphipore, Némerte, Lineus, Carinelle,

— 2ᵉ ordre : *Turbellariés*, corps aplati, cilié, segment unique (Planaire, Mésostome, Convolute...); — 3ᵉ ordre : *Trématodes*, corps plat, non cilié, ventouses (Douves ou Distomes, Tristomes, Polystomes); — 4ᵉ ordre: *Cestodes,* vers plats, anneaux multiples, ventouses et crochets (Ténias, Botryocéphale, Ligules...).

3ᵉ *classe.* — **Pseudhelminthes,** vers dégradés (Dicyema, Rhopalura).

LES MOLLUSQUES

Caractères généraux. — Les Mollusques forment l'un des embranchements les plus importants du règne animal: ils sont très nombreux, ils ont une organisation élevée, ils servent à l'homme tant pour l'alimentation que pour l'industrie, leurs restes fossiles caractérisent la plupart des couches terrestres.

Leur *nom* de Mollusques vient de ce qu'ils ont le corps mou. Leur corps n'est jamais divisé en anneaux. La symétrie du corps est marquée d'ordinaire par la torsion ou l'enroulement de certaines parties.

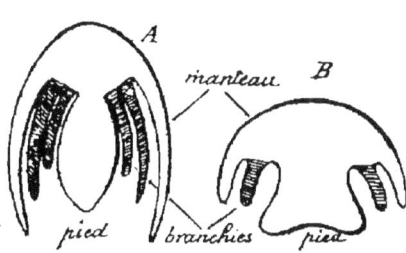

Fig. 123. — *Coupe schématique d'un Mollusque.*

A, *lamellibranche*, B, *gastéropode.*

Dans tout Mollusque on distingue *trois parties* (fig. 123): le manteau, la coquille, le pied. — Le *manteau* est un double repli de la peau qui recouvre le corps totalement ou en partie.

Entre le manteau et la paroi du corps se trouve un espace que l'on nomme *cavité palléale.* C'est dans cette cavité qu'est logé l'appareil respiratoire, et que débouchent le tube digestif et l'appareil rénal. La *coquille*, composée de matière calcaire pigmentée, est une enveloppe protectrice sécrétée par le manteau. Elle existe chez presque tous les Mollusques; mais sa forme varie beaucoup. Le *pied* est un organe musculaire formé aux dépens du tégument. Il est tantôt en forme de massue comme chez la Palourde, tantôt en forme de semelle épaisse comme chez l'Escargot, tantôt il se change en une couronne de bras comme chez le Poulpe et la Seiche.

L'*appareil digestif* n'offre de remarquable que les mâchoires puissantes qui arment la bouche, et la glande volumineuse analogue au foie ou au pancréas, qui verse dans l'estomac un suc digestif.

Le *sang circule* (*fig.* 124) dans les Mollusques sous la poussée d'un cœur ordinairement formé d'une oreillette et d'un ventricule : le sang revient des branchies et est artériel lorsqu'il arrive au cœur. Le système circulatoire n'est point clos : entre les artères et les veines, au lieu de vaisseaux capillaires, il n'y a que des lacunes ouvertes.

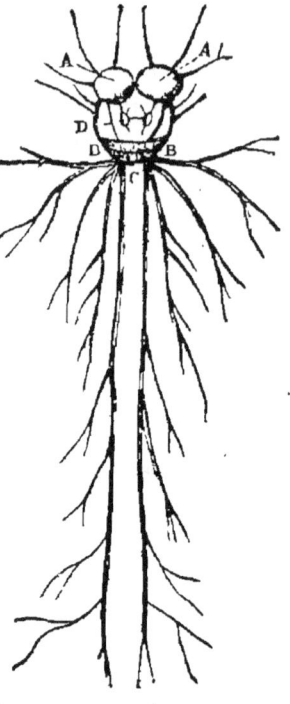

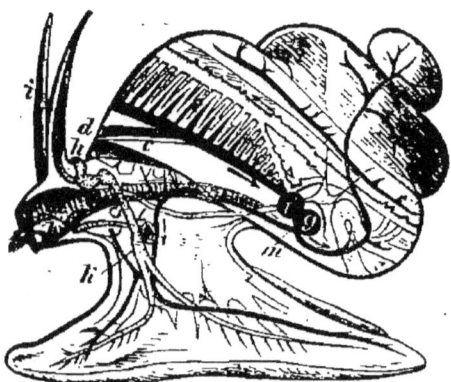

Fig. 124. — *Anatomie d'un Mollusque gastéropode* (Paludina).

f, oreillette du cœur. — *g,* ventricule, d'où le sang s'élance dans deux vaisseaux : à droite, l'artère abdominale ; à gauche, l'artère céphalique. — *e,* branchies, sur lesquelles passent le sang veineux pour s'artérialiser avant de retourner au cœur. — *i,* tentacules. — *a,* orifice buccal, suivi de l'œsophage. — *b,* langue. — *c,* dernière portion de l'intestin. — *d,* anus. — *h,* les yeux. — *l,* vésicule auditive.

Fig. 125. — *Système nerveux d'un Mollusque.*

A, ganglions cérébroïdes. — B, ganglions des branchies. — C, ganglions du pied réunis en une seule masse, d'où partent les filets nerveux. — D, ganglions du pharynx. — Les ganglions cérébroïdes sont unis aux autres par un collier œsophagien.

La *respiration* se fait par des branchies dans la plupart des espèces. Les espèces terrestres, comme l'Escargot, et certaines espèces d'eau douce, comme la *Lymnée*, respirent par une poche pulmonaire située dans le repli dorsal du manteau.

Le *système nerveux* (*fig.* 125) est composé de trois paires principales de ganglions. Ces ganglions ne sont point disposés sur une chaîne, comme dans les Arthropodes et les Vers, mais répandus dans le corps. Les plus volumineux, placés dans la tête, représentent le cerveau : ils sont unis aux autres par un collier œsophagien.

Parmi les sens, l'ouïe et la vue sont les plus connus : l'ouïe réside dans des vésicules de la tête remplies de liquide ; la vue réside dans des yeux à fleur de tête ou portés par des tentacules. Les yeux des Céphalopodes sont presque aussi compliqués que ceux des Vertébrés.

Le *genre de vie* varie suivant les classes : les Gastéropodes, comme l'Escargot, sont rampants ; les Lamellibranches, comme l'Huître, sont fouisseurs ; les Céphalopodes, comme le Poulpe et le Nautile, sont nageurs.

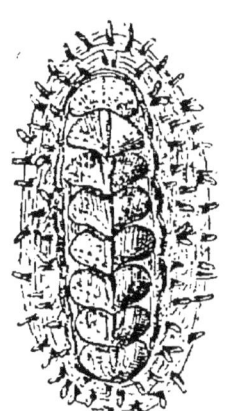

Nous diviserons les Mollusques en cinq classes que nous étudierons dans cinq types caractéristiques :

Les **Amphineures** (Chiton);
Les **Gastéropodes** (Escargot);
Les **Scaphopodes** (Dentale);
Les **Lamellibranches** (Huîtres);
Les **Céphalopodes** (Poulpe).

Fig. 126. — *Chiton ou Oscabrion.*

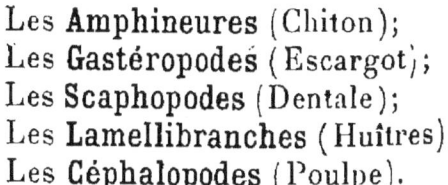

I. Classe des Amphineures. — Les *Amphineures* doivent leur nom à ce que leur système nerveux, formé de longues bandelettes sans glanglions, est fermé postérieurement en arc. La peau est recouverte de valves multiples ou simplement renforcée de spicules calcaires. Le corps a une apparente segmentation.

Le Chiton. — Le *Chiton* ou Oscabrion (*fig.* 126) est le plus connu des Amphineures. Son corps est de forme ovale, arrondi aux extrémités. La coquille est articulée, formée de huit pièces calcaires transversales imbriquées ; elle est entourée par un repli du manteau. Les branchies s'étendent de chaque côté du corps, sous le rebord du manteau. La bouche contient une langue très longue, rou-

lée en spirale et armée de dents cornées. La face ventrale
est plane et occupée par un disque charnu ou pied qui sert
à la reptation. Le Chiton s'enroule aisément sur lui-même,
à cause de la mobilité des pièces de sa coquille.

II. Classe des Gastéropodes. — Les *Gastéropodes* ont le

pied en forme de large semelle ventrale ; ce pied, spécialement adapté pour la reptation, peut aussi servir à la natation. La tête, toujours distincte, est entourée de plusieurs
tentacules non locomoteurs. Une coquille univalve turri-
culée abrite l'animal ; cette coquille disparaît à l'état adulte
dans quelques espèces.

L'Escargot. — L'*Escargot* ou *Colimaçon* (*fig.* 127) rampe
sur un pied large, ovale. Sa tête porte quatre tentacules

Fig. 127. — *Escargot* (Helix pomatia).

ou cornes, dont les supérieurs, plus longs, contiennent les
yeux. La bouche, munie de deux lèvres, contient une langue cornée et une dent ; par cet appareil masticateur,
l'Escargot entame les feuilles dont il se nourrit. Il porte
sur son dos une coquille globuleuse, contournée en spirale, où il se met à l'abri.

Les œufs de l'Escargot sont arrondis, enveloppés d'une
coque calcaire ; l'animal les dépose sur les feuilles où ils
éclosent spontanément. Les petits en sortent avec une coquille très fragile, qui durcit à l'air.

L'Escargot vit dans les bois, les jardins, les prairies ; il
se cache pendant la sécheresse et sort pendant les temps

humides. Il passe l'hiver engourdi dans sa coquille ; la coquille est hermétiquement fermée par une mucosité riche
en calcaire et durcie à
l'air.

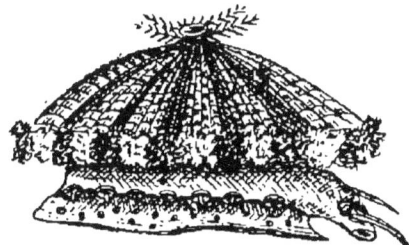

Fig. 128. — *Fissurelle*.

L'*Escargot de vigne* est
très estimé comme ali-
ment ; dès le temps de Pli-
ne, on élevait cet animal
dans des *escargotières* où
on le nourrissait avec
grand soin de plantes aromatiques. En pharmacie,
l'Escargot, et toute la famille des Hélices dont il fait partie, est employé pour la préparation de sirops émollients.

Divers types de Gastéropodes. — L'Escargot est terrestre, et il respire par une poche pulmonaire placée dans

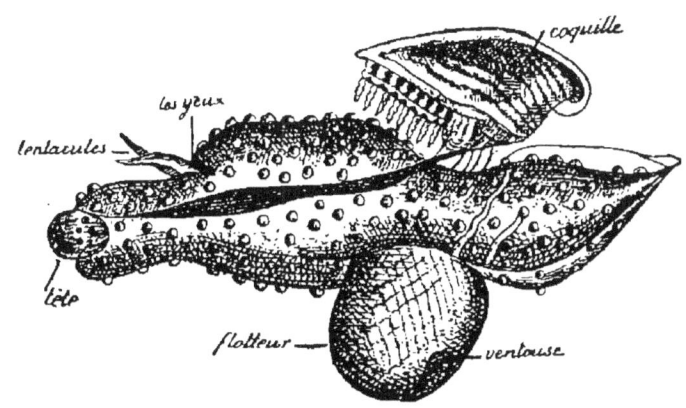

Fig. 129. — *Carinaire*.

le repli du manteau. Les Gastéropodes terrestres sont tous
dans le même cas. Les *Physes* et les *Lymnées*, qui vivent
dans les eaux douces, respirent de la même façon ; aussi
sont-elles astreintes à se tenir toujours à la surface de l'eau
pour absorber-l'air en nature. Les Gastéropodes marins,
et c'est le plus grand nombre, respirent par des branchies.

La coquille n'est pas nécessairement enroulée en spirale.
Chez les *Patelles*, qui vivent attachées aux rochers des

côtes, elle est en forme de cône. Chez les *Fissurelles*
(*fig.* 128), elle est aussi en forme de cône, mais de plus
perforée au sommet.

Dans les *Carinaires* (*fig.* 129), elle est beaucoup plus
petite que le corps, et elle ne peut l'abriter entièrement ;

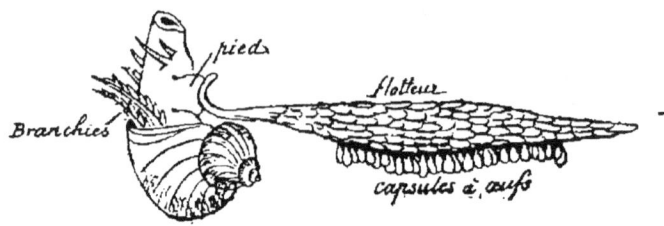

Fig. 130. — *Janthine.*

par suite du développement d'une sorte de nageoire ventrale, les Carinaires peuvent nager en haute mer. La *Janthine* (*fig.* 130) est aussi soulevée dans les eaux par un
flotteur.

Dans la *Limace* de nos jardins, la coquille est réduite à
un petit bouclier, enveloppé dans le manteau et situé en
arrière de la tête. Dans la *Limace rouge*, la coquille n'est
plus représentée que par des grains de calcaire. Enfin,
chez les *Testacelles,*
le peu qu'il en reste
est un petit onglet
insignifiant émigré à
l'arrière du corps.

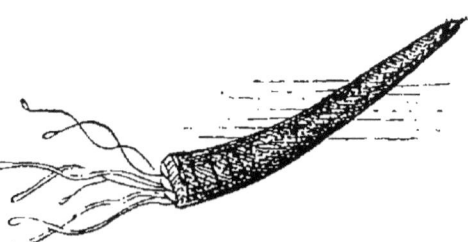

Fig. 131. — *Dentale.*

III. Classe des Scaphopodes. — Le Dentale.

— Le *Dentale*
(*fig.* 131) est le seul genre qui représente la classe des
Scaphopodes. Il doit son nom à sa coquille, dont la
forme arquée représente assez bien une *dent* d'éléphant.
Cette coquille est tubuleuse, univalve, ouverte à ses deux
extrémités. Elle est plongée en partie dans le sable sur les
côtes, ne dépassant que par la pointe la surface sablon-
neuse.

L'animal est entouré d'un manteau en forme de sac et
pourvu d'un pied trilobé. La tête est rudimentaire, sans
yeux, ni tentacules. La bouche est seulement entourée de
huit appendices labiaux à bords découpés.

Classe des Lamellibranches. — Les *Lamellibranches*
sont ainsi nommés parce qu'ils ont quatre branchies en
lamelles frangées ; ils sont aussi appelés *acéphales*, c'est-

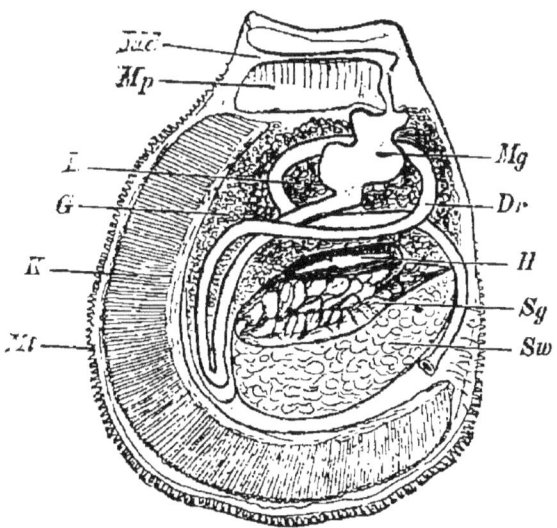

Fig. 132. — *Mollusque lamellibranche* (Ostrea edulis).

Huître dépouillée d'une valve et coupée suivant la longueur. — M d, bouche. —
M p, lèvres. — M g, estomac. — D r, intestin. — L, foie. — H, cœur. — K, branchies. — M t, manteau. — S g, muscle gris. — S w, muscle blanc.

à-dire dépourvus de tête distincte. Ils possèdent une coquille bivalve, qu'ils peuvent ouvrir ou fermer à volonté,
grâce à la charnière qui unit les deux pièces de la coquille.
Tous sont aquatiques. Les uns sont libres et sédentaires,
comme l'Huître ; d'autres se fixent aux rochers par des
fibres déliées nommées *byssus*, comme la Moule.

L'Huître. — La coquille de l'Huître (*fig.* 132) est bivalve,
nacrée à l'intérieur, feuilletée à l'extérieur. Les deux valves
s'appliquent l'une contre l'autre par l'effet d'un puissant
muscle adducteur ; lorsque le muscle se relâche, l'Huître

bâille sous l'action d'un ligament élastique qui unit les deux valves près de la charnière. L'Huître colle aux rochers une de ses valves et demeure ainsi toute sa vie immobile et couchée sur le côté. La valve fixée se développe beaucoup plus que l'autre ; le pied, devenu inutile, s'atrophie ; le manteau laisse à l'eau un libre accès vers la bouche et les branchies.

Chaque Huître produit par année plus de 60 000 œufs : c'est ce qui explique comment, malgré une pêche active, les bancs d'Huîtres ne cessent de se renouveler. Les œufs éclosent dans l'Huître même, et c'est alors qu'elle prend un aspect laiteux. Dans le *frai*, que l'Huître jette à la mer au printemps et durant l'été, le microscope reconnaît une infinité de petites Huîtres toutes formées. La présence du *frai* dans l'Huître la fait regarder comme malade, et on évite alors de la manger : cette croyance, quoique très mal fondée, s'oppose à une trop grande consommation d'Huîtres au moment de la propagation. C'est en vue de la préservation du frai que la pêche aux Huîtres est interdite entre avril et septembre.

De tant de larves produites par une seule Huître, une douzaine environ survivraient, si elles étaient abandonnées à elles-mêmes : les autres seraient emportées par les courants ou dévorées par des ennemis, Étoiles de mer, Bigorneaux, Crabes, etc. La culture artificielle a pour but de conserver et de faire grandir les jeunes. Elle consiste à procurer aux larves des abris où elles puissent se fixer. Des empierrements, des tuiles creuses, des fagots de branchages ou fascines, convenablement disposés, permettent au *naissain* de s'arrêter ; ainsi se forment les *bancs d'Huîtres* des côtes de l'Océan et de la Méditerranée. Quand elles ont une certaine taille, les Huîtres sont transportées dans des *parcs* où elles s'engraissent et perdent le goût de vase. Pour apprendre aux Huîtres à garder leur eau et à ne point *bâiller*, on leur fait subir à plusieurs reprises l'épreuve momentanée de la dessiccation.

Huître perlière. — La *Pintadine* (*fig.* 133) ou Huître perlière est une Avicule assez voisine de l'Huître : elle a

la propriété de produire des globules de nacre employés
en bijouterie sous le nom de perles fines ou perles d'Orient.
De petits grains de sable, des œufs d'animaux, introduits
dans la coquille, sont les noyaux autour desquels le manteau de l'animal sécrète la matière nacrée de la perle. —
Un procédé simple pour avoir des perles consiste à décou-
per la coquille nacrée des Mulettes et des Moules de rivière.

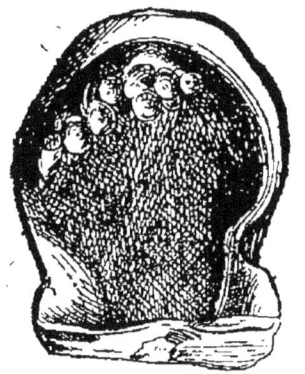

Fig. 133. — *Huître perlière
ou Pintadine.*

La **Lime bâillante** (*fig.* 134),
si remarquable par les franges
de son manteau et par les mouvements saccadés qu'elle produit
durant la natation, vit ordinairement sédentaire dans son nid;
mise en liberté, elle nage activement en ouvrant et en fermant
sa coquille.

Les **Tarets** et les **Pholades**
sont des Lamellibranches, qui se
creusent une cachette dans le
bois ou dans la pierre.

Les *Tarets*, en particulier, se multiplient avec une telle
rapidité qu'il faut protéger contre eux tous les bois sub-

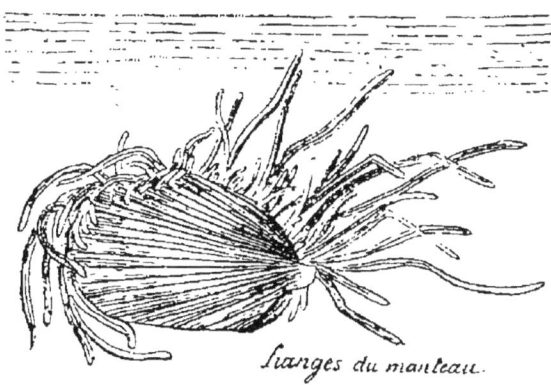

franges du manteau.

Fig. 134. — *Lime bâillante.*

mergés, pilotis ou coques de navire. Tandis que les Tarets
tapissent d'un tube calcaire la galerie qu'ils creusent dans

le bois, l'*Arrosoir* (*fig.* 135) garde cette enveloppe adhérente à lui-même en forme de fourreau. Ces animaux en-
fouis ne peuvent se mouvoir qu'à l'aide de tubes ou *siphons*
formés aux dépens du manteau : le siphon antérieur *aspire*

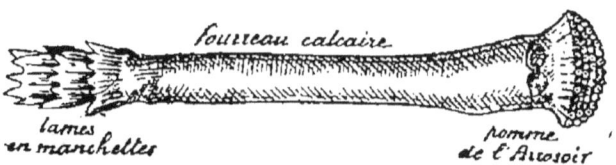

fourreau calcaire

lames
en manchettes

pomme
de l'Arrosoir

Fig. 135. — *Arrosoir.*

l'eau et la fait pénétrer dans la cavité palléale ; le siphon
postérieur expire l'eau ; chemin faisant, l'eau nourrit l'animal et entraîne ses excrétions.

La **Moule** (*fig.* 136) peut se déplacer à l'aide d'un paquet
de filaments qu'on nomme le *byssus*. Pour se fixer, la
Moule allonge son pied en massue et dépose sur le point

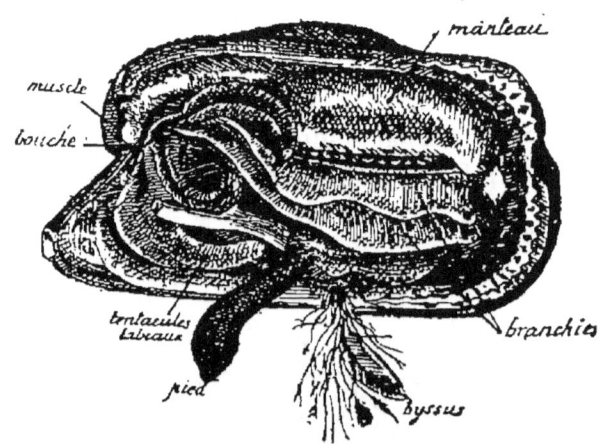

manteau

muscle

bouche

tentacules
labiaux

pied

branchies

byssus

Fig. 136. — *Moule comestible.*

choisi un peu de la matière soyeuse qu'elle sécrète : quand
le pied se retire, elle se trouve suspendue par les filaments
bruns du byssus. Pour changer de place, elle file un nouveau byssus au-dessus de l'ancien, coupe une à une les
cordes de sa première attache, et se hisse sur le nouveau
câble suspenseur.

La Moule est très recherchée comme aliment, mais elle n'est pas toujours également saine; aussi faut-il prendre de préférence celles qui sont l'objet d'une culture spéciale. Pour les cultiver, on enfonce sur des plages vaseuses de longs pieux en allées régulières ou *bouchots*. Les pieux les plus avancés en mer sont isolés, et c'est sur eux que les jeunes moules viennent se fixer. Les pieux les plus rapprochés du rivage sont unis par des branchages formant une claie, et c'est là qu'on transporte les jeunes Moules détachées des pieux libres. Elles y grossissent et y atteignent leur maturité.

V. Classe des Céphalopodes. — Les *Céphalopodes* sont des Mollusques pourvus d'une *tête distincte entourée d'une couronne de bras ou tentacules*. Ces bras sont au nombre de 8 ou 10; ils servent à la fois pour le tact, la préhension et la locomotion. Leur face interne est munie de plusieurs rangées de ventouses, par lesquelles l'animal s'attache aux corps solides.

Le Poulpe. — Le *Poulpe* ou *Pieuvre* (fig. 137) est un Céphalopode sans coquille, sans osselet interne : le corps, mou, ovoïde, est contenu dans un manteau en forme de sac; la tête, très volumineuse, sort en avant, terminée par une couronne de huit bras armés de ventouses.

Au milieu des tentacules s'ouvre la bouche, munie de deux pièces cornées ou mandibules, en forme de bec de perroquet; la langue est couverte de nombreux crochets aigus. Cet appareil buccal sert à broyer le test des Crustacés dont le Poulpe se nourrit.

Les yeux sont très développés et comparables à ceux des Vertébrés : on y trouve deux paupières, dont l'une forme cornée transparente, un iris, un cristallin, une rétine, qui est l'épanouissement d'un ganglion optique.

Les Poulpes, tous marins, voyagent peu à travers les eaux. Ils rampent plutôt sur les bas-fonds, et se mettent en embuscade dans quelque fente de rocher, attendant que la proie vienne à sa portée. Ils ont deux moyens de défense dans l'entonnoir et la poche à encre. — L'*entonnoir* est un

tube en forme conique faisant communiquer la cavité palléale avec le dehors. Quand l'animal est inquiété, il accumule de l'eau dans la cavité palléale ; puis, dirigeant
l'entonnoir vers l'objet qui l'irrite, et comprimant le sac à
eau, il lance tout à coup un jet violent : du même coup, il
trouble son ennemi et s'éloigne vivement à reculons en
vertu de la réaction. — Une *poche à encre* verse en même
temps dans l'eau un liquide noirâtre qui aveugle l'ennemi.

Les Poulpes, parfois très gros, surtout dans les mers

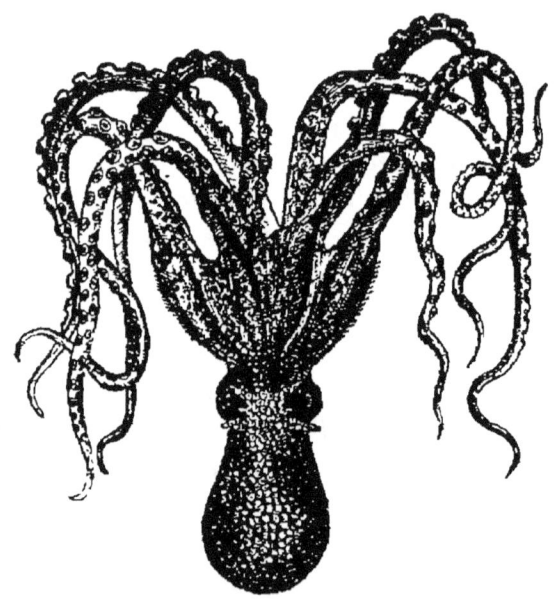

Fig. 137. — *Poulpe ou Pieuvre* (Octopus vulgaris).

chaudes, où leurs bras atteignent plusieurs mètres de long,
sont très dangereux pour les nageurs, qu'ils enlacent
dans leurs bras. Leur chair est peu utilisée comme aliment : les pêcheurs la divisent plutôt en menus fragments
pour servir d'amorce.

L'Argonaute (*fig.* 138) a huit bras comme le Poulpe.
On le voit, dans les eaux de la Méditerranée, voyager avec
sa coquille comme un marin dans sa barque : les six tentacules étroits lui servent de rames ; les deux tentacules
dilatés se relèvent et servent de voiles.

Le **Calmar** a dix bras. Une plume cornée forme son squelette interne. Deux nageoires postérieures triangulaires

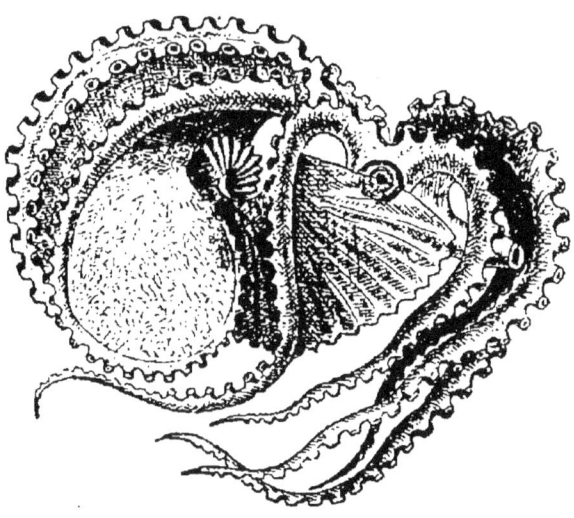

Fig. 138. — *Argonaute* (Argonauto Argo).

lui facilitent la locomotion. Très vorace, il court après sa proie. Il est redoutable parfois par sa longueur (10 mètres avec les bras) et par les griffes acérées dont ses tentacules sont armés.

La **Seiche** (*fig.* 139) a dix bras aussi : huit sont courts, pointus, armés de ventouses; les deux autres, très longs, sont terminés par un renflement en forme de massue et ne portent de ventouses que sur ce renflement. Dans la partie dorsale se trouve un squelette interne, *os de Seiche,* qu'on donne aux petits oiseaux en cage pour aiguiser leur bec et pour leur fournir le calcaire indispensable à l'enve-

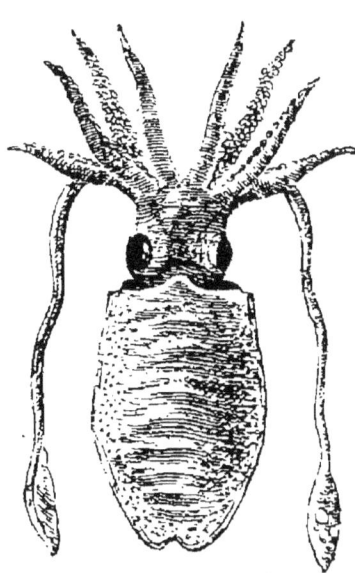

Fig. 139. — *Seiche* (Sepia officinalis).

loppe de leurs œufs. L'*encre* de Seiche est bien connue des aquarellistes sous le nom de *sépia* : elle entre dans la fabrication de l'encre de Chine. Diverses glandes, situées dans la peau, produisent un liquide grâce auquel la Seiche peut changer de couleur comme le Caméléon.

Le **Nautile** (*fig.* 140) a une coquille externe, divisée inté-

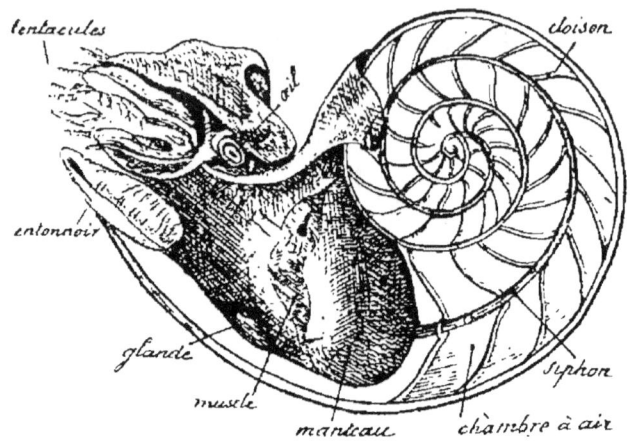

Fig. 140. — *Nautile.*

rieurement en plusieurs loges par des cloisons. Les loges communiquent entre elles par un trou ou *siphon* pratiqué au centre de toutes les cloisons. La dernière loge, très vaste, est seule habitée : les autres sont pleines d'air. La tête est entourée de nombreux tentacules. Il existe un entonnoir comme dans le Poulpe, mais pas de poche à encre.

TABLEAU DES **MOLLUSQUES**

1re *classe.* — **Amphineures,** pied adapté à la reptation, système nerveux fermé en arc : 1° *Solénogastres*, pas de coquille, spicules dans la peau (Néoménie, Chétoderme); — 2° *Placophores*, corps aplati, coquille plurivalve (Chiton ou Oscabrion).

2e *classe.* — **Gastéropodes,** pied adapté à la reptation, coquille univalve triarticulée, torsion du corps : 1er ordre : *Prosobranches*, 1 ou 2 branches en avant du cœur, coquille avec opercule; *diotocardes*, cœur a 2 oreillettes et 1 ventricule (Fissurelle, Pleurotomaire, Haliotis, Toupie, Sabot, Nérite, Néritine, Hélicine); *monotocardes*. cœur à 1 oreillette et 1 ventricule, 1 rein (Paludine, Littorine, Cyclostome, Cérite, Turritelle, Vermet, Srombe,

Natice, Janthine, Porcelaine, Ovule, Solaire, Scalaire, Casque, Carinaire, Atlante, Fuseau. Buccin, Pourpre, Volute, Cone, Olive, Bigorneau); *hétéro-cardes*, cœur à 1 oreillette et 1 ventricule, 2 reins (Patelle); — 2e ordre : *Pulmonés*, respiration pulmonaire, coquille sans opercule : *Stylommatophores*, les yeux au sommet de deux pédoncules rétractiles (Escargot, Limace, Bulime, Poupe, Testacelle, Vaginule) ; *basommatophores*, les yeux à la base de deux tentacules non rétractiles (Lymnée, Planorbe, Physe); — 3e ordre : *Opisthobranches*, marins, branchies en arrière du cœur ; *tectibranches*, 1 branchie protégée par le manteau (Bulle, Ombrelle, Aplysie); *nudi-branches*, branchies à nu, pas de coquille chez l'adulte (Æolidie, Doris, Téthys) ; *ptéropodes*, pied avec 2 lobes latéraux, servant de nageoires (Clione, Limacine, Cymbuline, Hyalée).

3e *classe*. — **Scaphopodes**, pied trilobé, coquille tubuleuse, arquée (Dentale).

4e *classe*. — **Lamellibranches** ou **Acéphales**, sans tête distincte, coquille bivalve : 1er ordre : *Protobranches*, branchies bipectinées, pied adapté à la reptation, coquille équivalve (Nucule) ; — 2e ordre : *Filibranches*, branchies avec lamelles libres, pas de siphons, pied avec byssus, coquille équivalve (Arche, Pétoncle, Moule, Moule d'eau douce, Jambonneau ou Pinna, Peigne, Spondyle, Huître, Anomie, Placune); — 3e ordre : *Eulamellibranches*, branchies formées de filaments associés en lame, siphons (Cyprine, Cyrène, Cyclade, Union, Anodonte, Lucine, Bucarde, Bénitier, Clovisse, Telline, Couteau, Mye, Corbule, Arrosoir, Pholade, Taret).

5e *classe*. — **Céphalopodes**, tête distincte avec une couronne de bras : 1er ordre : *Tétrabranchiaux*, 4 branchies, tentacules nombreux filiformes, coquille externe nacrée, entonnoir divisé en 2 parties (Nautile) ; — 2e ordre : *Dibranchiaux*, 2 branchies, coquille interne ou nulle, entonnoir simple; *octopodes*, 8 bras (Poulpe ou Pieuvre, Argonaute); *décapodes*, 10 bras (Calmar, Sépiole, Seiche, Spirule, Belemnites, Goniatites, Ammonites...).

CHAPITRE XIII

LES PROTOCHORDES

Caractères généraux. — Ce nom de *Protochordes* est tout moderne. Il a été créé pour désigner les animaux en qui l'on découvre les premières traces d'une colonne vertébrale. Chacun sait que l'on nomme *colonne vertébrale* cette chaîne de vertèbres mobiles qui s'étend de la tête à la queue chez les animaux supérieurs, et qui constitue la partie centrale du squelette interne. Les animaux caractérisés par cette colonne forment l'embranchement des *Vertébrés*.

Mais il y a des animaux chez qui cette colonne, au lieu d'être nettement achevée, se trouve simplement ébauchée. Elle est à l'état de *corde dorsale*. Tantôt la corde dorsale persiste toute la vie, tantôt elle n'existe que pendant les premières phases. Tous les animaux en qui la corde dorsale ne se transforme pas en une colonne vertébrale sont rangés dans cet embranchement des *Protochordes*.

Parmi ces animaux, on en distingue de trois sortes : dans les uns, la corde dorsale est localisée dans la tête : ils sont trop peu connus pour que nous les décrivions ; — dans une seconde classe, celle des *Tuniciers*, la corde dorsale est localisée dans la région caudale ; nous décrirons la Fritillaire, les Ascidies et les Salpes ; — dans une troisième classe, qui comprend l'*Amphioxus*, la corde dorsale s'étend à travers tout le corps, plus développée cependant à la partie antérieure.

Les Tuniciers. — Les *Tuniciers* sont des animaux dépourvus de membres, enveloppés dans une espèce de *tunique*, dont la composition est très voisine de la cellulose. La tunique est percée de deux ouvertures, l'une pour l'introduction de l'eau et des aliments, l'autre pour l'expulsion de l'eau et des résidus de la digestion.

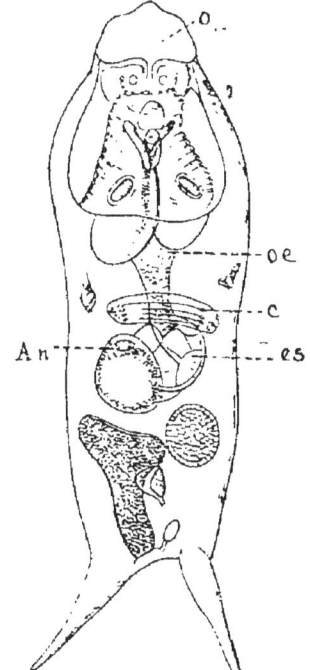

Fig. 141. — *Fritillaire* (Fri-
tillaria furcata), *sans l'appendice caudal.*

o, bouche. — *œ*, œsophage. —
es, estomac. — *An*, anus. —
c cœur.

Les Tuniciers étaient autrefois classés parmi les animaux inférieurs, à côté des Bryozoaires; mais la découverte de leur corde dorsale leur a fait donner une place immédiatement au-dessous des Vertébrés.

La Fritillaire. — La *Fritillaire* (*fig.* 141) appartient au groupe des Tuniciers les plus simples. Elle n'a que quelques millimètres de long. Elle mène une vie libre et nage à l'aide d'une large queue qui est une fois et demie plus longue que le reste du corps. Elle se débarrasse de sa tunique dès qu'elle se sent capturée.

La corde dorsale n'existe que dans la queue. Chez elle, comme chez une Ascidie (*fig.* 142), elle

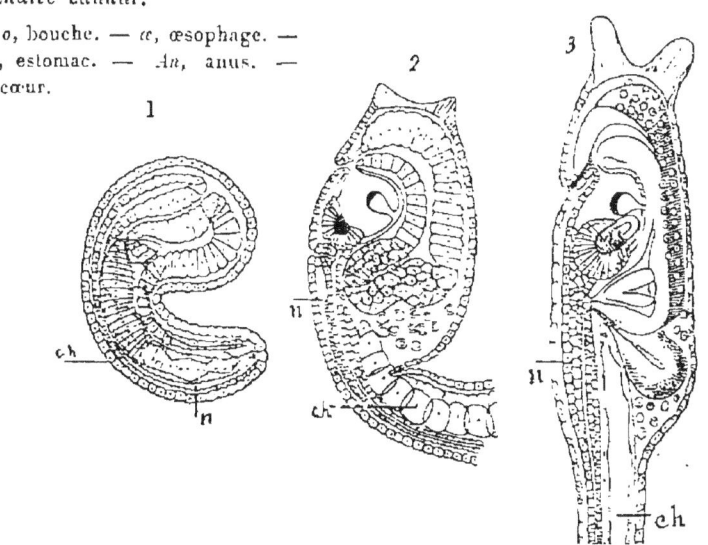

Fig. 142. — *Phases successives d'une Ascidie* (Phallusia mamillata).

1. Embryon dont la queue est déjà bien développée, montrant la corde dorsale, *ch*, et la gouttière nerveuse, *n*. — 2. Larve immédiatement après l'éclosion. — 3. Larve âgée de deux jours : la partie antérieure seule est représentée.

Fig. 143. — *Ascidie*
(Cynthia papillosa).

Ce Tunicier vit fixé au
fond des mers. — *a*, orifice buccal. — *b*, orifice
anal.

consiste en une tige cartilsgineuse
qu'entourent des bandes musculaires
segmentées. Derrière la corde dorsale
se voit un cordon nerveux, formant
avec les ganglions de la tête un axe
cérébro-spinal.

Ce qui distingue la Fritillaire d'une
Ascidie, c'est que son appendice caudal lui demeure aussi longtemps que
la vie, tandis que l'Ascidie adulte a
perdu la corde dorsale et l'appendice
caudal.

Les Ascidies. — Les Ascidies (*fig.*
143) sont caractérisées par deux faits :

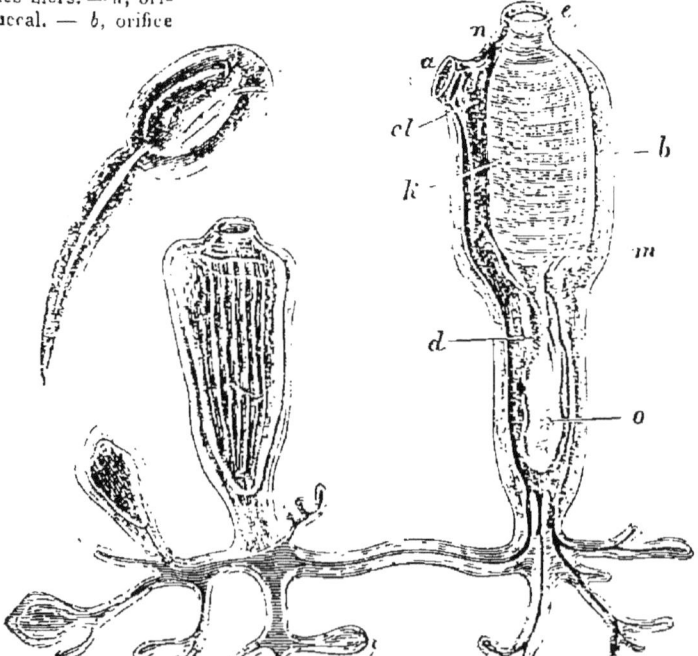

Fig. 144. — *Clavelines* (Clavellina lapadiformis).

A travers l'enveloppe transparente on voit les parties antérieures du corps : *c*, la
bouche. — *a*, l'anus, ou orifice du cloaque. — *b*, le manteau. — *l*, appareil respiratoire. — *m*, entrée du tube digestif. — *d*, intestin. — *o*, ovaire. — *l*, cloaque. —
n, ganglion nerveux. Plusieurs individus se sont formés par bourgeonnement sur
les prolongements du premier.

1° l'appendice caudal, avec la corde dorsale, ne dure que pendant les premières phases de la vie, et tombe à l'âge adulte; 2° les deux orifices de la tunique sont voisins l'un de l'autre. Elles sont sédentaires, fixées aux corps sous-marins par des sortes de racines.

La *Claveline* (*fig.* 144) peut être prise comme type d'Ascidie. Elle se reproduit à la fois par des œufs et par bourgeonnement. La larve, sortie d'un œuf, est munie d'une longue queue avec corde dorsale; elle nage librement dans les eaux, puis elle se fixe. Elle perd alors la queue et la corde dorsale et grandit en forme de sac. Le pied par lequel elle est fixée s'allonge en un stolon qui produit d'autres individus par bourgeonnement. Ainsi se fonde une colonie.

Comme la Claveline a une tunique transparente, on voit très bien les organes internes. Au-dessous de la bouche s'ouvre un grand sac branchial où la respiration se fait. Les aliments sont dirigés vers le tube digestif, qui les élabore et transporte les résidus dans le cloaque, non loin de l'orifice buccal. Un phénomène, tout à fait singulier en histoire naturelle, mais commun à tous les Tuniciers, c'est la façon dont le cœur bat : il lance le sang un certain nombre de fois d'un côté, puis il change de sens et l'envoie ensuite du côté opposé. La circulation change de sens à chaque alternative.

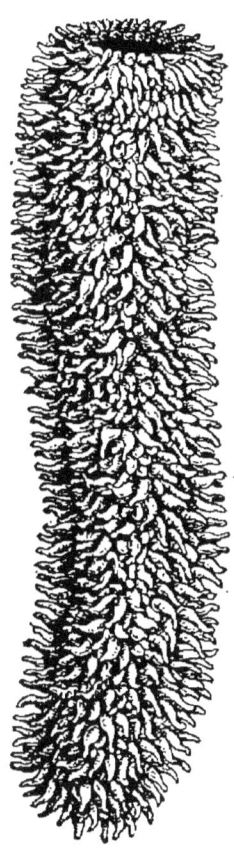

Fig. 145. — *Pyrosome.*

Les Clavelines ne sont pas les seules Ascidies *sociales.* Dans les *Botrylles* , la société est beaucoup plus intime : plusieurs individus groupés autour d'un axe ont des orifices buccaux distincts, tandis que le cloaque central est commun. — Les *Pyrosomes* (*fig.* 145), ainsi nommés à cause

de la phosphorescence qu'ils produisent, sont des colonies flottantes. On voit une colonne creuse,
fermée en bas, ouverte en haut,
servir de cloaque commun à tous
les individus ; ceux-ci sont groupés
autour, ayant un orifice buccal libre
et ne se soudant par leur tunique
qu'à leur partie inférieure.

Les Salpes. — Les *Salpes* (fig.
146) sont des Tuniciers caractérisés par les deux faits suivants :

1° L'appendice caudal, avec la
corde dorsale, ne dure que pendant les premières phases de la
vie et tombe à l'âge adulte ;

2° les deux orifices de la tunique
sont aux deux extrémités opposées
du corps.

Ce sont des animaux nageurs, de
forme cylindrique, remarquables
par leur transparence cristalline.

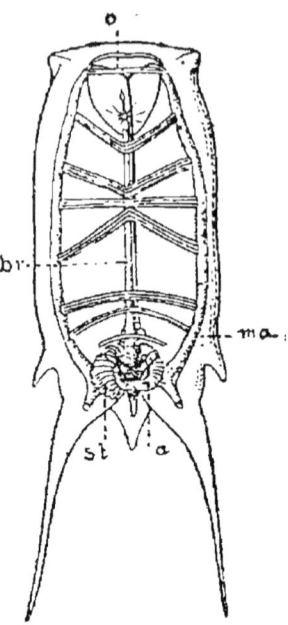

Fig. 146. — *Salpe* (Salpa
democratica).

o, bouche. — *a*, anus. —
br, branchies. — *ma*, manteau.
— *st*, stolon contenant une colonie de jeunes Salpes.

Ils affectent souvent la forme de petits barils (*fig.* 147).

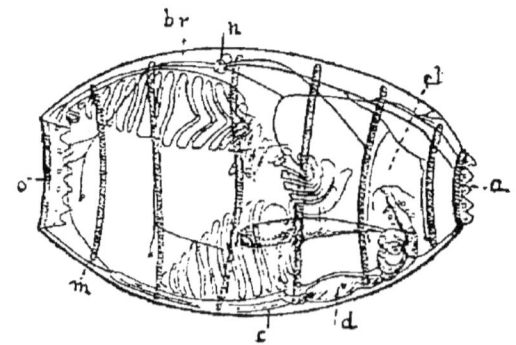

Fig. 147. — *Barillet* (Doliolum denticulatum).

o, bouche. — *a*, anus. — *br*, branchies. — *c*, cœur. — *d*, tube digestif. — *cl*, cloaque.
n, ganglion nerveux. — *m*, bande musculaire.

Les Salpes donnent un excellent exemple de ce qu'on
appelle génération alternante : car elles se reproduisent

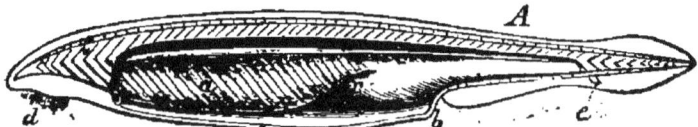

Fig. 148. — *Amphioxus* (Amphioxus lanceolatus).

a, branchies. — *c*, foie. — *b*, pore du sac branchial. — *d*, cirres buccaux. — *e*, anus. — Derrière le tube digestif se trouvent la corde dorsale et la moelle épinière.

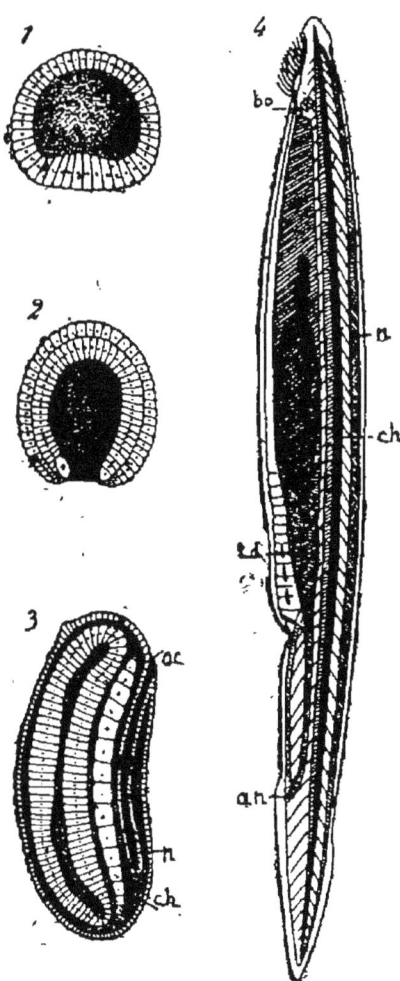

Fig. 149. — *Évolution de l'Amphioxus lanceolatus.*

1. Phase de *blastosphère*. — **2.** Phase de *gastrula*. — **3.** Embryon : *ch*, corde dorsale ; *n*, tube nerveux ; *oc*, orifice externe du tube nerveux. — **4.** Adulte : *bo*, bouche ; *an*, anus ; *t. d*, tube digestif ; *ch*, corde dorsale ; *n*, tube nerveux.

successivement par des œufs et par bourgeonnement. Un œuf donne naissance à une Salpe solitaire. Cette Salpe bourgeonne et produit bientôt une chaîne régulière d'individus en colonie flottante. Les individus de la colonie fourniront les œufs d'où naîtront encore de nouvelles Salpes solitaires.

L'Amphioxus. — L'*Amphioxus* (*fig*. 148) a souvent été classé au rang inférieur des Vertébrés, parce qu'il en a la forme. Mais sa vraie place est parmi les Protochordes, au-dessus des Tuniciers. En effet, chez lui la corde dorsale ne se transforme pas en colonne vertébrale ; chez lui la corde dorsale existe tout le long du corps, entre le tube digestif et le tube nerveux ; enfin, chez lui la corde dorsale n'est pas temporaire, mais elle persiste aussi longtemps que la vie dure.

L'Amphioxus est un petit animal vermiforme, long de 5 à 6 centimètres, aplati, terminé en pointe aux deux extrémités (*fig.* 149). Il vit enfoui dans le sable, à une faible profondeur, sur les côtes de l'Atlantique et de la Méditerranée. Son squelette est un cordon dorsal, qui sépare la moelle nerveuse de l'appareil digestif. La partie antérieure du tube digestif est une vaste poche percée de trous et couverte de cils vibratiles, dont les mouvements attirent l'eau aérée et les aliments. Cette poche est une sorte d'état de transition entre le sac branchial des Tuniciers et les branchies en arc que nous trouverons chez les Poissons. La bouche, en forme de fente allongée, est bordée de tentacules ciliés. La moelle nerveuse se termine en avant par un œil rudimentaire et par un bulbe olfactif.

TABLEAU DES **PROTOCHORDES**

1re *classe.* — **Hémicordes**, corde dorsale localisée dans la tête (Balanoglossus).

2e *classe.* — **Tuniciers** ou **Urochordes**, corde dorsale localisée dans la région caudale : 1er ordre : *Appendiculaires*, corde dorsale persistant toute la vie (Fritillaire, Oikopleura...) ; — 2e ordre : *Ascidiacés*, corde dorsale dans le jeune âge seulement, animaux sédentaires, les deux orifices voisins (Clavelline, Polycline, Didemne, Pérophore, Ascidie, Phallusie, Botrylle, Pyrosome) ; — 3e ordre : *Thaliacés*, corde dorsale dans le jeune âge seulement, animaux nageurs, orifices opposés (Barrillet, Salpe).

3e *classe.* — **Céphalochordes**, corde dorsale dans tout le corps, plus développée à la partie antérieure (Amphioxus, servant de lien entre les Protochordes et les Vertébrés).

CHAPITRE XIV

LES VERTÉBRES

Caractères généraux des Vertébrés. — Tous les animaux compris dans l'embranchement des Vertébrés sont construits sur un plan bien uniforme, qui ne subit que de légères variantes dans les différentes classes. Ce plan est celui même de l'Homme. En voici les traits principaux :

On remarque un squelette interne ou *colonne vertébrale* (*fig.* 150), formé de pièces articulées nommées *vertèbres :* sur la face dorsale, les vertèbres donnent naissance à des

Fig. 150. — *Un poisson, type de vertébré.*

arceaux qui enveloppent la moelle épinière ; sur la face ventrale, il s'en détache des arceaux ou côtes qui protègent les viscères (*fig.* 151).

Les *membres*, au nombre de *quatre*, sont composés de pièces articulées, qui se rattachent au squelette interne par des ceintures osseuses.

La *peau* n'est protégée ni par une coquille, comme celle des Mollusques, ni par une tunique de cellulose, comme celle des Tuniciers, ni par une production chitineuse, comme celle des Arthropodes ; elle présente seulement deux couches superposées, le derme et l'épiderme. Du *derme* dérivent les écailles des Poissons et les plaques des Crocodiles et des Tortues ; de l'*épiderme* dérivent les poils, les plumes, les cornes, certaines écailles comme celles des Serpents.

L'*appareil digestif* varie peu : il présente des dilatations comme l'estomac, des circonvolutions comme l'intestin, des glandes annexes comme le foie et le pancréas.

La *respiration* cutanée existe chez tous les Vertébrés ; mais elle serait insuffisante. Tous ont un appareil spécial formé aux dépens du tube digestif : ce sont des *branchies* chez les Poissons et les jeunes Batraciens ; ce sont des *poumons* chez les Batraciens adultes, chez les Reptiles, les Oiseaux et les Mammifères.

La *circulation* se fait en un système clos : un cœur est l'organe propulseur ; les artères et les veines sont unies par un réseau capillaire. Le sang est rougi par des globules riches en hémoglobine. A côté du système sanguin se trouve le système lymphatique, qui ramène vers le cœur le liquide incolore des lacunes interstitielles.

L'*excrétion* ou épuration du sang se fait par des reins.

Le *système nerveux* se compose : d'une *moelle épinière* située dans le canal rachidien, derrière les vertèbres ; d'un *encéphale*, qui se développe de plus en plus suivant le degré d'élévation des espèces ; d'un *système sympathique*, formé d'une chaîne double ganglionnaire, comme chez l'Homme ; de *filets nerveux*, qui émanent des divers centres.

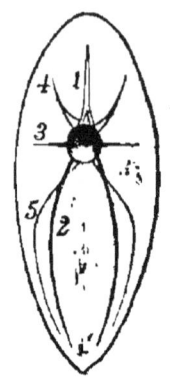

Fig. 151. — *Section transversale du corps d'un poisson, montrant une vertèbre.*

1, apophyse épineuse de la vertèbre. — 2, côtes, traçant l'arc hamal ou viscéral. — 3, corps de la vertèbre, derrière lequel se voit l'arc neural. — 4, apophyses transverses.

Division des Vertébrés en classes. — Les Vertébrés se divisent en cinq classes :

1° Les *Poissons*, animaux à sang froid, dont le cœur a deux cavités, dont la respiration est toujours branchiale, dont le corps est couvert d'écailles : ils sont ovipares.

2° Les *Batraciens* ou *Amphibies*, animaux à sang froid, dont le cœur a trois cavités, dont la respiration est d'abord branchiale, puis pulmonaire, dont le corps est nu : ils sont ovipares.

3° Les *Reptiles*, animaux à sang froid, dont le cœur a trois cavités, sauf une exception, dont la respiration est toujours pulmonaire, dont le corps est couvert de fausses écailles ; ils sont ovipares.

4° Les *Oiseaux*, animaux à sang chaud, dont le cœur a quatre cavités, dont la respiration est pulmonaire, et dont le corps est couvert de plumes : ils sont ovipares.

5° Les *Mammifères*, animaux à sang chaud, dont le cœur a quatre cavités, dont la respiration est pulmonaire, et dont le corps est plus ou moins recouvert de poils : ils sont vivipares, et les mères nourrissent leurs petits de leur lait.

CLASSE DES **POISSONS**

I. **Description générale de la classe des Poissons.**
— **Caractères.** — Les *Poissons* sont des Vertébrés aquatiques, dont la respiration est toujours branchiale ; le cœur a deux cavités seulement et reçoit du sang veineux ; la peau est couverte d'écailles, les quatre membres sont transformés en nageoires. Les Poissons sont ovipares.

Forme du corps. — La forme est parfaitement adaptée à la vie aquatique. Leur corps ressemble à un fuseau comprimé latéralement. Les nageoires qu'il porte sont disposées verticalement pour permettre à l'animal de mieux fendre l'eau. Les écailles lisses, imbriquées d'avant en arrière, les membres transformés en nageoires, la tête terminée en pointe de pyramide et appliquée par sa base sur le reste du corps, sont autant de dispositions très favorables à la natation.

Squelette. — Le squelette (*fig.* 152) est cartilagineux dans les espèces inférieures, osseux dans les autres. Jamais les os ne contiennent de moelle centrale.

La *tête* est composée d'os nombreux. Le maxillaire supérieur prend parfois des formes singulières : il peut s'allonger en épée ou en scie, s'élargir en marteau. De chaque côté de la tête, des plaques osseuses ou *opercules* recouvrent les branchies.

Les vertèbres de la *colonne vertébrale* ont la forme de disques à faces creuses (*fig.* 153) : elles sont unies par des cartilages. Le nombre des côtes ou arêtes est très variable.

Les *membres* des Poissons sont des nageoires : les

membres antérieurs sont les nageoires pectorales, et les
membres postérieurs sont les nageoires ventrales. Outre

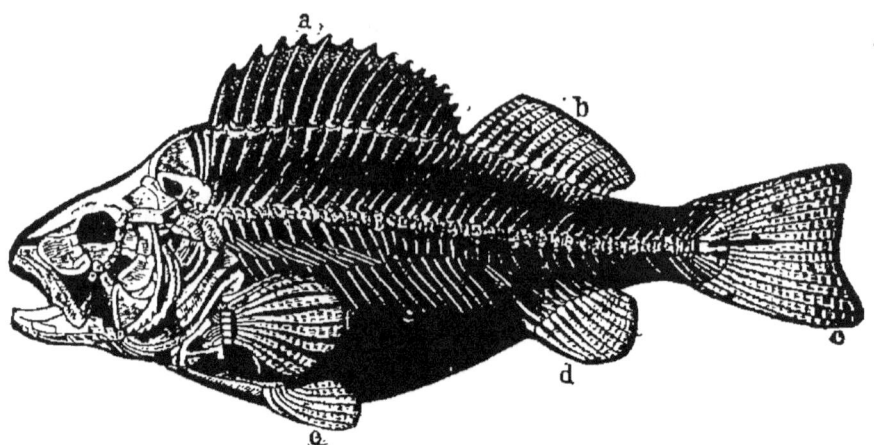

Fig. 152. — *Squelette de poisson* (Perche).

Axe longitudinal ou colonne vertébrale, contenant le système nerveux, au-dessus
du tube digestif. — *a*, première nageoire dorsale. — *b*, deuxième nageoire dorsale.
— *c*, nageoire caudale. — *d*, nageoire anale. — *e*, nageoire ventrale. — *f*, nageoire
pectorale.

ces deux paires de nageoires, les Poissons ont aussi des
nageoires impaires : dorsale, anale, caudale. La nageoire
caudale ou queue constitue le principal organe de progression. C'est par les coups de
la queue, comme par autant de coups de rames, que les Poissons avancent. Les autres
nageoires, comme autant de petits gouvernails, servent plutôt à diriger l'animal.

Tégument. — La peau des Poissons ne
contient ni muscles, ni glandes, comme on
en trouve dans la peau des autres Vertébrés.
Elle se compose d'un épiderme et d'un
derme. L'épiderme est protégé contre l'action de l'eau par une couche huileuse qu'il
produit : dans certaines espèces, comme
l'Épinoche, l'épiderme peut changer sa coloration au gré de l'animal, et adopter une
teinte qui dissimule l'animal aux yeux de ses ennemis. Le

Fig. 153. —
*Vertèbres bicon-
caves de poisson*
(Brochet).

derme produit les écailles, qui se disposent comme des ardoises sur un toit. Ces écailles se forment de la même façon que les dents : comme les dents, du reste, elles sont composées d'ivoire et d'émail. Parfois elles se transforment en pointes, en crochets, en plaques osseuses.

Fonctions de nutrition. — L'*appareil digestif* est en général très court, parce que la plupart des Poissons sont carnivores : ils se mangent entre eux, dévorent les œufs de leurs propres espèces, chassent les vers, les larves, les insectes... — Des dents nombreuses, disséminées sur les mâchoires, sur la langue, sur le pharynx, permettent aux Poissons de saisir vigoureusement leur proie. Elles sont coniques, non implantées dans des alvéoles comme celles de l'Homme, mais enkylosées dans les parois des organes. Elles sont composées d'ivoire sécrété par le derme et d'émail sécrété par l'épiderme.— Pas de glandes salivaires.

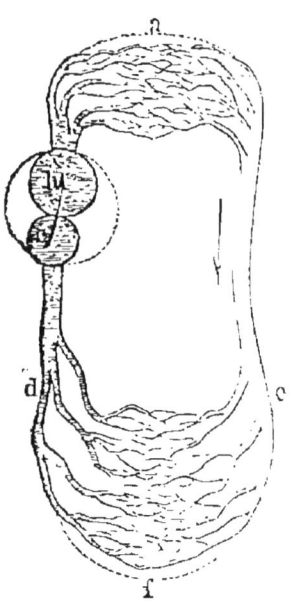

Fig. 154. — *Circulation chez les Poissons.*

a, branchies, où le sang devient artériel. — *c*, *f*, *d*, vaisseaux périphériques, par lesquels le sang nourrit l'organisme. — *c*, oreillette recevant le sang veineux. — *b*, ventricule qui lance le sang vers les branchies.

La *circulation* du sang est simple et complète ; simple, parce que le sang ne fait qu'un circuit ; complète, parce que le sang veineux ne se mêle jamais au sang artériel. En effet, le cœur (*fig.* 154) a deux cavités seulement : une oreillette et un ventricule. Le sang veineux revient de la périphérie vers le cœur : le cœur le lance vers les branchies ; des branchies le sang passe directement dans l'aorte qui le distribue à tout l'organisme.

La *respiration* se fait par des branchies à travers lesquelles vient circuler le sang veineux. Les branchies sont des lames osseuses recouvertes de filaments en forme de houppes ou de dents de peigne (*fig.* 155) : elles sont disposées de chaque côté de la tête. L'eau, pourvue d'oxygène dissous pénètre par la bouche, passe sur les branchies (*fig.* 156), et sort par les *ouïes* sous les opercules. — L'absorption de l'oxygène par le sang se fait d'autant mieux que la surface des branchies est plus étendue. — Hors de l'eau, les branchies se dessèchent, et l'animal périt.

Cependant les Anguilles, ayant la propriété de garder longtemps leurs branchies humides, continuent à respirer assez longtemps après leur sortie de l'eau.

Quelques Poissons osseux ont en outre une sorte de respiration pulmonaire. Ces poumons ne sont qu'une modification de la *vessie natatoire*, qui existe chez presque tous les Poissons, et qui est principalement un organe de déplacement.

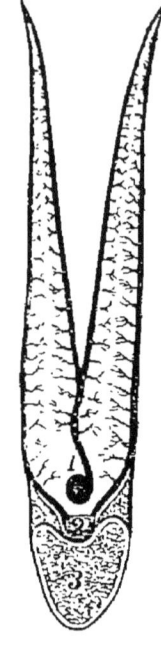

Fig. 156. — *Coupe à travers un arc branchial.*

1, vaisseau venant du cœur avec du sang veineux. — 2, vaisseau plein de sang artérialisé par son passage dans l'arc branchial. — 3, partie osseuse de l'arc branchial.

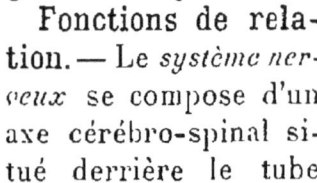

Fig. 155. — *Arc de branchie d'un poisson osseux.*

Feuilles branchiales sur le côté convexe; épines du côté concave.

Fonctions de relation. — Le *système nerveux* se compose d'un axe cérébro-spinal situé derrière le tube digestif. Dans l'encéphale, le cerveau et le cervelet sont peu développés; les lobes optiques et olfactifs le sont beaucoup plus.

Les *sens externes* des Poissons ne sont point délicats. — Le *toucher* ne peut être exercé ni par la surface écailleuse du corps, ni par les nageoires dont les membranes sont desséchées; il s'exerce seulement par les lèvres, lorsqu'elles n'ont pas une dureté osseuse, et par les barbillons. — Le *goût* a peu de sensibilité, car la langue, presque immobile, est souvent osseuse et couverte de dents : aussi les Poissons avalent-ils leur proie gloutonnement, sans la savourer. — L'*odorat* ne s'exerce que faiblement dans les cavités nasales en forme de sacs situées au bout du museau. — L'*ouïe* distingue à peine les bruits : l'oreille est enfermée dans les os du crâne, sans pavillon, sans tympan, sans limaçon, composée seulement du vestibule et d'un canal semi-circulaire. — L'*œil* a un cristallin globuleux et est adapté pour voir à de faibles distances : aucune paupière ne le protège ; sa pupille ne varie point ; il ne peut s'accommoder aux distances des objets.

Locomotion. — Les Poissons progressent par les coups de nageoire caudale qu'ils donnent à l'eau à l'aide de muscles puissants ; ils se *dirigent* à l'aide des nageoires pectorales et ventrales qu'ils manœuvrent comme autant de gouvernails ; ils *montent* ou *descendent* dans les eaux à l'aide de leur vessie natatoire.

La *vessie natatoire* est un sac plein d'air placé sous la colonne vertébrale, vers le milieu du corps. Les Poissons qui en sont pourvus en augmentent ou en diminuent le volume à volonté : quand la vessie se gonfle, l'animal s'élève ; si elle se comprime, l'animal descend, parce qu'il déplace alors un moindre volume d'eau. Nous verrons plus loin que, chez les Dipnés, cette vessie natatoire devient un organe de respiration.

Habitat. — Tous les Poissons sont aquatiques : hors de l'eau, ils périssent dès que leurs branchies sont desséchées. Les uns n'habitent que la mer, d'autres ne sortent jamais des eaux douces. Un certain nombre passent, à époques fixes, des eaux douces dans les eaux salées : par exemple le Saumon, l'Anguille et bien d'autres, à l'occasion de leur multiplication.

Multiplication des Poissons. — Presque tous les Poissons se reproduisent par des œufs. Les Squales seuls, comme le Requin, font exception : ils sont ovovivipares, c'est-à-dire que les mères ne laissent leurs œufs dans l'eau qu'après leur éclosion.

La fécondité des Poissons est prodigieuse : le Saumon

et la Truite produisent 30 000 œufs, le Brochet, 100 000, la Carpe et la Tanche, 300 000, l'Esturgeon, 148 000, la Morue et le Hareng plusieurs millions.

En général, les œufs sont abandonnés dans les eaux peu profondes où le soleil les fait éclore. Un petit nombre d'espèces seulement construisent des nids et s'occupent de leurs petits. Nous citerons seulement comme exemple l'Epinoche de nos ruisseaux. L'Epinoche va chercher au loin des brins d'herbe et des débris de végétaux : elle les dépose sur la vase, les fixe à coups de tête, en y mêlant du sable pour qu'ils ne soient point entraînés par le courant. Elle agglutine ensuite ces matériaux à l'aide du mucus qui suinte de sa peau. Quand le nid est terminé, la mère s'y enferme, y pond ses œufs. L'Epinoche s'occupe de ses petits, jusqu'à ce qu'ils puissent se suffire à eux-mêmes : elle leur donne la becquée, elle les défend avec énergie; elle les conduit dans les eaux comme une Poule mène ses petits.

La ponte n'a lieu qu'une fois par an et le plus souvent au printemps. A l'occasion du *frai*, certaines espèces exécutent de grandes migrations. Le Saumon, l'Alose, l'Esturgeon viennent effectuer leur ponte dans les eaux douces en remontant le cours des fleuves. L'inverse a lieu pour l'Anguille : les jeunes, produits en mer, remontent ensuite vers la terre à travers les plus petits ruisseaux.

La Pêche. — Les Poissons offrent à l'alimentation de l'homme une chair à la fois succulente et riche en principes nutritifs. On ne cite qu'un petit nombre d'espèces dont la chair soit dangereuse : les Barbeaux au moment du frai; les Coffres, les Balistes, le Gobie vénéneux, etc... en tout temps.

Aussi les Poissons sont-ils activement recherchés par la *pêche*. La Pêche est la grande ressource des populations maritimes : on ne saurait évaluer ni le nombre des bâtiments, ni le nombre des hommes que les pêcheries absorbent.

En mer, on pêche principalement la Morue, le Hareng, le Thon, la Sardine, etc. Sur le bord des étangs et des rivières, on pêche principalement la Carpe, le Brochet, la Tanche, le Saumon, la Truite, l'Alose, l'Anguille, etc... En parcourant les différents ordres de Poissons, nous signalerons spécialement les particularités concernant la pêche.

Pisciculture. — La fécondité des Poissons est telle qu'il semble, au premier abord, qu'ils ne devraient jamais faire défaut. Cependant il y a pénurie de Poissons d'eau douce en particulier, et nos rivières se dépeuplent sensiblement. A peine s'il se développe 1 germe sur 100 : c'est le résultat des envahissements de l'industrie manufacturière, de l'infection des eaux par les résidus des usines, des ravages exercés par les pêcheurs qui font périr une multitude de petits poissons : de plus, les œufs, livrés aux courants comme les graines sont livrées au vent, sont exposés à mille chances de destruction.

La *Pisciculture* se propose de remédier au mal en neutralisant ces diverses causes de perte. Elle recueille les œufs, en prépare soigneusement l'éclosion ; puis elle nourrit et protège le petit poisson ; elle ne le livre aux eaux courantes que lorsqu'il peut se suffire à lui-même. On tâche de faire éclore les œufs dans les eaux mêmes où le jeune poisson doit être élevé : c'est pourquoi on les dispose le plus souvent dans des tamis doubles en toile métallique inoxydable, où ils sont abrités contre les rats d'eau, les poissons, les insectes, les oiseaux aquatiques ; ces tamis sont plongés dans le courant d'eau, à 10 ou 20 centimètres de profondeur.

Déjà la Pisciculture a rendu de grands services pour les espèces d'eau douce et pour les espèces qui changent de milieu : elle pourra en rendre aussi pour la multiplication des espèces marines.

II. Description des types caractéristiques. — Nous donnerons ici, en suivant l'ordre ascendant d'organisation, la description des types qu'il nous semble plus important de signaler.

La Lamproie. — La *Lamproie fluviatile* (*fig.* 157) est un animal vermiforme de 50 centimètres environ de longueur.

Sa bouche n'est propre qu'à la succion : elle se compose d'une sorte de ventouse formée par les mâchoires soudées en anneau ; au dedans se meut, comme un piston, la langue armée de deux rangées de dents. Cette forme circulaire de la bouche a fait prendre la Lamproie comme caractéristique de l'ordre des *Cyclostomes*. — Les Lamproies manquent de nageoires pectorales et ventrales ; néanmoins elles nagent avec rapidité. Souvent on les trouve fixées par leur bouche aux rochers qui bordent la mer. On les trouve presque dans tous les climats, et leur chair est utilisée pour l'alimentation. Au printemps, elles quittent les eaux salées pour effectuer leur ponte dans les eaux douces : elles retournent à la mer en automne.

Les Requins. — Les *Requins*, qu'on appelle aussi des Squales, sont des animaux de grande taille, très voraces, répandus dans toutes les mers. Ils ont le corps allongé, fusiforme, revêtu d'une peau rugueuse, terminé par une queue divisée en deux lobes inégaux ; leurs yeux sont placés sur les parties latérales de la tête ; leur museau est proéminent ; au-dessous s'étend transversalement la bouche armée de dents coniques et tranchantes. La chair, dure et coriace, n'est guère utilisée comme aliment. La peau rugueuse sert à polir le bois et l'ivoire ; elle est aussi

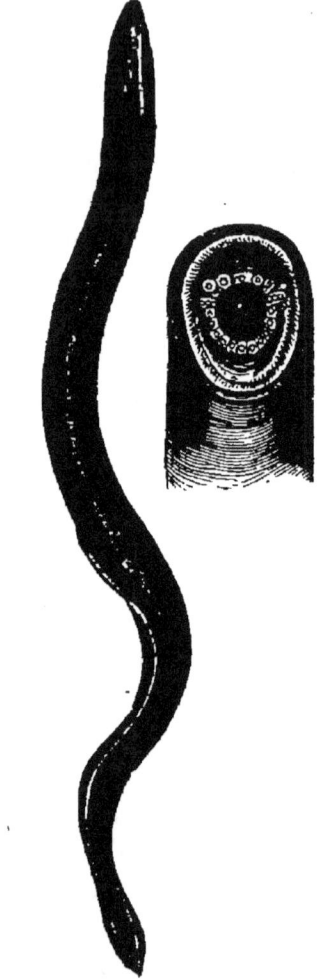

Fig. 157. — *Lamproie.*

A gauche, l'animal entier. — A droite, l'orifice buccal.

employée comme couverture sous le nom de peau de chagrin.

Le plus redoutable est le *Requin commun* (*fig.* 158), qui atteint parfois 8 mètres de long et pèse jusqu'à 600 kilogrammes. Le dos est brun, le ventre d'un blanc sale. On compte six rangées de dents pointues dans sa gueule. Sa force et sa voracité l'ont fait surnommer avec raison le *tigre des mers.* Abrité par la dureté de sa peau contre les balles mêmes des chasseurs, il attaque tous les animaux et poursuit les vaisseaux pour dévorer les hommes qui tombent à la mer : aussi son nom de Requin viendrait, paraît-il, de ce qu'on doit se préparer à dire la prière du *Requiem*

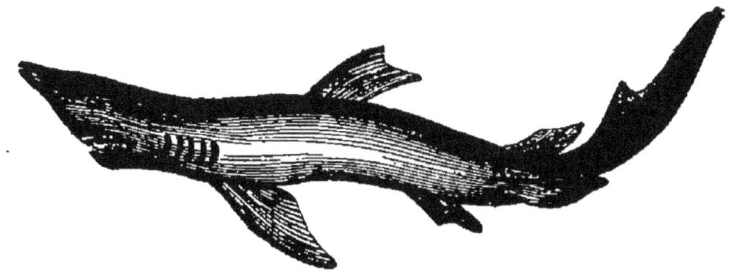

Fig. 158. — *Requin.*

pour tout nageur qui se trouve à sa portée. Il se nourrit de phoques, de thons et de morues : il fuit le Cachalot comme un ennemi très redouté. On le pêche à l'aide d'un puissant hameçon attaché à une forte chaîne : dès qu'il a été saisi, on se hâte de lui couper la queue d'un coup de hache, car il pourrait, d'un coup de queue, renverser ou blesser gravement un homme.

La *Raie* est, comme le Requin, un poisson cartilagineux : elle a le corps aplati et semblable à un disque ; les yeux sont sur la face dorsale ; la bouche, les narines et les orifices des branchies, sur la face ventrale. Les Raies sont des poissons de haute mer ; elles recherchent les fonds sablonneux ou vaseux. Elles atteignent parfois une taille considérable, 2 mètres de largeur. — Leur chair est assez estimée, surtout celle de la *Raie bouclée*, qui se distingue par de gros tubercules ou boucles, garnis d'aiguillons recourbés.

Leur foie est riche en huile que l'on extrait et que l'on administre aux malades comme l'huile de foie de morue.

Au même groupe appartient la *Torpille*, dont le corps nu est arrondi en avant. La Torpille est vraiment singulière à cause de l'appareil électrique qu'elle contient. Cet appareil se compose d'une multitude de prismes verticaux, serrés les uns contre les autres comme des alvéoles d'abeilles, subdivisés en chambres par des cloisons horizontales et animés par des rameaux nerveux venant du cerveau. Grâce à cet appareil, la Torpille donne à ceux qui la touchent des commotions violentes. La Torpille de nos côtes françaises a soixante centimètres de longueur, sa chair est délicate, mais molle.

Nous citerons aussi, à cause de sa singularité, la *Scie* ou

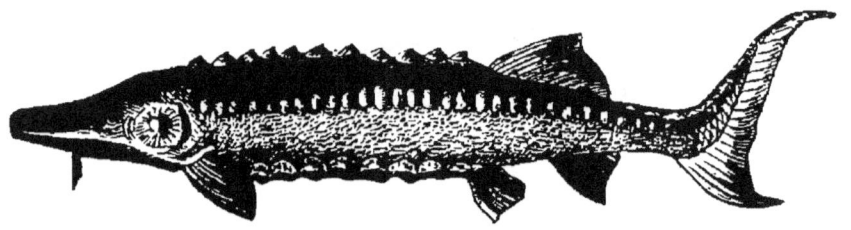

Fig. 159. — *Esturgeon*.

Pristis. C'est un grand poisson de 4 ou 5 mètres de longueur. Sa tête est munie d'un long rostre aplati comme une épée et armé, de chaque côté, de fortes dents pointues et tranchantes qui lui donnent l'aspect d'une scie. Il n'est pas prouvé que la Scie se serve de cette arme pour livrer des combats à la baleine et autres cétacés.

L'Esturgeon. — L'*Esturgeon* (*fig.* 159) est caractéristique de l'ordre des *Ganoïdes*. Comme les Requins, il a le museau très proéminent. La bouche est dépourvue de dents ; on remarque au-dessous quatre barbillons déliés. Le corps porte cinq rangées longitudinales d'écussons osseux. L'Esturgeon commun a 4 ou 5 mètres de long et pèse jusqu'à 500 kilogrammes. On le rencontre dans l'Océan, la Méditerranée, la mer Caspienne. Au printemps, il remonte les fleuves pour la ponte. Il cause alors de grands dommages en mangeant les jeunes saumons qui remontent les fleuves avec lui. Vers la fin de l'été, il quitte les fleuves et les lacs pour redescendre vers la mer. — La pêche de l'Esturgeon est très fructueuse : sa chair est délicate et rappelle celle du veau ; ses œufs servent à préparer le *caviar*, dont on fait en Russie un commerce important; la colonne vertébrale, desséchée et bouillie dans l'eau, sert à faire des potages; la vessie natatoire donne la *colle de poisson*, dont on se sert pour clarifier les liquides, particulièrement les vins, et pour faire des gelées.

L'Anguille. — L'*Anguille commune* est un poisson très connu, qui abonde dans les rivières, les lacs et les étangs de l'Europe. Elle a des nageoires pectorales, pas de nageoires ventrales : les nageoires dorsale, caudale, anale, sont soudées en une seule. — A l'automne, les Anguilles descendent vers la mer pour la ponte; au printemps suivant, les jeunes Anguilles, minces comme des fils de lin, quittent la mer et remontent le cours des fleuves. — Les mœurs de l'Anguille sont très singulières. Elle est très vorace, se nourrit de poissons et même de petits quadrupèdes et d'oiseaux aquatiques. Le jour, elle se tient blottie dans les touffes d'herbes ou dans la vase; la nuit, elle chasse. Quand on met à sec les étangs, il faut avoir grand soin d'en piétiner la vase pour en faire sortir les Anguilles. Durant l'été et en temps d'orage, l'Anguille sort de l'eau et va parfois très loin dans les herbes chercher les petits reptiles, les vers, les escargots, dont elle fait sa nourriture. — C'est surtout au moment où les Anguilles descendent vers la mer, se laissant aller au courant, qu'on les pêche en abondance avec des nasses tendues en travers des rivières. Leur chair est fort estimée. Les belles Anguilles dépassent 1 mètre de longueur.

Le Hareng. — Le *Hareng*, qu'on peut nommer le poisson du pauvre à cause de son extrême bon marché, fait l'objet de pêches importantes. Il vit dans les mers du Nord, dont il abandonne le fond au moment du *frai* : il remonte alors à la surface et descend vers le Sud par bandes innombrables ou *bancs* épais quelquefois de 30 mètres et larges de plusieurs kilomètres. En juin et en juillet, ils abordent dans les eaux des îles Shetland, puis ils arrivent sur les côtes d'Écosse et d'Angleterre ; en septembre et en octobre, ils se répandent sur les côtes de France jusqu'à la Loire. Leurs œufs sont si nombreux qu'ils donnent à la mer l'aspect singulier d'un mélange d'eau et de sciure de bois. — La pêche du Hareng se fait avec de larges filets : les mailles sont faites de telle façon que le Hareng puisse y engager sa tête et qu'il soit ensuite retenu par ses ouïes lorsqu'il veut rétrograder. On en a pris parfois jusqu'à 100 000 en moins de deux heures.

La *sardine* est aussi l'objet d'une pêche active sur nos côtes ; on la consomme fraîche ou conservée dans l'huile après cuisson.

Le Saumon. — Chacun sait que le *Saumon* est l'un des poissons les plus recherchés pour la délicatesse de sa chair. Le *Saumon commun* est la plus grande espèce du genre : il atteint plus d'un mètre et pèse plus de 10 kilogrammes. Le dos est noir, les flancs bleuâtres, le ventre argenté, la chair rouge. Il abonde dans les mers septentrionales et dans l'Océan. Chaque printemps, il entre dans les eaux claires et froides des cours d'eau et des lacs, remonte jusqu'aux sources des fleuves pour y déposer ses œufs. Les cascades ne l'arrêtent point : il se ploie en arc, puis, se débandant tout à coup comme un ressort, il s'élance hors de l'eau et franchit ainsi des obstacles de 4 à 5 mètres de hauteur. C'est à cette époque que sa chair est très estimée. Après le frai, durant lequel il ne prend aucune nourriture, il retourne à la mer, considérablement amaigri. Les jeunes passent leur première année au lieu de leur naissance : ils ne gagnent la mer que l'année suivante.

La Carpe. — La *Carpe* (*fig.* 160) est reconnaissable à sa petite bouche, à ses mâchoires sans dents, aux trois rayons plats de ses ouïes et aux deux courts barbillons qui font saillie à chaque angle de la mâchoire supérieure. La Carpe commune vit dans les eaux tranquilles de nos étangs, s'engraisse dans les viviers. Elle peut atteindre 1 mètre de long. On lui attribue la faculté de prolonger sa vie de 150 à 200 ans. En mai, époque du frai, les Carpes recherchent des eaux plus calmes encore, et, durant leur voyage, elles opèrent, comme le Saumon, des sauts de deux mètres de hauteur.

La Morue. — La *Morue* est un poisson osseux comme la Carpe et le Saumon : elle mérite une attention spéciale à cause de la pêche importante qui s'en fait. La *Morue commune* atteint 1 mètre de longueur. Elle a le dos gris, tacheté de jaune, et le ventre blanc : son corps est couvert de petites écailles molles. Elle est très vorace, se nourrit

Fig. 160. — *Carpe.*

de poissons, de mollusques, de crustacés : sa voracité est telle qu'elle se jette aveuglément sur les amorces les plus grossières, comme de simples guenilles rouges. — La Morue se retire en hiver dans les profondeurs des mers glaciales. A l'époque du frai, elle se rapproche des côtes ou se rend sur les bancs pierreux pour y déposer ses œufs et pourvoir à sa subsistance. C'est alors qu'on la pêche. — La pêche de la Morue est d'une très grande importance pour la France. Nos marins se donnent principalement rendez-vous sur le banc de Terre-Neuve. La Morue se prend à la ligne ou à la seine. Une fois prise, on lui tranche la tête, on la vide; puis on l'ouvre dans toute sa longueur pour la saler; les tranches sont rangées par couches dans la cale du navire. Quand elle a pris le sel, on la fait sécher au soleil. — La Morue est d'une grande utilité ; sa chair, fraîche ou salée, est une forte nourriture ; sa langue est un mets délicat ; l'huile de foie de Morue combat avec succès le rachitisme et la phtisie ; sa vessie natatoire donne une excellente colle.

Nous mentionnerons ici quelques poissons plats, comme la *Plie,* la *Sole,* le *Carrelet,* à cause d'une singularité qui les caractérise. Leur corps est comprimé latéralement ; le côté tourné vers la lumière est seul pigmenté ; les deux yeux sont du même côté, par suite du déplacement de l'œil qui appartient normalement au côté non pigmenté.

Le Thon. — Le *Thon* n'a ordinairement que 1 mètre 50 de longueur, mais il peut atteindre 5 mètres et peser jusqu'à 500 kilogrammes. Il se distingue par une cuirasse écailleuse autour de la poitrine. Il est d'un noir bleuâtre en dessus, d'un gris mêlé de taches argentées en dessous. Il se rencontre par troupes innombrables dans la Méditerranée et dans l'Océan. On le pêche avec des lignes ou avec des filets. — Pour la pêche à la ligne, les bateaux marchent à toutes voiles, traînant après eux de nombreuses lignes dont les hameçons ne sont recouverts que d'amorces grossières comme la paille de maïs ; l'animal, très vorace, se jette dessus et se fait prendre. — Pour la pêche au filet, les bateaux se réunissent de manière à former un demi-cercle autour d'une troupe de Thons : on les pousse ainsi vers le rivage, en rétrécissant de plus en plus l'enceinte ; à la fin on les prend dans un grand filet terminé en poche. — La chair du Thon, très estimée, se conserve dans le sel, ou dans l'huile après cuisson.

Les Dipnés. — Les *Dipnés* (*fig.* 161) sont des poissons par leur forme allongée, par leurs écailles, par leurs nageoires pectorales et ventrales, par leur respiration qui est branchiale lorsqu'ils sont dans l'eau. Cependant, par plusieurs caractères, ils se rapprochent des batraciens : leurs nageoires ressemblent à des pattes aplaties, leur vessie nattatoire est transformée en poumons, si bien que, sortis de l'eau, ils peuvent respirer l'air directement comme les animaux aériens. Les uns, comme le *Protoptère*, ont deux poumons; d'autres, comme le *Ceratodus*, grand pois-

Fig. 161. — *Protoptère, poisson muni de deux poumons.*

son des eaux bourbeuses d'Australie, n'ont qu'un seul poumon.

TABLEAU DE LA CLASSE DES POISSONS

1er *ordre*. — **Cyclostomes**, squelette cartilagineux, *bouche circulaire*, pas de membres, 6 à 7 paires de branchies en forme de bourse (Lamproie, Myxine).

2e *ordre*. — **Sélaciens**, squelette cartilagineux, bouche transversale et ventrale, sous un museau proéminent : 1o *Holocéphales*, appareil maxillo-palatin immobile (Chimæra ou Chat de mer); — 2o *Plagiostomes*, appareil maxillo-palatin mobile; *Squales* (Requin, Marteau, Chien de mer ou Roussette); *Raies* (Raie, Raie bouclée, Raie cendrée, Torpille, Scie, Aigle de mer).

3e *ordre*. — **Ganoïdes**, squelette en partie osseux, bouche terminale, écailles ganoïdes ou plaques osseuses sur le corps, branchies libres protégées par un opercule (Esturgeon, Lépidostie, nombreux fossiles).

4e *ordre*. — **Téléostéens**, squelette osseux, à vertèbres distinctes, branchies libres protégées par un opercule : 1o *Physostomes*, vessie natatoire communiquant avec le pharynx, nageoires abdominales nulles ou portées en arrière (Anguille, Congre, Murène, Gymnote, Hareng, Alose, Anchois, Sardine, Brochet, Saumon, Truite, Carpe, Tanche, Goujon, Gardon, Silure...); — 2o *Lophobranches*, vessie natatoire close, branchies en houppes (Syngnathe, Hippocampe); — 3o *Plectognathes*, vessie natatoire close, appareil maxillo-palatin soudé, bouche étroite (Coffre, Môle, Poisson-lune, Diodon); — 4o *Anacanthiniens*, vessie natatoire close, rayons des nageoires articulés (Morue, Merlan, Lotte, Turbot, Barbue, Sole, Carrelet, Plie, Exocet ou Poisson-volant); — 5° *Acanthoptérygiens*, vessie natatoire close, rayons antérieurs de la nageoire dorsale rigides et d'une seule pièce, peau nue ou écailleuse (Perche, Epinoche, Rouget, Chabot, Grondin, Baudroie, Maquereau, Thon).

5e *ordre*. — **Dipnés**, en partie cartilagineux, corde dorsale persistante, respiration branchiale et pulmonaire; 1 poumon (Ceratodus); 2 poumons (Protoptère, Lepidosiren).

CHAPITRE XV

LES VERTÉBRÉS *(Suite)*.

CLASSE DES **BATRACIENS**

I. Caractères généraux. — Les *Batraciens* ou *Amphibies* tiennent une place intermédiaire entre les Poissons et les Reptiles. Ils ressemblent aux Poissons par la respiration branchiale dans le jeune âge ; ils se rapprochent des Reptiles par la respiration aérienne dans l'âge adulte.

On les nomme *Amphibies*, parce qu'ils vivent alternativement dans l'air et dans l'eau. Quand ils sont jeunes, tous vivent dans l'eau où ils respirent par des branchies. Quand ils sont adultes, tous peuvent vivre dans l'air ou dans l'eau : chez ceux où la vie aérienne domine, le corps est ramassé, pourvu de membres qui permettent de courir, grimper et sauter (Grenouille, Crapaud) ; chez ceux où la vie aquatique l'emporte, le corps est allongé, cylindrique ou comprimé (Salamandre).

La *peau* ne présente ni écailles ni carapace. Elle est nue, souple et humide. Des glandes cutanées, parfois très nombreuses, sur la tête, le cou et les flancs, secrètent un venin dangereux (Crapaud). Ces animaux n'ont aucun organe pour inoculer leur venin : sa présence dans la peau suffit pour sauver des carnassiers les Crapauds et les Salamandres. Des taches pigmentaires contenues dans le derme permettent à certaines espèces de changer leur coloration.

Le *squelette* est osseux. Les côtes sont nulles ou rudimentaires (*fig.* 162).

Les *membres* sont généralement au nombre de quatre : mais les Cécilies n'en ont pas, et les Sirènes n'en ont que deux. Les membres des Batraciens réalisent un progrès par rapport aux Poissons. Chez les Poissons, les nageoires constituent des leviers à un seul bras, tandis que

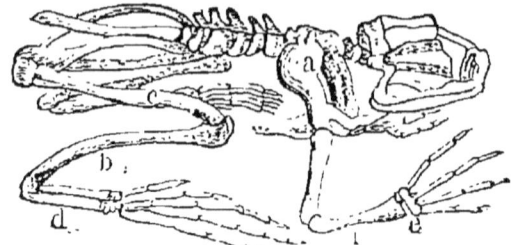

Fig. 162. — *Squelette de grenouille.*

Peu de vertèbres; point de côtes; bassin très allongé. — *a*, omoplate.
f, avant-bras. — *e*, carpe. — *c*, *b*, *d*, membre postérieur.

chez les Batraciens, les membres sont
des leviers à plusieurs bras articulés.

La *queue* existe chez les Salamandres et fait défaut chez les Anoures
(Crapaud, Grenouille).

Fonctions de nutrition. — Les Batraciens adultes sont très voraces : ils
se nourrissent de vers, de larves, d'insectes.... Ils ont la bouche largement
fendue, une langue volumineuse.

La *respiration* cutanée joue un grand
rôle chez les Batraciens : c'est ce qui
leur permet de vivre dans l'eau, même
après avoir perdu leurs branchies.
Tous ont la respiration branchiale dans
le jeune âge, la respiration pulmonaire dans l'âge adulte. Les branchies
persévèrent autant que la vie dans
quelques espèces, les *Protées* par
exemple.

Le *cœur* a trois cavités (*fig.* 163);
aussi la respiration est-elle double
et incomplète. *Double*, parce que le
sang fait deux circuits comme dans
l'homme, celui des poumons et celui
de la périphérie; *incomplète*, parce que
le sang artériel se mêle toujours au
sang veineux dans le ventricule uni-

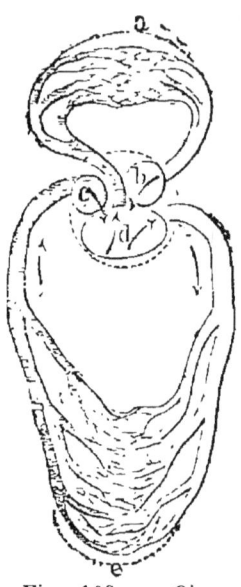

Fig. 163. — *Circu-
lation des Reptiles et
des Batraciens.*

a, réseau capillaire des
poumons; le sang, de-
venu artériel, se rend au
cœur. — *b*, oreillette gauche du cœur, contenant
du sang artériel pur. —
d, ventricule unique, où
le sang artériel se mêle
avec le sang veineux
avant de partir pour la
périphérie. — *c*, réseau
capillaire de la périphé-
rie. — *e*, oreillette droite,
par laquelle le sang vei-
neux rentre dans le cœur.

que, et qu'ainsi les organes ne reçoivent jamais un sang franchement artériel.

La *voix* manque à la plupart des Batraciens. Cependant la Grenouille coasse, le Crapaud émet un son argentin : l'un

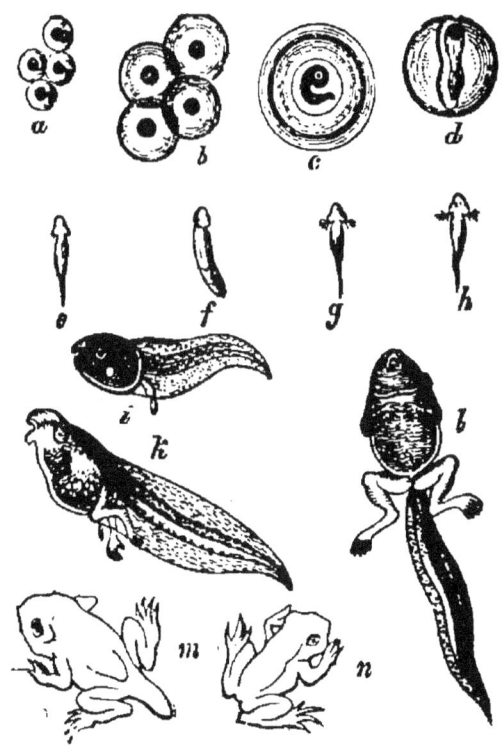

Fig. 164. — *Métamorphoses de la Grenouille.*

a, b, c; d, évolution de l'œuf. — *e, f, g, h,* larves dans les premiers jours. — *i, k, l,* diverses phases du têtard; il a d'abord des branchies qui s'atrophient, tandis que ses poumons se développent; la queue s'atrophie de même peu à peu. — *m, n,* dernières phases conduisant à l'état définitif; la grenouille peut alors respirer hors de l'eau.

et l'autre ont un véritable organe vocal dans le larynx, avec des membranes vibrantes et des résonnateurs.

Locomotion. — Le mode de locomotion varie suivant l'âge et le milieu habité. Tous les jeunes nagent; parmi les adultes, il y a des nageurs, des grimpeurs, des marcheurs, des sauteurs.

Métamorphoses. — Les Batraciens sont ovipares, et ils

n'arrivent à leur forme adulte qu'à travers des métamorphoses (*fig.* 164).

Les œufs, mous et transparents, sont déposés dans l'eau et dans les lieux humides. Il en sort un *têtard*, dont la tête et l'abdomen ne sont pas séparés, et dont le corps se termine par une queue aplatie propre à la natation.

Le jeune Têtard respire par des branchies externes qui flottent dans l'eau, puis par des branchies internes, et enfin par des poumons qui se développent peu à peu. Durant ce temps, les membres apparaissent, les pattes postérieures d'abord, puis les pattes antérieures. La queue se résorbe et disparaît chez les Anoures; elle persiste chez les Urodèles.

Le tube digestif subit des transformations en harmonie avec ces états successifs. Le têtard, herbivore, a un long intestin et un bec corné pour couper les feuilles; l'adulte, carnassier, a un intestin notablement raccourci.

Utilité. — Certaines espèces, comme les Crapauds, sont très utiles à l'agriculture, en dévorant les vers, les limaces, les insectes et autres animaux nuisibles à la culture. Les Grenouilles peuvent entrer dans notre alimentation; elles servent principalement pour les expériences de laboratoire.

II. Description des principaux types. — En décrivant la *Cécilie*, le *Protée*, la *Salamandre*, la *Grenouille*, le *Crapaud* et la *Rainette*, nous aurons l'occasion de prendre connaissance des variétés de structure que présentent les Batraciens.

La Cécilie. — La *Cécilie* a l'aspect d'un serpent : elle est allongée, dépourvue de membres, revêtue de petites écailles. Cependant l'organisation interne est celle des Batraciens, et elle subit comme eux des métamorphoses. Les yeux sont très petits ou font complètement défaut. Le corps atteint parfois 40 ou 45 centimètres de longueur. Les Cécilies vivent sous terre dans les contrées tropicales et humides : elles se nourrissent surtout de larves d'insectes.

Le Protée. — Le *Protée* a aussi le corps serpentiforme, et il ne perd point sa queue à l'état adulte. Il possède quatre membres, très courts. Ses branchies extérieures ne tombent point après que les poumons se sont formés.

Il a été découvert dans les lacs souterrains de la Carniole et de la Damatie. Son corps mesure environ 36 centimètres. Ami de l'obscurité, il dépérit à la lumière. Ses yeux, très petits, et d'ailleurs inutiles, restent cachés sous la peau.

La *Sirène* est très voisine du Protée : elle garde ses

Fig. 165. — *Salamandre.*

branchies extérieures, mais elle n'a que les deux membres antérieurs. La *Sirène lacertine* vit dans les marais de la Caroline, où elle se nourrit de mollusques et de vers.

La Salamandre. — La *Salamandre* (*fig.* 165) ressemble aux lézards : comme eux, elle a le corps allongé, quatre membres, une longue queue. Cependant elle a tous les caractères des Batraciens. Elle subit des métamorphoses ; ses branchies tombent quand ses poumons se forment ; sa peau est nue et visqueuse ; les pustules dont ses flancs sont couverts, sécrètent une humeur fétide qui inspire le dégoût. Elle est inoffensive, passe sa vie dans les trous humides ou dans la vase, cherchant les vers et les insectes dont elle se nourrit. Il n'est point vrai, comme le disent les fables, que la Salamandre peut traverser le feu sans souffrir et même l'éteindre sur son passage : cependant, grâce au liquide qui exsude de sa peau, elle peut résister quelques instants à l'action du feu. — Un fait plus avéré est que la Salamandre reproduit ses membres lorsqu'ils ont été coupés : après avoir été congelée, elle peut revenir à la vie. — La *Salamandre commune* n'a que 10 centimètres de longueur. Au Japon on en trouve, une espèce qui atteint 1 mètre : c'est le véritable type géant des Batraciens.

Les Salamandres aquatiques se nomment *Tritons.* On les rencontre en grand nombre dans les mares et les étangs des environs de Paris : ce sont des lézards d'eau.

L'*Axolotl* mérite d'être signalé. Le Batracien de ce nom, dont on avait fait un genre, est pourvu de branchies et d'une crête dorsale. Comme il jouit de la faculté de se reproduire, on croyait avoir affaire à un être adulte. En réalité, ce n'est qu'une larve, la larve de l'*Amblystome du Mexique,* très voisin de la Salamandre. Cet exemple montre à quel point les classifications des naturalistes sont seulement provisoires.

La Grenouille. — La *Grenouille* est le type caractéristique des Batraciens qui perdent leurs branchies et leur queue dans l'âge adulte. Les membres postérieurs sont plus grands que les membres antérieurs, ce qui en fait un animal sauteur. Sa langue, volumineuse et attachée en avant, est lancée au dehors et sert de pelle pour amener la proie à la bouche. On y remarque deux rangées de petites dents, l'une à la mâchoire supérieure, et l'autre au palais : par là, elle se distingue du Crapaud qui est totalement dépourvu de dents. Ses métamorphoses ont été décrites. — Pendant l'hiver, la Grenouille demeure engourdie au fond des mares, ou enfoncée dans le sable ou la vase. Au printemps, elle sort de sa retraite et se livre à une vie active, ne s'éloignant point des eaux douces et chassant les insectes. Très vorace, elle se laisse prendre à l'hameçon, même lorsqu'il n'est armé que d'un morceau de drap rouge. On en mange les cuisses dépouillées de la peau : on en fait aussi des bouillons recommandés pour les maladies de poitrine. — La *Grenouille mugissante* dont le coassement ressemble, disent les Américains, au mugissement du taureau, est la plus considérable : elle saute jusqu'à 3 ou 4 mètres, saisit de petits poissons et des animaux aquatiques.

La Rainette. — La *Rainette* se distingue de la Grenouille par l'extrémité de ses doigts : ses doigts se terminent par des pelotes visqueuses qui lui permettent de grimper aux arbres, de se fixer aux corps. Elle passe l'hiver dans la vase : mais elle passe tout l'été sur les arbres, où elle chasse les insectes. — On s'en sert comme hygromètre : pour cela, on la place dans un flacon avec une échelle dont le pied plonge dans un peu d'eau ; la Rainette monte, lorsque l'air devient humide, elle descend, lorsqu'il devient plus sec. Elle demeure ainsi des temps notables sans prendre de nourriture.

Le Crapaud. — Le *Crapaud* se distingue de la Grenouille par la petitesse de ses membres postérieurs, par les verrues venimeuses qui recouvrent sa peau, par l'absence complète de dents aux mâchoires. S'il a un aspect difforme et repoussant, il n'est cependant point à redouter : le venin de ses verrues ne peut être inoculé, et sa bave jaunâtre ne paraît dangereuse que pour les petits animaux ; disons pourtant que lorsqu'il est irrité et qu'il se gonfle, il lance une liqueur irritante qui occasionnerait de vives douleurs si elle atteignait les yeux. Par contre, il rend à l'agriculture de signalés services, parce qu'il dévore les vers, les chenilles, les insectes qui ravagent nos champs. — Il recherche les lieux humides et sombres : il n'approche néanmoins des eaux que pour la ponte. Durant l'hiver, il demeure sous les pierres, dans les trous de murs, à l'état de vie ralentie. Il faut ranger parmi les fables les histoires de pluies de Crapauds, ou de Crapauds trouvés vivants au milieu des pierres.

TABLEAU DE LA CLASSE DES **BATRACIENS**

1er *ordre.* — **Apodes**, corps serpentiforme, dépourvu de membres (Cécilie).

2e *ordre.* — **Urodèles**, forme allongée, en général 4 membres, queue persistante : 1º *Perennibranches*, branchies externes persistantes (Protée); — 2º *Dérotrèmes*, pas de branchies chez l'adulte, ouverture branchiale de chaque côté du cou (Amphiume, Ménopome); — 3º *Salamandrines*, ni branchies, ni orifices branchiaux dans l'âge adulte (Amblystome et Axolotl, Salamandre, Triton).

3e *ordre.* — **Anoures**, corps ramassé et trapu, dépourvu de queue chez l'adulte, 4 membres : 1º *Aglosses*, pas de langue (Pipa ou crapaud de Sirnam); — 2º *Phanéroglosses*, langue charnue : *Oxydactyles*, doigts pointus et libres (Grenouille, Pélobate, Alyte, Sonneur, Crapaud); *Discodactyles*, doigts avec pelotes adhésives (Rainette).

Batraciens fossiles : *Branchiosaurus*, du Carbonifère, voisin de la Salamandre; *Protriton* d'Autun, du Permien; *Labyrinthodontes*, à dents fortement plissées, dans le Permien et le Trias.

CHAPITRE XVI

LES VERTÉBRÉS (*Suite*)

CLASSE DES **REPTILES**

I. Caractères généraux. — *Définition*. — Les *Reptiles*, ou animaux rampants, sont des Vertébrés à tégument écaillé ou cuirassé, à circulation double et incomplète, à respiration toujours pulmonaire, et ordinairement ovipares.

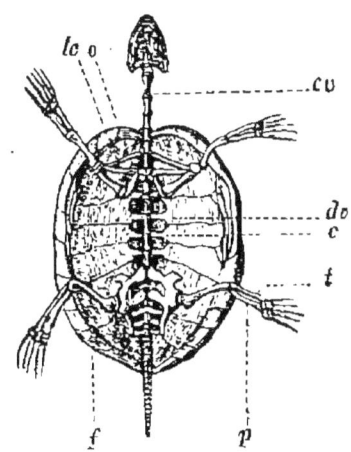

Fig. 166. — *Squelette de Tortue.*

c v, vertèbres cervicales.— o, omoplate. — c l, clavicule, et, plus bas, l'humérus. — d v, vertèbres dorsales. — f, fémur. — t, p, tibia et péroné. — La carapace paraît, le plastron a été enlevé.

Le *Tégument*. — L'enveloppe varie beaucoup suivant les espèces. Les Crocodiles portent de larges plaques durcies sur le dos. Les Tortues (*fig.* 166) sont enfermées dans une boîte osseuse, formée de plaques intimement unies, et qui laisse pourtant sortir la tête, les pattes et la queue. Le Caméléon possède dans le derme des glandes qui lui permettent de changer de coloration. La peau des Serpents est composée de petites écailles; de temps en temps survient une *mue;* la peau se détache tout d'une pièce, et le Serpent sort, la tête la première, en retournant son enveloppe comme un doigt de gant. Chez le Crotale ou *Serpent à sonnettes*, il reste à chaque mue une petite clochette cornée au bout de la queue, si bien que l'animal finit par posséder un appareil qui vibre sous l'action des mouvements de la queue.

Squelette. — Le nombre des os varie beaucoup suivant les espèces. Chez les Serpents, on compte jusqu'à 300 vertèbres dans la région dorsale (*fig.* 167). Les côtes sont très développées, sauf chez les Tortues où elles restent rudimentaires. Les côtes des Serpents ne sont point soudées à un sternum; elles restent libres, disposition qui permet à ces animaux de se dilater pour avaler des proies énormes.

Membres. — La plupart des Reptiles ont quatre membres; quelques-uns cependant, les Ophidiens, en sont dépourvus. Ces membres sont tantôt armés de griffes, tantôt terminés par des ventouses qui permettent de grim-

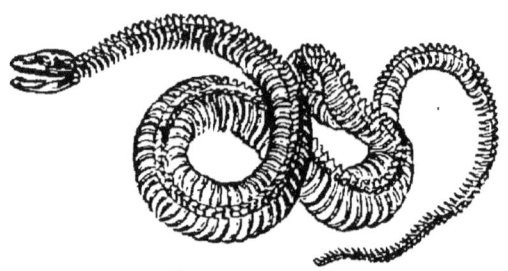

Fig. 167. — *Squelette de serpent* (Boa).

Remarquer le grand nombre de vertèbres, des côtes même sur les vertèbres cervicales; les côtes étant toutes flottantes, grande facilité de dilatation du corps.

per contre les surfaces polies, tantôt aplatis comme des rames et disposés pour la nage.

La *queue* varie en longueur et en forme. Aplatie dans les espèces aquatiques, elle est ronde dans les espèces terrestres. Chez le Lézard, elle a la singulière faculté de se reproduire : chacun sait qu'un Lézard saisi par l'extrémité fuit en laissant sa queue; mais elle repousse assez vite; parfois même il en repousse deux au lieu d'une.

Fonctions de nutrition. — Le régime diffère suivant les espèces : les Reptiles sont herbivores, insectivores ou carnivores. Les dents, nombreuses, sont plus faites pour retenir la proie que pour la broyer : les Tortues manquent de dents, et leurs mâchoires sont recouvertes d'une matière cornée en forme de bec.

Le *cœur* a trois cavités, et la circulation est double et incomplète comme chez les Batraciens. Cependant, dans l'ordre des Crocodiles, le cœur a quatre cavités ; le sang artériel est pur lorsqu'il sort du ventricule gauche : mais, après que les vaisseaux de la tête et des membres antérieurs ont reçu ce sang pur, l'artère du ventricule droit vient se souder à l'artère du ventricule gauche ; alors le sang veineux se mêle au sang artériel, et les parties inférieures du corps ne reçoivent qu'un sang mélangé.

La *respiration* est toujours pulmonaire, mais elle est peu active, parce que la surface d'absorption de l'oxygène est peu étendue : chez les Serpents, l'un des deux poumons est atrophié. A cause d'une respiration si pauvre, les Reptiles produisent peu de chaleur : pour vivre activement, ils ont besoin de la chaleur solaire. C'est ce qui explique deux faits ; le premier, que les Reptiles sont beaucoup plus abondants dans les régions chaudes que dans les régions froides ou tempérées ; le second, qu'ils passent en léthargie, à l'état de vie ralentie, la mauvaise saison.

Fonctions de relation. — Le *cerveau* est petit et lisse, au lieu que la moelle épinière est très développée. — Le *tact*, s'exerce principalement par la langue ; la peau, écailleuse ou ossifiée, ne peut être bien sensible. — Le *goût* est très peu développé : les Reptiles avalent leur proie gloutonnement sans la diviser. — L'*oreille* se perfectionne par l'apparition du limaçon dans le labyrinthe ; mais il n'y a pas d'oreille externe. — L'*œil* est excellent ; les paupières manquent, mais une membrane transparente recouvre la cornée.

Tous les genres de *locomotion* se présentent chez les Reptiles : les Crocodiles et les Tortues marines nagent, les Lézards marchent, les Serpents rampent, le Dragon de Java vole. Les habitudes varient suivant la conformation des membres.

Multiplication. — Les Reptiles sont généralement ovipares. La Vipère seule est ovovivipare, parce que les petits naissent tout formés.

Utilité. — Les Reptiles inspirent beaucoup de frayeur

et de répugnance. Cependant la plupart sont inoffensifs, et presque tous rendent des services appréciables. Quelques-uns entrent dans l'alimentation : la chair et les œufs des Tortues, la chair des Crocodiles. La peau des Crocodiles et les écailles des Tortues sont utilisées dans l'industrie. Les Lézards et les Orvets mangent les insectes, les Larves et les Limaces ; les Serpents détruisent certains rongeurs nuisibles aux cultures....

II. Description des principaux types. — Les Chéloniens. — Les *Chéloniens* ou *Tortues* (*fig.* 168) ont le corps

Fig. 168. — *Tortue terrestre.*

recouvert par un bouclier qui ne laisse passer que la tête, les membres et la queue. La partie supérieure du bouclier est la *carapace* ; la partie inférieure est le *plastron*. La bouche, dépourvue de dents, se termine par un bec corné. Le bouclier est formé par la combinaison des vertèbres, des côtes, du sternum, et de plaques osseuses produites par le derme : l'épiderme produit une sorte de corne, que l'on utilise dans l'industrie sous le nom d'*écaille*.

Les *Tortues terrestres* ont la carapace très bombée, formant une voûte solide sous laquelle l'animal peut se retirer entièrement. Les pattes sont courtes et grosses, terminées par un moignon sur lequel sont implantés les ongles. Ces animaux ne vont jamais à l'eau : ils habitent les bois et les hautes herbes, où ils se nourrissent de végétaux et de mollusques : pour l'hiver, ils se creusent des terriers où ils demeurent engourdis.

Les *Tortues paludines* ou *bourbeuses* ont les pattes terminées par des doigts libres : le corps peut aussi se cacher entièrement sous la carapace. Elles nagent avec facilité; plus carnassières que les Tortues terrestres, elles se nourrissent des vers et des mollusques des marécages.

Les *Tortues fluviatiles* ou d'eau douce ont les pattes palmées ou en rames. La carapace est large, aplatie, incomplètement ossifiée, recouverte de peau au lieu d'écaille : ce sont des Tortues molles. Le corps ne peut s'abriter entièrement sous la carapace. Elles nagent avec facilité, habitent les grands fleuves des pays chauds, se nourrissent de poissons, de vers, de mollusques, d'oiseaux aquatiques. Elles ne viennent à terre que la nuit pour se reposer.

Les *Tortues marines* ont les pattes terminées en nageoires, la carapace aplatie, la tête et les membres trop développés pour s'y abriter entièrement. Elles vivent dans toutes les mers, parfois loin des côtes : elles ne viennent à terre que pour la ponte : les œufs, déposés et abandonnés dans un trou sur la plage, éclosent sous l'action de la chaleur solaire. Elles acquièrent parfois des dimensions considérables : on en a vu peser 500 kilogrammes et mesurer 2 mètres 1/2 de longueur. C'est le *Caret*, tortue marine de l'Inde, qui fournit l'*écaille* employée dans les œuvres d'art.

Les Sauriens. — Les *Sauriens* ont le corps très allongé et pourvu de deux ou quatre membres : leur tégument est formé de petites écailles. Nous en décrirons plusieurs.

Les *Lézards* sont des animaux inoffensifs, dont la morsure ne présente aucun danger; ils sont même doux et faciles à apprivoiser. Très agiles pendant l'été, ils s'endorment pendant l'hiver. — Ils ont quatre pattes, terminées chacune par cinq doigts munis d'ongles. Ils tirent sans cesse une langue mince et fendue, qu'on nomme un dard, mais qui n'a rien qui ressemble à un aiguillon. Leur

queue est très fragile ; elle se brise quand on la saisit pour
retenir l'animal. — On connaît particulièrement le Lézard
des murailles, gris comme les pierres sur lesquelles il

Fig. 169. — *Caméléon*.

passe, et le Lézard vert des haies et des broussailles, plus
gros et plus orné que l'autre.

Les *Geckos*, des côtes de la Méditerranée, ont les doigts
terminés en ventouses, de telle sorte qu'ils peuvent grimper sur les surfaces lisses et marcher sur les plafonds.

Le *Caméléon* (*fig.* 169) est organisé pour vivre sur les
arbres. Les quatre pattes fonctionnent comme quatre pinces : en effet les cinq doigts de chaque patte sont divisés
en deux parts opposables, l'une de trois doigts, l'autre de
deux. La queue, longue et préhensile, s'enroule autour des
branches. Accroché par les pattes et par la queue, le Caméléon demeure en embuscade, regardant de plusieurs
côtés à la fois, grâce à l'indépendance de ses gros yeux.
Dès qu'il voit un insecte, il
projette sur lui sa longue langue (*fig.* 170) dont le tampon

Fig. 170. — *Tête de Caméléon*.
La langue, projetée hors de la bouche,
sert à la préhension des aliments.

terminal saisit la proie. Lorsqu'il se sent en péril, il change
de couleur, allant du gris blanc au noir en passant par
le jaune et le vert.

S'il vient à perdre la vue, il ne peut plus changer de couleur.

Nous citerons encore le *Sep,* dont les quatre membres sont rudimentaires ; l'*Orvet,* qui est dépourvu de membres extérieurs, et qui en conserve cependant les moignons ou rudiments sous la peau ; le *Dragon,* de Java, qui peut voler grâce à de larges replis de la peau.

Les Ophidiens ou Serpents. — Les *Serpents* (*fig.* 171) sont dépourvus de membres. Ils rampent en ondulant sur

Fig. 171. — *Serpent Boa.*

le sol : ils peuvent aussi nager et grimper. Ils s'enroulent en nombreux replis, soit pour dormir, soit pour se protéger quand on les attaque : la Vipère dresse la tête en cas de danger. La tête est aplatie. Les mâchoires sont organisées de manière à pouvoir s'ouvrir démesurément : aussi les Serpents avalent-ils, sans les mâcher, des proies relativement considérables, des souris, des oiseaux, des crapauds, des grenouilles. Avant d'avaler leur proie, ils l'étouffent dans les replis de leurs anneaux, ou bien ils l'empoisonnent de leur venin.

Les *Couleuvres* et les *Vipères* sont les deux serpents de nos pays. Les Couleuvres sont inoffensives ; les Vipères sont venimeuses et attaquent tout ce qui les effraie. La distinction est difficile à faire, et pourtant elle est très importante.

La *Vipère* a la tête plate, triangulaire, élargie en arrière et brusquement séparée du corps. La queue est courte, le corps marqué sur le dos de taches noires en zigzag : sur la tête, deux taches dessinent un V. — Le *venin* de la Vipère est sécrété par des glandes spéciales placées de chaque côté de la mâchoire supérieure. Lorsque l'animal mord, il enfonce dans la chair deux longs crochets (*fig.* 172) : la pression exercée alors sur les glandes en fait sortir le venin, qui s'écoule dans la plaie par un canal situé au dedans du crochet ou par une gouttière creusée sur le côté. — Le venin peut être avalé impunément, parce que, n'étant pas digéré, il n'est ni absorbé ni mêlé au sang. Mais, inoculé dans une plaie, il se mêle au sang et peut causer la mort. Le venin du *Crotale* ou Serpent à sonnettes d'Amérique amène la mort en quelques heures.—Quand

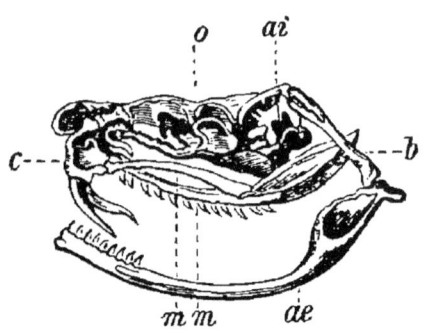

Fig. 172. — *Tête de serpent venimeux.*

o, crâne, sur le côté duquel est placée la glande à venin. — *a i*, occipital. — *c*, maxillaire supérieur, très court, mobile, portant les crochets ou dents à venin. — *m m*, os transverse et ptérygoïde : le premier soutient le maxillaire, le second porte de nombreuses dents non venimeuses. — *a e*, mâchoire inférieure. — *b*, os carré, intermédiaire au crâne et à la mâchoire inférieure

on a été mordu par une Vipère, on peut ou bien sucer la plaie pour en faire sortir le venin, ou bien élargir la plaie pour en faire jaillir du sang qui entraînera le venin, ou bien cautériser la blessure avec un caustique comme l'alcali volatil, ou bien comprimer le membre mordu de manière à empêcher la diffusion du venin.

La *Couleuvre* a la tête moins plate, moins élargie en arrière, insensiblement reliée au corps, couverte de larges écailles; la queue est longue, effilée. Les mâchoires sont dépourvues de crochets venimeux. La *Couleuvre à collier* et la *Couleuvre vipérine*, vivent en nombreuses sociétés, dans les mares remplies de nénuphars du Sud-Ouest de la France.

Les *Boas* et les *Pythons* sont des serpents de grande taille et de force musculaire considérable. Le *Boa constrictor,* long de 3 ou 4 mètres, grimpe sur les arbres, se suspend par la queue, et attend le passage de la proie vivante, hommes ou bêtes, qu'il enserre de ses replis et broie avant de l'avaler. — Le *Python*, long parfois de

Fig. 173. — *Crocodile.*

13 mètres, s'attaque aux plus grands mammifères. On en rencontre dans l'Inde et à Sumatra.

Les Crocodiliens. — Les *Crocodiliens* (fig. 173), sont tous de grands animaux, vivant sur le bord des fleuves. Ils sont marcheurs et nageurs : les pattes courtes, robustes, palmées, peuvent servir de nageoires. Le dos est couvert de plaques osseuses. Les dents, coniques, sont implantées dans des alvéoles. Nous avons déjà fait remarquer que leur cœur a quatre cavités comme celui des Oiseaux et des Mammifères. Leurs œufs, semblables à des œufs de poule, sont déposés sur le sable, et le soleil les fait éclore.

On ne trouve point de Crocodiles en Europe. Sur les bords du Nil, on trouve encore des *Crocodiles* proprement dits, animaux très voraces, longs de 10 mètres parfois, qui guettent leur proie soit en se cachant dans les roseaux, soit en se laissant aller au courant du fleuve. — Sur les bords du Gange et dans les îles de la Sonde vivent les *Gavials*, à museau très effilé. — Les *Caïmans* ou *Alligators* habitent tous l'Amérique : ils ont le museau large et obtus.

TABLEAU DE LA CLASSE DES REPTILES

1er *ordre*. — **Rhynchocéphales**, mâchoire supérieure formant un bec sans dents (Hattérie, genre unique).

2e *ordre*. — **Chéloniens**, carapace osseuse, dorsale et ventrale, gaîne cornée recouvrant les mâchoires dépourvues de dents : 1º *Athèques*, carapace à jour (Luth ou Tortue primitive); — 2º *Thécophores*, carapace fermée au moins dans la région médiane (Trionyx, Tortues marines, fluviatiles, de marécage, terrestres).

3e *ordre*. — **Sauriens**, écailles épidermiques, avec membres : 1º *Fissilingues*, langue fourchue, mince et contractile (Lézards, Varan); — 2º *Vermilingues*, langue vermiforme, protractile, préhensile (Caméléon); — 3º *Brévilingues*, langue courte et épaisse; il y a 0, 2 ou 4 membres (Scinque, 4 membres, Seps, 4 membres rudimentaires, Pseudopus, rudiments de pattes postérieures, Orvet, pas de membres); — 4º *Crassilingues*, langue épaisse et charnue, 4 membres (Gecko, Iguane, Dragon); — 6º *Annelés*, peau sans écailles, divisée en anneaux (Amphisbène, Mosasaure, fossile).

4e *ordre*. — **Ophidiens** ou **Serpents**, écailles épidermiques, pas de membres. — 1º *Colubriformes*, dents crochues non venimeuses (Couleuvres, Boa, Python); — 2º *Protéroglyphes*, venimeux, crochets cannelés en avant (Naja, Serpent de Cléopâtre, Serpent à lunettes, Serpent corail); — 3º *Solénoglyphes*, venimeux, crochets canaliculés (Vipères, Crotale).

5e *ordre*. — **Crocodiliens**, plaques osseuses sur le dos seulement, dents implantées dans des alvéoles. — 1º *Longirostres*, museau très développé (Gavial); — 2º *Brévirostres*, museau court, arrondi (Crocodile, Caïman).

Fossiles : *Enaliosauriens*, pattes adaptées à la natation (Icthyosaure, Plésiosaure); — *Ptérosauriens*, ou reptiles volants, membrane alaire (Ptérodactyle); — *Dinosauriens*, reptiles marcheurs (Atlantosaure, Brontosaure, Mégalosaure, Iguanodon...).

CHAPITRE XVII

LES VERTÉBRÉS (*Suite*)

CLASSE DES **OISEAUX**

I. Caractères généraux. — *Définition.* — Les Oiseaux (*fig.* 174) sont des Vertébrés à sang chaud, couverts de plumes, munis de quatre membres, dont deux sont des ailes adaptées pour le vol et les deux autres sont des pattes faites pour la station. La circulation est double et complète ; la respiration, pulmonaire. Tous les Oiseaux sont ovipares.

Le Tégument. — La peau des Oiseaux produit de nom-

Fig. 174. — *Coqs et Poule, types d'Oiseaux.*

breux appendices. La bouche, dépourvue de dents, se couvre d'une matière cornée qu'on appelle le *bec*. Les *ergots* sont formés de la même substance. Des *écailles* protègent les pattes et les doigts dépourvus de plumes. Les *plumes* surtout sont le signe caractéristique des Oiseaux.

Les *Plumes.* — Chaque plume comprend la hampe et les barbes. La *hampe* se compose d'une partie creuse ou *tuyau*, implantée dans la peau, et d'une partie pleine d'une matière spongieuse ou *tige*. Les *barbes*, tantôt molles, tantôt raides, sont terminées par des crochets qui servent à les entrelacer de manière à en former une lame impénétrable à l'air. La couleur des plumes varie à l'infini : dans certaines espèces, elle atteint la richesse des pierres les plus précieuses.

La *mue*, ou renouvellement des plumes, se fait chaque année après la ponte.

On donne le nom de *pennes* aux grandes plumes de la queue et des ailes. Celles de la queue, ordinairement au nombre de douze, sont appelées *rectrices*, parce qu'elles, servent de gouvernail; celles des ailes sont appelées *rémiges*, parce qu'elles jouent le rôle de rames. On nomme couvertures ou *tectrices* les plumes qui recouvrent la base des pennes. Les rémiges sont dites primaires, secondaires, scapulaires, suivant qu'elles sont implantées sur la main, l'avant-bras ou l'humérus.

On donne le nom de *duvet* aux plumes soyeuses, qui recouvrent le reste du corps et qui paraissent surtout destinées à préserver du froid l'animal.

Nous mentionnerons encore comme appendices de la peau : la *cire*, ou membrane molle, jaune ou bleue, qui entoure la base du bec de certains *Rapaces;* les *crétes* ou *Caroncules* du Coq, du Dindon, excroissances charnues qui recouvrent la tête; les *serres* et les *crochets*, qui ne sont qu'une modification des ongles.

Le Squelette. — Les os des Oiseaux (*fig.* 175) sont creux et très légers. Ce sont les mêmes que ceux du squelette humain : ils subissent seulement des modifications en rapport avec le genre de vie.

La *tête* est petite en général : elle se termine par le bec dont la forme donne l'une des meilleures bases pour la classification des Oiseaux.

Le *cou* est d'une flexibilité remarquable : sa longueur varie suivant le régime de l'animal; il est très long chez les animaux à longs pieds et chez ceux qui cherchent leur nourriture au fond de l'eau.

Le *tronc* présente une grande solidité : les vertèbres du dos et des reins sont soudées; les côtes, osseuses jusqu'au sternum, sont reliées entre elles et soudées au sternum ; le sternum est large et muni d'une crête osseuse ou *bréchet,* qui offre une large surface d'attache pour les muscles des grands voiliers.

Les membres antérieurs sont transformés en *ailes :* les ailes comprennent l'humérus, le cubitus et le radius, une main tronquée qui se transforme, grâce aux plumes qui la recouvrent, en une sorte de rame. — Les membres postérieurs sont des *pattes*, qui servent soit à la station, soit à la marche, soit à la natation. Les pattes se composent, dans leur partie libre, d'une cuisse, d'une jambe où le tibia et le péroné sont soudés, d'un tarse, os unique, vertical, qui représente à la fois le tarse et la métatarse de l'homme, et de doigts armés de griffes : il n'y a jamais plus de quatre doigts.

Fig. 175. — *Squelette d'oiseau.*

Fonctions de nutrition. — Le *tube digestif* (*fig.* 176) s'ouvre par le bec. La bouche est dépourvue de dents chez les Oiseaux actuels. La langue est revêtue d'une production cornée. Un *jabot*, placé à la base du cou, commence à ramollir la nourriture. Le *ventricule succenturié* fait suite au jabot : il imprègne les aliments du suc gastrique qu'il sécrète. Le gésier, muni de plaques cornées qu'activent des muscles puissants, triture les matières résistantes, comme les graines sèches Le tube digestif aboutit à un cloaque.

Le *cœur* des Oiseaux (*fig.* 177) a quatre cavités, comme celui de l'Homme : la circulation est double et complète. La *respiration*, toujours pulmonaire, est très active. Outre les deux poumons, les Oiseaux possèdent des

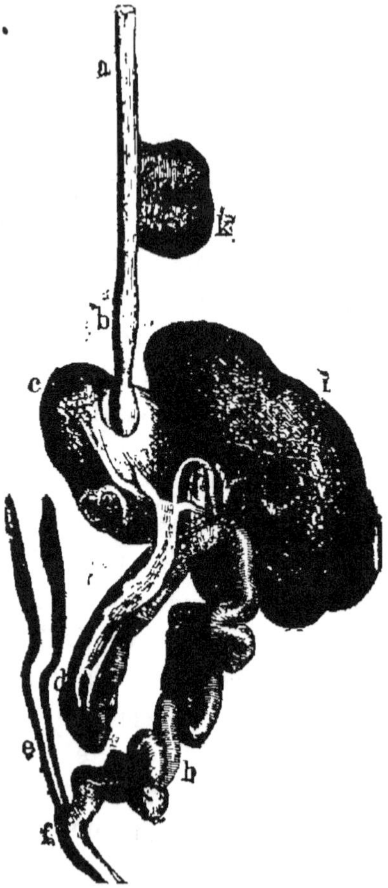

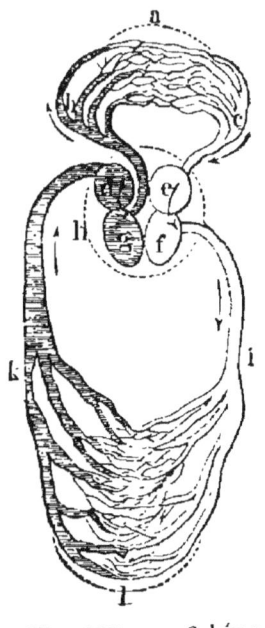

Fig. 177. — *Schéma de la circulation chez les Oiseaux et les Mammifères.*

e, f, i, l, k, cœur et vaisseaux de la grande circulation.—*d, g, b, a, c,* cœur et vaisseaux de la circulation pulmonaire.

Fig. 176. — *Tube digestif d'oiseau.*

a, œsophage. — *k,* jabot. — *b,* ventricule succenturié. — *c,* gésier. — *i,* foie. — *d,* pancréas. — *h,* intestin. — *e,* cæcum. — *f,* gros intestin.

sacs aériens ou réservoirs d'air placés à la base du cou, dans le thorax et dans l'abdomen.

Les bronches communiquent avec ces sacs aériens et même avec la plupart des os. Une respiration si riche produit une combustion considérable; aussi la température moyenne des Oiseaux est-elle de 40 à 44 degrés.

Fonctions de relation. — La *Voix*. — Tous les Oiseaux
ont le pouvoir d'émettre des sons ; mais il faut distinguer
les *cris*, par lesquels ils se communiquent leurs craintes et
leurs émotions, les *modulations*, par lesquelles certaines
espèces, comme les Perroquets, reproduisent la parole
humaine, et le *chant* proprement dit qui n'appartient qu'à
un petit nombre d'Oiseaux. L'organe vocal est formé de
deux larynx ; le larynx supérieur, placé à la base de la
langue, ne sert que comme résonnateur ; le larynx inférieur, placé à la bifurcation de la trachée-artère, contient
les cordes vocales dont les vibrations produisent le son.
Le chant des Oiseaux se développe surtout au printemps,
pendant que la mère couve les œufs.

La *Locomotion*. — Le mouvement varie suivant le milieu
qu'habitent les Oiseaux : ils marchent comme les Autruches, ils volent comme le Martinet, ou ils nagent comme
le Cygne : plusieurs espèces ont les trois modes de locomotion.

Les *Sens*. — A part l'ouïe et la vue, les sens des Oiseaux
sont très obtus.

L'*oreille* externe fait défaut, de sorte que la membrane
du tympan est à fleur de tête. Dans l'oreille moyenne, la
chaîne des osselets est réduite à une seule pièce qui correspond à l'étrier. L'oreille interne ressemble à celle de
l'Homme.

La *vue* est plus parfaite chez les Oiseaux que dans tout
le reste du règne animal. Ainsi les Oiseaux de proie, des
hauteurs où nous les apercevons à peine, distinguent fort
bien les petits animaux dont ils se nourrissent, et ils fondent sur eux en droite ligne avec la rapidité de la foudre.
Les yeux sont relativement très gros : ils s'accommodent
promptement à toutes les distances. Une troisième paupière, la *membrane clignotante*, demi-transparente, habituellement repliée dans l'angle nasal, peut recouvrir le
globe oculaire et le protéger contre une lumière trop
intense. C'est ce qui permet à certains Oiseaux de fixer le
soleil sans en être éblouis.

Multiplication. — Les Oiseaux sont tous ovipares. Les phénomènes relatifs à leur multiplication comprennent : la fabrication du nid, la ponte des œufs, l'incubation et les soins donnés aux jeunes.

Le *Nid*. — C'est au printemps que les Oiseaux font leur couvée : dans certaines espèces, elle a lieu deux fois par an. Avant la ponte, le père et la mère construisent, avec un art merveilleux, une demeure ou *nid* où les œufs seront déposés. Les nids varient à l'infini, tant dans leur forme que dans les matériaux employés à leur construction. — Le nid de l'Autruche n'est qu'un trou creusé dans le sable, celui des Oiseaux de proie une *aire* grossière, qui consiste en un simple amas de morceaux de bois posés sur un rocher : au contraire, le nid de la Mésange, du Chardonneret, de l'Hirondelle... demande les soins les plus délicats. — La plupart du temps, les Oiseaux n'emploient que des matières filamenteuses ou flexibles tirées du règne animal ou du règne végétal; cependant l'Hirondelle maçonne son nid avec de la terre détrempée; la Salangane fait le sien avec une substance gélatineuse tirée d'une algue marine. Ce sont ces nids de Salangane que les Cochinchinois recueillent sur les îles qui bordent leurs côtes : on les vend comme matière alimentaire; bouillis avec du gingembre, ils constituent un remède excellent contre l'anémie. — En décrivant les principaux types d'Oiseaux, nous aurons occasion de signaler leur industrie architecturale.

Les *Œufs*. — Le nombre des œufs est plus considérable dans les petites espèces : ainsi la Mésange pond de quinze à vingt œufs, tandis que l'Aigle et le Vautour n'en pondent qu'un ou deux. La forme et la couleur des œufs varient suivant les espèces; mais tous sont composés : 1° d'une *coquille* calcaire, résistante, qui les protège; 2° d'une membrane mince ou *chorion*, qui tapisse l'intérieur de la coquille; 3° d'une *chambre à air*, placée au gros bout de l'œuf, entre le chorion et la coquille; 4° du *blanc d'œuf* ou albumine; 5° du *jaune* ou vitellus, qui porte à sa surface le germe de l'Oiseau.

L'*Incubation*. — Après la ponte des œufs commence

l'incubation. On appelle ainsi l'acte prolongé par lequel la mère, étendue sur ses œufs, les maintient à une température moyenne de 40 degrés. Sous l'influence de cette chaleur, le petit oiseau se forme au dedans de l'œuf en se nourrissant des matières qui s'y trouvent accumulées. Quand il a fini de manger ces provisions, le jeune oiseau brise la coque et sort de l'œuf. Cette température doit être constante, si bien que les petits périssent dans l'œuf, si la mère quitte son nid durant un temps prolongé : c'est pour cela qu'il ne faut pas troubler et chasser les mères en train de couver leurs petits.

La durée de l'incubation est très variable : elle est de douze jours pour l'Oiseau-Mouche, de quinze à seize pour les Serins, de vingt et un pour les Poules, de vingt-cinq pour les Canards, de quarante à quarante-cinq pour les Cygnes.

Certains Oiseaux ne couvent point leurs œufs. Ainsi le Coucou pond furtivement ses œufs dans le nid des Passereaux, et laisse à ceux-ci toute la peine de l'incubation. L'Autruche dépose ses œufs sur le sable, et elle ne les couve que durant la nuit ; durant le jour, elle les abandonne à l'action du soleil. Les Talégalles de la Nouvelle-Hollande déposent leurs œufs au milieu des herbes humides : la fermentation des herbes échauffe les œufs et les fait éclore. On voit que la mère n'est utile à l'éclosion des œufs que par la chaleur continue qu'elle fournit.

Fournir aux œufs de Poules la chaleur modérée et continue que donnerait la mère, c'est tout le secret des *couveuses artificielles,* dont l'usage se répand de plus en plus. Des caisses en bois, où reposent à la fois plusieurs centaines d'œufs, sont chauffées à l'aide de lampes qui entretiennent une température parfaitement égale et produisent un renouvellement d'air incessant : au bout de vingt jours, les petits Poulets commencent à percer leur coque.

Premiers soins. — Les Oiseaux *nageurs* et *coureurs* naissent à terre couverts de plumes ou, au moins, de duvet : ils marchent et mangent immédiatement ; ils se suffisent à eux-mêmes. Les autres naissent nus et faibles :

ils doivent rester à leur nid. Rien n'est touchant alors
comme la tendre sollicitude du père et de la mère riva-
lisant de zèle pour chercher la nourriture qui convient aux
petits. Les petits reçoivent la *becquée*, c'est-à-dire prennent
dans le bec de leurs parents les aliments que ceux-ci ont
préparés. Chacun sait que les Pigeons produisent, dans
leur jabot, un produit de sécrétion semblable à du lait :
les petits viennent le puiser dans leur bec. Aux soins de
l'alimentation s'ajoutent ceux de la protection contre le
froid et contre les ennemis. Une fois les jeunes devenus
grands, les liens de la famille se rompent, et les Oiseaux
du même nid ne semblent plus se reconnaître.

Facultés des Oiseaux. — Les Oiseaux ne sont pas seulement des architectes habiles et des parents très dévoués,
ils se laissent aussi aisément *apprivoiser* par l'homme.
Ainsi les Rapaces diurnes, comme les Faucons, ont de tout
temps été utilisés pour la chasse. L'Étourneau, le Merle, le
Perroquet apprennent des airs de chanson, répètent des
mots et même des phrases. En Amérique, l'Agami est employé pour la garde des troupeaux : il s'acquitte de cet office avec beaucoup de zèle, ramenant au bercail, à grands
coups de bec, les brebis égarées, et ne rentrant lui-même
que le dernier : on dit que deux Agamis valent un bon chien
de garde. Au bord de la mer, les Cormorans pêchent au
profit de leur maître, etc...

Migrations des Oiseaux. — Les Oiseaux ont l'instinct des
voyages : c'est surtout le besoin de nourriture qui les
pousse. Comme ils trouvent dans leurs ailes un excellent
moyen de transport, qui leur permet de rivaliser en vi-
tesse avec nos locomotives et nos steamers, ils se rendent
chaque année dans les régions où la vie leur sera le plus
facile.

Il y a des Oiseaux qui passent dans nos pays le printemps et l'été, et qui vont pour l'hiver dans les régions
plus chaudes : ce sont les insectivores, comme les Ros-
signols, les Hirondelles, les Martinets, les Cailles, les Cou-
cous, les Fauvettes. — D'autres, amis des climats rigou-
reux, ne viennent chez nous que pour l'hiver et s'en

retournent ensuite vers le Nord : ce sont les espèces aquatiques et granivores, comme les Oies, les Canards, les Cygnes, les Échasses, les Grues, les Spatules... — D'autres ne font que passer : ils traversent nos climats en automne et au printemps : ils passent l'été dans le Nord et l'hiver dans le Midi : la Bécasse est de ce nombre. — D'autres enfin, moins réguliers, demeurent dans les pays qu'ils visitent aussi longtemps qu'ils y trouvent à vivre : ce sont les oiseaux chanteurs, comme les Alouettes, les Chardonnerets, les Linottes, les Bouvreuils, les Merles, les Mésanges.

Ce besoin de voyager prend ces animaux à date fixe, sans rapport évident avec la température ou la richesse alimentaire du milieu. Il est tellement impérieux que des individus en cage, qui n'ont jamais voyagé, à qui rien ne manque, s'agitent et s'élancent contre les barreaux de leur cage au moment du départ de leurs semblables. — Les migrations se font par troupes assez régulièrement disposées, comme si un chef présidait l'armée des émigrants. Cependant les Oiseaux ne sont pas tous migrateurs. Plusieurs sont sédentaires : nous citerons parmi eux le Moineau et le Pinson.

Faculté d'orientation. — Les Oiseaux sont doués d'un instinct étonnant pour retrouver leur route. Ainsi, beaucoup d'oiseaux migrateurs reviennent chaque année au lieu qu'ils habitaient l'année précédente : pour les Hirondelles, les Hérons, les Martinets, on est assuré que chaque couple revient à son même nid chaque printemps nouveau. Les Pigeons surtout ont le don de retrouver leur pigeonnier, même lorsqu'ils ont été emportés très loin, pendant la nuit ou dans une caisse absolument obscure. Cette faculté qu'a le Pigeon voyageur de retrouver son chemin, sans avoir aucun point de repaire, est encore absolument inexplicable.

Utilité des Oiseaux. — Plusieurs nous donnent un aliment délicat et fortifiant : le Canard et le Poulet nous donnent leurs œufs et leur chair ; les Pigeons, les Perdrix, les Bécasses, les Cailles, les Grives, les Dindons, etc...

nous fournissent leur chair. — La peau des Plongeons peut servir de fourrure. — L'Oie et plusieurs autres donnent la plume de nos coussins et de nos édredons. — Les Rapaces et les Grimpeurs débarrassent l'agriculture d'une multitude d'animaux nuisibles comme Reptiles, Rongeurs, Insectes, Vers... — Si quelques-uns nuisent à nos récoltes, ce sont précisément ceux qui founissent des aliments pour nos tables : ils compensent de cette sorte le mal qu'ils nous causent.

II. Description des principaux types. — Les Grimpeurs.

— Les *Grimpeurs* sont des oiseaux à bec robuste et crochu, et dont les pattes comprennent deux doigts antérieurs et deux doigts postérieurs. Presque tous grimpent aux arbres pour chercher les insectes dont ils se nourrissent. Nous décrivons en particulier le Perroquet, le Coucou et le Pic.

Le *Perroquet*. — Le bec du Perroquet (*fig.* 178) est crochu dès la base : l'animal, très inoffensif, s'en sert comme d'un crochet à l'aide duquel il se suspend aux branches pour grimper plus aisément. Le pied est utilisé comme une sorte de main pour porter les aliments à la bouche. Il n'y a point de perroquets en Europe, à l'état sauvage : ils vivent

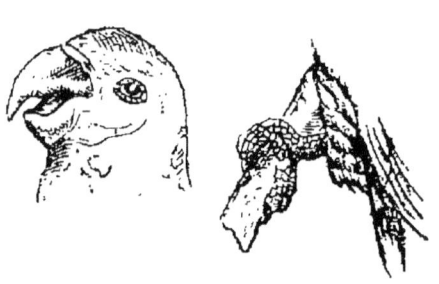

Fig. 178. — *Tête et patte de Grimpeur* (Perroquet).

en troupes nombreuses dans les bois des parties chaudes de l'Asie, de l'Afrique et de l'Amérique. Ils se nourrissent de fruits, surtout de fruits à noyaux dont ils recherchent l'amande. Ils font leur nid dans quelque trou d'arbre, qu'ils garnissent grossièrement de feuilles sèches : la mère y dépose, plusieurs fois par an, de deux à quatre œufs complètement blancs. — Les Perroquets sont domestiqués, et il s'en fait aujourd'hui un grand commerce : on

13

les recherche tant pour la beauté de leur plumage que pour leur facilité à imiter tous les bruits qu'ils entendent, depuis les cris d'animaux jusqu'à la parole de l'Homme. Les plus faciles à instruire sont les Perroquets gris ou *Jackos* et les Perroquets verts d'Amérique.

Le *Coucou*. — Le *Coucou* doit son nom au cri de *coucou* qu'il fait entendre l'été dans nos bois. Il a le bec assez long, légèrement crochu et profondément fendu. Il est célèbre par l'instinct qui le porte à déposer ses œufs dans les nids d'autres oiseaux. La mère pond ses œufs à terre, puis elle les transporte dans des nids voisins : elle n'en dépose qu'un dans chaque nid, et elle ne cesse, paraît-il, de les surveiller. Il n'est point vrai que le Coucou sorti de l'œuf dévore sa mère nourrice : mais grandissant dans le nid des petites espèces, il cause ordinairement la mort des enfants de la maison, soit parce qu'il prend toute la nourriture, soit parce qu'il jette les petits hors de leur nid. — Le Coucou commun de nos pays est migrateur : il nous arrive en avril et nous quitte en septembre.

Le *Pic*. — Les *Pics* (*fig.* 179) ont le bec droit, conique ou pyramidal, terminé en coin : leurs doigts robustes sont armés d'ongles forts et crochus. Leur queue, composée de dix grandes pennes raides, leur sert de point d'appui lorsqu'ils grimpent sur les arbres. Ils ne sont point nuisibles, car ils n'attaquent les arbres que pour y chercher leur proie, et n'entament point les arbres sains. Leur nourriture consiste en insectes et en larves, qu'ils cherchent soit sous l'écorce des arbres qu'ils fendent à coup de bec, soit dans les crevasses où ils introduisent leur langue imbibée de salive. A peine ont-ils frappé une branche de quelques coups de bec, qu'ils vont voir le côté opposé, non pour savoir s'ils ont percé l'arbre, mais pour saisir les insectes qu'ils auraient débusqués. Leur nid a la forme d'un long boyau construit dans un tronc d'arbre : il est placé de préférence dans une branche oblique ou horizontale, avec ouverture étroite tournée vers le sol, ce qui en rend l'accès très difficile aux ennemis. Le *Pic-vert*, grand comme une Tourterelle, vert dessus, blanc dessous, avec une calotte rouge, est l'un des plus beaux oiseaux de nos contrées.

Les Rapaces. — Les *Rapaces* (*fig.* 180) sont des oiseaux

Fig. 179. — *Pic.*

à bec puissant et crochu. Ils ont trois doigts antérieurs et un doigt postérieur armé d'ongles crochus ou *serres*. Nous

Fig. 180. — *Tête et patte de Rapace* (Aigle).

citerons, parmi les Diurnes, l'Aigle, le Faucon, le Vautour; parmi les Nocturnes, le Hibou.

L'*Aigle*. — L'*Aigle* (*fig.* 181) a le bec velouté, droit à sa base et recourbé vers sa pointe : les tarses sont emplumés jusqu'à la base des doigts. Les doigts sont armés d'ongles puissants et arqués, creusés en dessous d'une

Fig. 181. — *Aigle*.

gouttière dont les bords forment des lames tranchantes, si bien que les serres sont de véritables poignards. L'Aigle habite les montagnes, où il se nourrit d'oiseaux et de mammifères vivants. Après avoir plané dans les airs, il fond brusquement sur eux, les saisit avec ses griffes et peut les emporter près de son aire. Son nid est une *aire* placée sur un arbre élevé, sur quelque vieil édifice ou sur un rocher inaccessible : il consiste seulement en quelques bûchettes entrelacées; tout autour s'accumulent les ossements des animaux dont la chair a nourri la famille. La mère y élève deux ou trois petits par an.

Le *Faucon*. — Le *Faucon* est célèbre, parce qu'il a donné son nom à la *fauconnerie*. La fauconnerie consistait à élever des Faucons pour la chasse : à force de soins et de jeûnes prolongés, et par l'espoir d'une récompense, ces animaux chassaient au profit de leur maître. Le Faucon a le bec courbé dès sa base, armé d'une dent aiguë de chaque côté de sa pointe. Il se nourrit de proies vivantes : quoiqu'il préfère le gibier à plume, hérons, grues, faisans, perdrix, il chasse aussi les mammifères ; il les saisit à la nuque et leur crève les yeux à coups de bec. Il cherche sa proie en planant dans les hauteurs : à peine l'a-t-il découverte, qu'il fond dessus avec la rapidité de la flèche. — Son aire est simple et placée sur les hauteurs, comme celle de l'Aigle.

Le *Vautour*. — Le *Vautour* a la tête nue ; le cou est garni, à la base, d'une collerette de duvet ou de longues plumes ; les ongles sont faibles et incapables de servir d'armes. Aussi lâches que voraces, les Vautours ne se nourrissent que de chairs pourries. Ils vivent en troupes, perchés sur les lieux élevés : dès que l'un d'eux aperçoit un cadavre, ils s'abattent dessus tous à la fois. Ils sont ainsi pour les pays chauds une véritable source de salubrité, par la suppression des viandes corrompues qui deviendraient des centres de peste.

Fig. 182. — *Hibou, type de Rapace nocturne.*

Le *Hibou*. — Les *Hiboux* (*fig.* 182) sont des Rapaces nocturnes : ils sortent en effet, au crépuscule et pendant la nuit, pour chasser les petits rongeurs, Souris, Rat, Mulot, etc... S'ils détruisent parfois de petits Oiseaux, ce qui est rare, ils rendent les plus grands services à l'agriculture en dévorant les rongeurs et les insectes. Aussi, loin de les considérer comme des

oiseaux de mauvais augure, devrait-on apprécier les services qu'ils rendent. Ils ont la tête grosse et plate, les
yeux très grands, dirigés en avant, entourés d'une collerette de plumes. Ennemis de la vive lumière, ils passent le
jour dans les trous d'arbres ou de masures. Ils sortent le
soir et au clair de lune, volant sans bruit, grâce à leurs
plumes molles et douces. A moins d'extrême nécessité,
ils ne se nourrissent que de proies vivantes. Pour leur
nid, ils se mettent peu en frais : la mère dépose ses œufs
dans les trous de murs ou d'arbres, ou bien dans les nids
abandonnés des Pies et des Corbeaux.

Les Passereaux. — Les *Passereaux* (*fig.* 183) ont le bec

Fig. 183. — *Corbeau,*
type de Passereau.

Fig. 184. — *Martin-pêcheur.*

droit ou peu recourbé : leurs pieds ont trois doigts en
avant et un en arrière, terminés par des ongles faibles. Ils
sont granivores ou insectivores : ces derniers sont très
utiles à nos cultures. Presque tous ont un plumage bril-
lant, plusieurs ont une voix agréable. La plupart fournissent à nos tables une nourriture saine et délicate. Nous en
verrons les types divers en étudiant le Martin-pêcheur,
le Colibri, l'Hirondelle, le Loriot et le Moineau.

Le *Martin-pêcheur*. — Nous prenons le *Martin-pêcheur*
(*fig.* 184) comme type des *Syndactyles*, c'est-à-dire des oiseaux qui ont le doigt externe et le doigt du milieu presque égaux et réunis jusqu'à l'avant-dernière phalange. Son

corps est ramassé, sa queue courte, la tête et le bec très gros relativement au reste du corps. Il se nourrit presque exclusivement de poissons qu'il guette avec patience, blotti à l'extrémité d'une branche. Il plonge dans l'eau avec la rapidité d'un trait et en sort aussitôt pour aller dévorer sa proie. Il fait son nid au fond de longues galeries pratiquées dans les berges des rivières, ou bien dans les trous d'arbres voisins de l'eau, qu'il tapisse de petites racines, d'herbes, de plumes et de duvets. Il y dépose cinq ou six œufs blancs, sphériques. Les nids du Martin-pêcheur se reconnaissent aux arêtes de poissons qui en matelassent le fond.

Le *Colibri*. — Nous prenons le *Colibri* comme type des *Ténuirostres*, c'est-à-dire des oiseaux à bec long, grêle et très pointu. Les Colibris sont, avec les Oiseaux-mouches, les plus petits de tous les oiseaux. Ils sont célèbres par l'éclat métallique de leur plumage, par les plaques brillantes comme des pierres précieuses que forment à leur gorge ou sur leur cou des plumes écailleuses. Leur langue, très mobile, s'allonge pour sucer le nectar des fleurs ou saisir les insectes dont ils font leur nourriture. Ils vivent solitaires, allant de fleur en fleur : très querelleurs, ils attaquent les oiseaux qui leur disputent un buisson ou s'approchent de leur nid. Le nid, très délicatement construit, est garni au dedans de coton et d'une bourre soyeuse, et revêtu au dehors de lichens ou de petits fragments de bois enduits d'un suc gommeux. — Les Colibris habitent les régions chaudes des deux Amériques.

L'*Hirondelle*. — Nous prenons l'*Hirondelle* (fig. 185) comme type des *Fissirostres*, c'est-à-dire des oiseaux à bec aplati et largement fendu jusqu'au-dessous des yeux. Tous les Fissirostres dévorent les insectes qu'ils poursuivent au vol. L'Hirondelle a les ailes longues, la queue longue et fourchue, les pieds courts, le bec triangulaire et très fendu. Elle passe toute son existence dans l'air, volant sans cesse, tantôt dans les basses régions, tantôt dans les hauts parages de l'atmosphère. Au printemps, les nombreuses troupes d'hirondelles annoncent les beaux jours : en automne,

elles ne s'éloignent que lorsque la faim ou les frimas les
chassent. Chaque année le même couple revient au nid
qu'il habitait l'année précédente. Ce nid est une merveil-
leuse maçonnerie : le bec de l'animal a servi d'instrument,
les matériaux consistent en terre gâchée par le fluide vis-
queux que fournit la bouche. Le dedans du nid est revêtu
d'un fin duvet : c'est là que, jusqu'à trois fois durant la
belle saison, la mère dépose quatre ou six œufs qu'elle
couve sans se lasser, tandis que le père cherche active-

Fig. 185. — *Hirondelle.*

ment la nourriture. Les Hirondelles aiment à vivre en société, et elles s'aident dans le danger.

Le *Loriot*. — Nous prenons le *Loriot* (*fig.* 186) comme
type des *Dentirostres*, c'est-à-dire des oiseaux qui, comme
la Pie, le Corbeau, le Geai,... ont le bec fort et échancré
de chaque côté de la mandibule supérieure. Ces animaux
sont insectivores, et mangent aussi les baies et les fruits
tendres. Quelques-uns tuent et dévorent les petits oiseaux.
Le Loriot est un oiseau voyageur : il arrive en mai dans
nos climats et nous quitte au mois d'août pour aller passer
l'hiver en Afrique. Il vit sur la lisière des grands bois et
fréquente le bord des eaux. Son nid a la forme d'une coupe

fixée par ses bords aux branches qui divergent horizontalement : il est tissu de tiges de graminées et de bouts de
chanvre. Le Loriot est très fuyant : il ne vit pas longtemps
en captivité.

Le *Moineau.* — Nous prenons le *Moineau* comme type
des *Conirostres*, c'est-à-dire des oiseaux qui ont le bec conique, fort et sans échancrure. Ces animaux sont en général omnivores; ceux dont le bec est plus résistant sont
principalement granivores. Les Moineaux sont hardis,
fréquentent les bourgs et les villes, où ils trouvent plus
facilement leur nourriture, ne fuient point l'Homme. Certains auteurs leur imputent beaucoup de mal, disant qu'ils
sont les déprédateurs de nos moissons et de nos fruitiers,

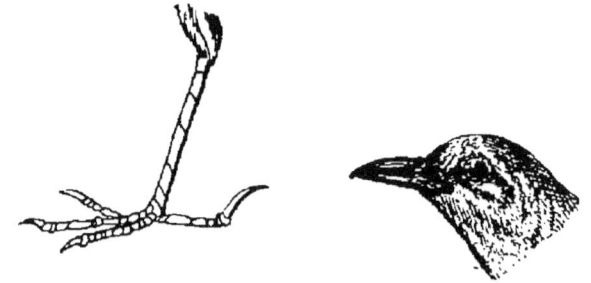

Fig. 186. — *Tête et patte de Loriot.*

qu'ils consomment deux millions d'hectolitres de grains
par an en France. D'autres auteurs prennent leur défense,
disant que la destruction qu'ils font des insectes nuisibles
balance largement la perte des grains. La vérité est qu'ils
sont nuisibles suivant les saisons et les cultures : au printemps, ils nourrissent leurs petits d'insectes, de chenilles
et surtout de hannetons. — Les Moineaux nichent indifféremment sous les toits, dans les trous des murs et des arbres : leur nid est construit sans art; la mère y fait deux
ou trois couvées par an, de cinq à sept œufs chacune. Leur
fécondité est telle qu'en certains pays, en Amérique par
exemple, on a dû prendre des mesures pour en diminuer
le nombre.

Les Colombins. — Les *Colombins* sont des oiseaux à bec

faible, membraneux et renflé autour des narines. Les ailes sont pointues et de moyenne taille. Les quatre doigts sont libres. Nous citerons, dans cet ordre, la Tourterelle et le Pigeon.

Fig. 187.— *Tourterelle.*

La *Tourterelle* sauvage (*fig.* 187) se reconnaît à son manteau fauve tacheté de brun, à son cou bleuâtre, avec une tache de noir et de blanc sur chaque côté. En été, elle remplit nos bocages de ses roucoulements. Elle nous arrive en mai, fait son nid sur les grands arbres ; dès la fin de l'été, elle s'en retourne vers les pays chauds. — C'est la *Tourterelle à collier* ou *rieuse* qu'on élève dans les volières : elle doit son nom à la bande noire qu'elle porte au bas de la nuque.

Le *Pigeon* sauvage ou Colombe (*fig.* 188) est un oiseau paisible, vivant de fruits et de graines, rarement de limaçons et d'insectes. Il habite de préférence la lisière des bois ou le voisinage des eaux. Les Pigeons vivent isolés par couples : ils ne se réunissent que pour leurs voyages : en Amérique, ils voyagent en troupes si nombreuses que le ciel en est tout obscurci. Ils font leur nid tantôt dans les buissons, tantôt sur les grands arbres, tantôt dans les trous des rochers. Le nid, composé de petites branches et de feuilles, est très évasé. A chaque ponte, la mère ne donne que deux œufs. Les petits pigeonneaux naissent très faibles, incapables de se suffire : les parents dégorgent pour eux les aliments et les sécrétions qu'ils ont amassés dans leur jabot.

Les Pigeons domestiques, qui présentent 150 races, sont sans doute nuisibles à l'agriculture. Néanmoins on les élève avec grand soin, tant pour leur chair délicate que pour le transport des dépêches. Pour ce dernier office, on domestique le *Pigeon voyageur*, qui a un don extraordinaire d'orientation pour retrouver le chemin de son nid, et une puissance de vol qui lui permet de parcourir vingt lieues en une heure. Chacun sait quels services rendraient, en temps de guerre, ces fidèles voyageurs. Durant le siège

de Paris, on reçut ainsi dans la capitale des milliers de dépêches officielles ou privées.

Les Gallinacés. — Les *Gallinacés*, dont le coq est le
type, ont le corps ramassé, les ailes courtes, le vol lourd.
Le bec est ordinairement recourbé à sa pointe. Le doigt
postérieur est atrophié ou inséré au-dessus de l'articula-

Fig. 188. — *Pigeon*.

tion des trois doigts antérieurs. Les animaux de ce groupe,
Paon, Dindon, Coq, Faisan, Perdrix, sont trop connus
pour que nous y insistions longuement.

Le *Coq* (*fig.* 189) est caractérisé par la crête rouge qui
surmonte sa tête, par les caroncules ou appendices charnus
qui pendent sous son bec, par sa queue disposée en deux
plans verticaux adossés l'un à l'autre, par le long éperon
ou *ergot* dont le tarse est armé. Il vole rarement et diffici-

ment, mais il marche et court avec rapidité. Son chant, qu'il fait entendre de grand matin est représenté par les syllabes *co-co-ri-co*. — La Poule est plus gracieuse et

petite ; sa crête est plus basse, parfois nulle, son plumage est moins éclatant. A l'état sauvage, la Poule fait un nid assez grossier où elle dépose ses œufs. A l'état domestique, elle les dépose dans le premier endroit venu. Elle couve indifféremment tous les œufs qu'on lui présente, même des œufs de

Fig. 189. — *Coq.*

plâtre. Elle a autant de sollicitude pour les jeunes canards couvés par elle que pour les petits poulets. — Ces Gallinacés sont l'objet d'une culture très active, tant à cause de leurs œufs qu'à cause de la valeur de leur chair.

Les Échassiers. — Les *Échassiers* (*fig.* 190) sont des oiseaux à long cou grêle, à grand bec et à longues pattes. La queue est courte et les ailes grandes. Leurs pattes leur servent d'échasses pour marcher dans les eaux des rivages. Ils se nourrissent surtout de larves, d'insectes, de mollusques peuplant les marais : ils saisissent parfois des poissons et des grenouilles. A ce groupe appartiennent le Râle d'eau, la Poule d'eau, l'Ibis, le Héron, la Grue, La Cigogne...

Fig. 190. — *Type d'Échassier.*

La *Grue commune* (*fig.* 191) vit dans les grandes plaines humides, couvertes de marais : elle s'y nourrit de reptiles, d'insectes, de vers, de plantes aquatiques. Elle dépose ses

œufs, au nombre de deux, dans un nid formé de joncs grossièrement entrelacés. Elle est célèbre par l'ordre suivant
lequel elle accomplit ses migrations annuelles : du sud au

Fig. 191. — *Tête et patte de Grue cendrée* (Échassier).

nord au printemps, du nord au sud en automne. Les Grues
se disposent en troupe, sous la conduite d'un chef : la ca-
ravane prend la forme triangulaire pour mieux fendre l'air,
ou se place en cercle si le vent est violent. Elles volent
dans les hautes régions de l'air : l'œil les aperçoit à peine,
mais leur voix éclatante les trahit. Dans les heures de
repos, des sentinelles veil-
lent à la sûreté de la
troupe.

Les Palmipèdes. — *Les
Palmipèdes* (*fig.* 192) sont
des oiseaux aquatiques,
pourvus de pattes cour-
tes à doigts palmés. Leurs
plumes sont enduites d'une
matière huileuse qui les

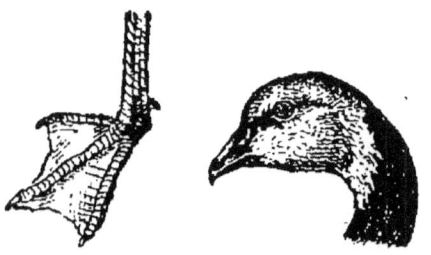

Fig. 192. — *Tête et patte de Palmipède*
(Oie).

rend imperméables. Ils passent l'été dans les pays froids
et l'hiver dans les régions tempérées. On les divise en
quatre classes qu'on peut caractériser par la Mouette,
le Pélican, l'Oie et le Pingouin.

La *Mouette* caractérise les *Longipennes*, c'est-à-dire les oiseaux à longues ailes pointues. La Mouette fourmille sur les côtes, où elle se nourrit de poissons vivants et morts. Elle est très criarde, lâche et vorace tout à la fois. Sa chair, très coriace, n'est estimée que des Groënlandais. Elle niche dans le sable ou dans quelque trou de roches où elle dépose ses œufs.

Fig. 193. — *Oie* (Palmipède).

Le *Pélican* caractérise les *Totipalmes*, c'est-à-dire les oiseaux dont les quatre doigts sont réunis par une même membrane. Il est très reconnaissable au vaste sac qui pend sous la mandibule inférieure : dans cette poche, le Pélican garde les Poissons qu'il pêche en nageant. Très négligent, il ne construit point de nid, déposant ses œufs dans quelque excavation naturelle qu'il garnit grossièrement de quelques algues. On lui attribuait autrefois une tendresse qui le portait à se déchirer la poitrine pour nourrir de son sang ses petits affamés : mais il n'en est rien, et ses inclinations sont plutôt égoïstes.

L'*Oie* (*fig.* 193), ainsi que le Cygne, le Canard et le Flamant, caractérise les *Lamellirostres*, c'est-à-dire les oiseaux qui ont le bec garni de lames parallèles qui remplacent les dents des Mammifères. Les pattes sont palmées : le doigt postérieur est rudimentaire. L'Oie est domestiquée à cause de la délicatesse de ses plumes, utilisées pour les coussins et les édredons.

Le *Pingouin* caractérise les *Brachyptères*, c'est-à-dire les oiseaux dont les ailes sont petites, souvent dépourvues de plumes, et impropres au vol. A terre, le Pingouin se tient debout ; dans l'eau, il se sert de ses ailes comme de nageoires.

Les Struthioniformes. — Ce groupe comprend l'Autruche et le Casoar : le nom signifie animaux semblables à l'Autruche. — L'*Autruche* (*fig.* 194) est un oiseau, parce qu'elle a des ailes et des plumes : mais elle ne vole jamais ; c'est un *Oiseau coureur*, qu'on attelle en Afrique sur de légères voitures. C'est le plus grand des Oiseaux, car elle atteint 2 mètres de hauteur et 50 kilogrammes de poids.

Fig. 194. — *Autruches* (Struthionidé).

Ses ailes sont courtes et impropres au vol. Ses pieds sont élevés et robustes, munis de muscles puissants. Devant ses ennemis, elle ne s'envole point : elle court en facilitant sa marche par le battement de ses ailes : surprise, elle se dé - fend à coups de pied, en lançant en arrière du sable et des pierres. Les plumes de la queue sont l'objet d'un commerce important : dans ce but, les Anglais élèvent des troupeaux d'Autruches dans d'immenses parcs, au Cap de Bonne-Espérance.

Les Aptérygiformes. — L'*Aptéryx* est un oiseau singulier de la Nouvelle-Zélande : ses ailes sont réduites à de simples moignons terminés par un ongle recourbé. Il est grand comme une poule. Son plumage est décomposé et tombant comme de longs poils. Le jour, il se tient dans les touffes des hautes herbes, où il construit son nid : il sort la nuit pour chercher sa nourriture, qui consiste en insectes et en vers. A cet ordre appartenait le *Dinornis*, grand oiseau fossile de 3 mètres de hauteur.

Les Hespérornidés. — L'*Hespérornis*, grand oiseau fossile, ne peut être passé sous silence, à cause des dents nombreuses, aiguës et recourbées, implantées dans des alvéoles, que portaient ses mâchoires. Le membre antérieur était un simple stylet.

Enfin, nous signalerons l'**Archæopteryx**, fossile secondaire, que sa longue queue de vingt vertèbres semble rattacher aux Reptiles.

TABLEAU DE LA CLASSE DES **OISEAUX**

1er *ordre*. — **Grimpeurs**, bec robuste, pattes à 2 doigts antérieurs et 2 doigts postérieurs. — 1° *Psittacomorphes* (Perroquets, Perruches, Aras); — 2° *Coccygomorphes* (Coucou, Toucan); — 3° *Pics* (Pic-vert, Pic-épeiche, Torcol).

2e *ordre*. — **Rapaces**, bec puissant et crochu, pattes armées de serres, 3 doigts antérieurs et 1 postérieur. — 1° *Diurnes* (Aigle, Milan, Buse, Faucon, Vautour, Gypaète); — 2° *Nocturnes* (Hibou, Chat-huant, Duc).

3e *ordre*. — **Passereaux**, bec corné dépourvu de cire, petites écailles sur les tarses, 4 doigts antérieurs ou 3 doigts antérieurs et 1 postérieur. — 1° *Syndactyles* ou *Lévirostres* (Martin-Pêcheur, Guêpier); — 2° *Ténuirostres* (Huppe, Oiseau-Mouche, Colibri, Grimpereau); — 3° *Fissirostres* (Hirondelles, Martinets, Engoulevent); — 4° *Dentirostres* (Corbeau, Pie, Geai, Loriot, Etourneau, Pie-grièche, Mésange, Fauvette, Roitelet, Rossignol, Grive); — 5° *Conirostres* (Alouette, Bruant, Pinson, Moineau, Chardonneret, Linotte, Bouvreuil).

4e *ordre*. — **Colombins**, bec faible, membraneux, renflé autour des narines, pattes faibles, 4 doigts libres articulés au même niveau (Colombe, Pigeon, Tourterelle).

5e *ordre*. — **Gallinacés**, bec fort, non crochu, sinon à la pointe, un doigt atrophié ou inséré au-dessus des autres (Dindon, Talégalle, Faisan, Paon, Pintade, Coq et Poule, Perdrix, Caille, Coq de bruyère).

6e *ordre*. — **Échassiers**, oiseaux de rivage, long cou et longues pattes, queue courte et grandes ailes (Râle d'eau douce, Râle de genêts, Poule d'eau, Foulque, Ibis, Héron, Cigogne, Grue, Combattant, Chevalier, Bécasse, Bécassine, Outarde).

7e *ordre*. — **Palmipèdes**, oiseaux aquatiques, doigts palmés. — 1° *Totipalmes* (Frégate, Cormoran, Pélican) ; — 2° *Longipennes* (Pétrel, Albatros, Mouette, Goéland) ; — 3° *Lamellirostres* (Canard, Sarcelle, Oie, Cygne, Flamant) ; — 4° *Brachyrostres* (Plongeons, Pingouins, Manchots).

8e *ordre*. — **Struthioniformes**, membres antérieurs complets, mais impropres au vol : animaux coureurs (Autruche, Casoar).

9e *ordre*.—**Aptérygiformes**, membres antérieurs rudimentaires (Apteryx, Dinornis).

10° *ordre*. — **Hespérornidés**, mâchoires pourvues de dents, fossiles (Hesperornis).

11e *ordre*. — **Saururés**, membres antérieurs bien développés, queue de 20 vertèbres (Archæoptéryx).

CHAPITRE XVIII

LES VERTÉBRÉS (*Suite*)

CLASSE DES **MAMMIFÈRES**

Caractères généraux. — Les Vertébrés de cette classe sont construits sur le même plan que l'Homme. Comme l'Homme, ils ont une respiration pulmonaire, un cœur à quatre cavités, une circulation double et complète. Il suffit donc de se rappeler ce que nous avons dit de l'Homme au chapitre premier. Nous ajouterons seulement quelques mots sur le tégument et la multiplication.

Tégument. — Les appendices de la peau ne sont point des plumes, comme chez les Oiseaux, mais des poils et des cornes. — Les *poils* sont de deux sortes : le poil long ou *jarre*, qui donne à la fourrure d'un animal sa couleur ; le poil court ou *duvet*, très souple, qui abonde surtout dans les Mammifères du Nord et les protège contre le froid. Les poils portent différents noms : on dit la *laine* du Mouton, les *soies* du Porc, les *crins* du Cheval, les *piquants* du Hérisson. — La *substance cornée* se développe en plusieurs parties du corps des Mammifères : elle forme les *cornes* des Ruminants, les *sabots* du Bœuf et du Cheval, les *fanons* de la Baleine, les *écailles* de la carapace du Tatou, les *ongles* de nos doigts.

Multiplication. — Les Mammifères sont vivipares, c'est-à-dire qu'au lieu de pondre des œufs comme les Oiseaux, ils donnent naissance à des petits vivants. Ces petits, très faibles d'abord, se nourrissent du lait qu'ils puisent au sein de leur mère, avant de chercher la nourriture qui leur est propre.

Le *lait* est un liquide blanc, aliment complet, contenant des matières albuminoïdes, des matières féculentes et des matières grasses. — Les matières albuminoïdes sont de

l'albumine en petite quantité, et de la caséine en abondance. — Les matières féculentes sont du sucre de lait, qui
se transforme aisément, au temps chaud, en acide lactique :
c'est alors que le lait *tourne*. — Les matières grasses sont
à l'état de *beurre ;* le beurre est à l'état de corpuscules
microscopiques enveloppés dans une gaine albuminoïde.

Ces substances sont en suspension dans une eau abondante, et mélangées à des sels, phosphates, carbonates et
chlorures.

La *caséine* du lait sert à la fabrication des *fromages :* le
lait, sous l'influence de la *présure* ou matière acide extraite
de l'estomac de jeunes Ruminants, se coagule en flocons
blancs où sont à la fois la caséine et la crème : c'est en
pressant ces flocons qu'on obtient le fromage. — Pour obtenir le *beurre* isolément, on laisse le lait à lui-même : les
globules de beurre montent à la surface et forment la
crème : en battant la crème, on force les globules de beurre
à s'agglutiner en une masse qui se consomme ensuite sous
le nom de beurre.

En parcourant les différents ordres, nous aurons l'occasion de décrire les principaux types qui représentent la
classe des Mammifères.

1º ORDRE DES **MONOTRÈMES**

Caractères. — Les *Monotrèmes* semblent tenir le milieu
entre les Oiseaux et les Mammifères. Comme les Oiseaux,
ils ont un bec corné, ils n'ont pas de dents, ils sont ovipares, et leur tube digestif se termine par un cloaque. Mais
ils ont des poils raides au lieu de plumes, ils élèvent leurs
petits dans une bourse semblable à celle des Marsupiaux
dont nous parlerons tout à l'heure : par ces traits, ils se
se rattachent aux Mammifères.

L'Échidné (*fig.* 195) est couvert de piquants en dessus,
comme le Hérisson ; il n'a que des poils en dessous. Le
corps est gros et court. La tête se prolonge en un bec
mince, cylindrique, d'où sort une langue filiforme, gluante,
qui s'étend au dehors pour saisir les insectes. Les dents

font défaut, mais le palais est couvert de petites épines dirigées en arrière. Les pieds sont courts, mais armés d'ongles puissants. L'Échidné habite l'Australie et la Nouvelle-Guinée. Il se creuse près des arbres une demeure souterraine où il vit paresseusement. Dans le péril, au lieu de se défendre, il se roule en boule comme le Hérisson. Il ne pond qu'un œuf.

L'**Ornithorhynque** a le bec large et aplati comme celui

Fig. 195. — *Echidné*.

du Canard. Il habite des terriers au bord des cours d'eau d'Australie, et il se nourrit d'animaux aquatiques. Il pond deux œufs.

2° ORDRE DES **MARSUPIAUX**

Caractères. — Les *Marsupiaux,* ou animaux à bourse, sont franchement vivipares. Seulement leurs petits naissent informes et faibles. La mère les place alors, pour les élever, dans une bourse ou poche placée en avant de la poitrine et de l'abdomen. Cette poche est soutenue par des os appelés marsupiaux qui sont placés en avant du bassin. Presque tous les Marsupiaux habitent l'Australie : quelques-uns seulement se trouvent en Amérique.

Il est à remarquer que les restes les plus anciens de Mammifères découverts dans l'écorce terrestre sont des restes de Marsupiaux.

Le **Kanguroo** (*fig.* 196) a le museau allongé, les oreilles longues. Les membres antérieurs, très courts, ont cinq doigts armés d'ongles assez forts; les membres postérieurs sont très longs et munis de quatre doigts. Il se tient dans une position verticale, les membres antérieurs pendants, appuyé sur ses longues pattes postérieures et

Fig. 196. — *Kanguroo.*

sur sa puissante queue. Très agile, il bondit parfois à 8 ou 10 mètres de hauteur. Durant le jour, il vit retiré dans son gîte; durant la nuit, il sort chercher sa pâture dans les riches plaines ou dans les lieux boisés. Il se défend de ses ennemis, soit en usant de sa queue comme d'une arme, soit en plongeant dans le corps de l'animal qui le poursuit le doigt annulaire très redoutable dont son pied postérieur est muni. Les Australiens le chassent activement, tant pour la richesse de sa fourrure que pour la délicatesse de sa chair.

La **Sarigue** habite l'Amérique. Animal nocturne, elle niche sur les arbres et se nourrit habituellement d'insectes et de fruits : parfois elle pénètre durant la nuit dans les lieux habités, attaque les poules et mange leurs œufs. Elle se distingue du Kanguroo par un museau plus long, des dents plus nombreuses, par ses oreilles longues et nues, par sa queue prenante et en partie nue, par la petitesse relative de ses membres postérieurs, par la faiblesse des ongles qui arment ses doigts. La chair passe pour peu délicate : elle plaît cependant aux Indiens qui la recherchent.

3o ORDRE DES CÉTACÉS

Caractères. — Les *Cétacés* ressemblent aux poissons par plusieurs traits : comme eux, ils ont une forme allongée, mènent une existence aquatique ; leurs membres antérieurs

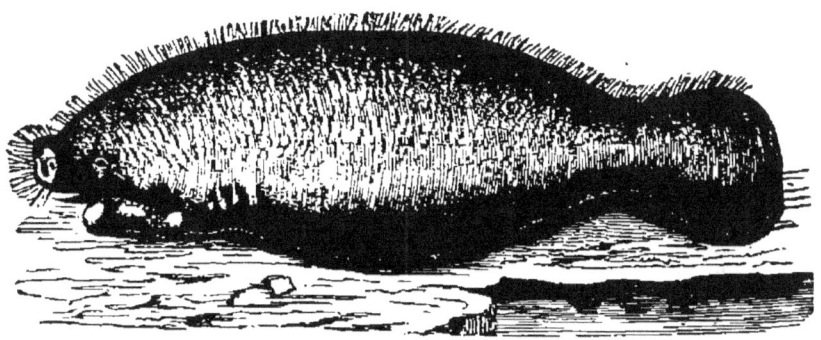

Fig. 197. — *Lamantin.*

sont transformés en nageoires, leurs membres postérieurs sont nuls. Mais ils sont rangés parmi les Mammifères, parce que leur respiration est toujours pulmonaire, leur circulation double et complète ; les mères allaitent leurs petits. Animaux à sang chaud, les Cétacés sont protégés contre le froid de l'eau par une couche de graisse qui fournit une huile abondante.

Les uns, les *Siréniens* sont herbivores, comme le Dugong et le Lamantin ; les autres, les *Souffleurs*, sont carnivores, comme le Dauphin, le Cachalot, la Baleine.

Le **Lamantin** (*fig.* 197), appelé aussi *sirène, vache ma-*

rine, a le corps oblong, pisciforme, dépourvu de membres postérieurs. La tête se termine par un museau charnu garni de poils raides. Les membres antérieurs sont disposés en forme de nageoires : armés d'ongles rudimentaires, ils peuvent aussi servir à ramper sur la terre et à porter les petits. De mœurs douces, les Lamantins vivent par troupes près des côtes, paissent sur les rivages et viennent même parfois à terre. On les trouve dans les parties chaudes de l'Océan Atlantique, à l'embouchure des rivières, qu'ils remontent même assez loin. La chair a le goût du veau.

Le **Dauphin** peut être pris pour caractériser les *Souffleurs*. Ces animaux ont leurs narines disposées en évent et situées sur le front, ce qui leur permet de respirer en ne mettant que le sommet de la tête à fleur d'eau. Le nom de *Souffleurs* leur a été donné parce que chez eux l'inspiration et l'expiration se font avec grand bruit. Pendant l'expiration sort un jet de vapeur d'eau qui se condense par l'effet de son refroidissement dans l'air : d'après certains naturalistes, ce serait un jet d'eau par lequel ces animaux se débarrasseraient du liquide englouti avec leur proie. — Le *Dauphin* est un animal très carnassier, muni de dents nombreuses aux deux mâchoires. Il se nourrit d'animaux marins, de poissons surtout ; il se plaît à suivre les bateaux par troupes nombreuses, étonnant les matelots par la variété et l'agilité de ses mouvements. Il se rencontre surtout près de l'embouchure des fleuves. Il ne paraît pas doué des facultés remarquables que les naturalistes anciens lui attribuaient : il est brutal, vorace, peu intelligent. Sa chair, peu délicate, n'est recherchée que par les peuplades du Nord.

Le **Cachalot** est remarquable par sa tête énorme, qui forme environ le tiers de son corps. La mâchoire inférieure est toujours munie de dents coniques dont l'ivoire est très estimé. — Comme chez les Dauphins, les narines s'ouvrent par un évent unique. La partie antérieure de la tête forme une cavité considérable pleine d'huile : cette huile se fige par le refroidissement et fournit le *blanc de Baleine*, avec lequel on fabrique les bougies diaphanes. Le *Cachalot macrocéphale* atteint 20 mètres de longueur : il vit de Calmars et d'autres mollusques nageurs. Habituellement

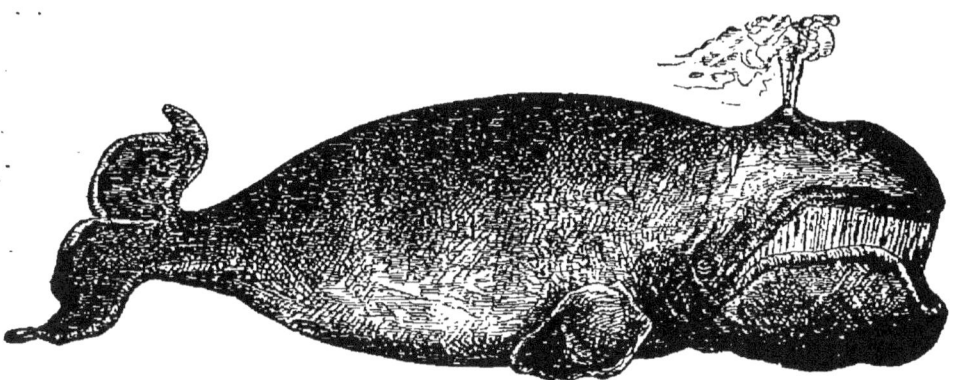

Fig. 198. — *Baleine.*

doux, il se défend lorsqu'on l'attaque et pousse des mugissements effroyables qui attirent ses pareils. Il se jette sur les bateaux des pêcheurs islandais et norwégiens, et souvent il les submerge.

La **Baleine** (*fig.* 198) est un cétacé gigantesque qui atteint jusqu'à 20 ou 30 mètres de longueur. Elle est dépourvue de dents. A la mâchoire supérieure, les dents sont remplacées par des *fanons* (*fig.* 199), masses cornées, aplaties et serrées les unes contre les autres : ces lames ont près de 5 mètres de longueur et peuvent se trouver au nombre de 300. Les narines s'ouvrent sur le front par deux évents. Le corps peut peser jusqu'à 150 000 kilogrammes ; la langue seule, large de 4 mètres, longue de 7 à 8 mètres, peut

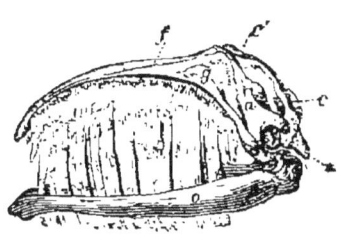

Fig. 199. — *Tête de baleine.* Les dents sont remplacées par des fanons.

donner six tonneaux d'huile. La Baleine se nourrit de petits animaux, crabes, mollusques ou poissons. De la Baleine on utilise : les fanons, la chair, l'huile, la cétine ou blanc de Baleine. Aussi, quoique dangereuse, la pêche à la Baleine est toujours pratiquée. Le nombre des Baleines diminue rapidement : elles se réfugient dans les régions du Nord.

4º ORDRE DES **RUMINANTS**

Caractères. — Les *Ruminants* sont des animaux caractérisés par la faculté qu'ils ont de ramener les aliments de l'estomac dans la bouche pour les mâcher de nouveau. Cet acte porte le nom de *rumination*. Leur organisation paraît spécialement adaptée à cette fonction.

Les mâchoires sont susceptibles de mouvements latéraux qui permettent de broyer et de triturer la nourriture. Les dents molaires sont plates et striées comme des râpes ou des limes. En général, il n'y a point d'incisives à la mâchoire supérieure et les canines font défaut aux deux mâchoires.

L'estomac (*fig.* 200) se compose de quatre cavités : 1º la *panse*, où les aliments à demi triturés s'accumulent pendant le repas de l'animal; 2º le *bonnet*, qui communique avec la panse : quand l'animal ne mange plus, la panse se contracte, une partie des aliments entre dans le bonnet, et le bonnet les

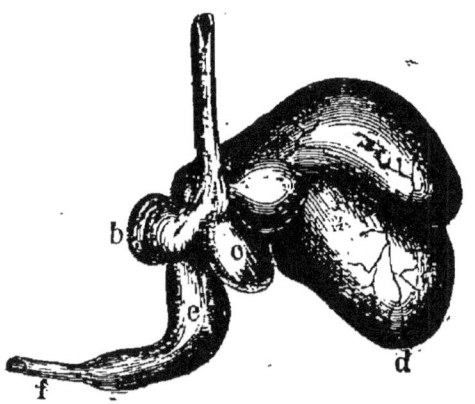

Fig. 200. — *Estomac d'un Ruminant.*

d, la panse, où se rendent d'abord les aliments insuffisamment mâchés. — *c*, le bonnet, où les aliments sortis de la panse se mettent en pelote pour retourner à la bouche. — *b*, le feuillet, où descendent les aliments après la seconde mastication. — *c*, la caillette, où se fait la digestion stomacale. — *f*, commencement de l'intestin.

renvoie à la bouche pour être triturés de nouveau; 3º le *feuillet*, dont les replis ressemblent aux feuillets d'un livre : c'est là que descendent les aliments réduits par la rumination à l'état de bouillie très fluide; 4º la *caillette*, qui fait suite; c'est l'estomac proprement dit, où le suc gastrique est sécrété et la digestion opérée; ce nom vient de ce que le suc gastrique coagule le lait en *caillet*.

Les pieds des Ruminants sont toujours fourchus (*fig.* 201); ils ont quatre doigts, dont les deux du milieu seulement s'appuient sur le sol.

Division. — On peut diviser l'ordre des Ruminants en cinq familles. — 1° Les *Camélidés*, qui n'ont ni bois ni cornes, et possèdent six incisives inférieures et deux supérieures (Chameau, Lama, Dromadaire). — 2° Les *Moschidés*, qui n'ont ni bois ni cornes et portent deux canines à la mâchoire supérieure (Musc, Chevrotain). — 3° Les

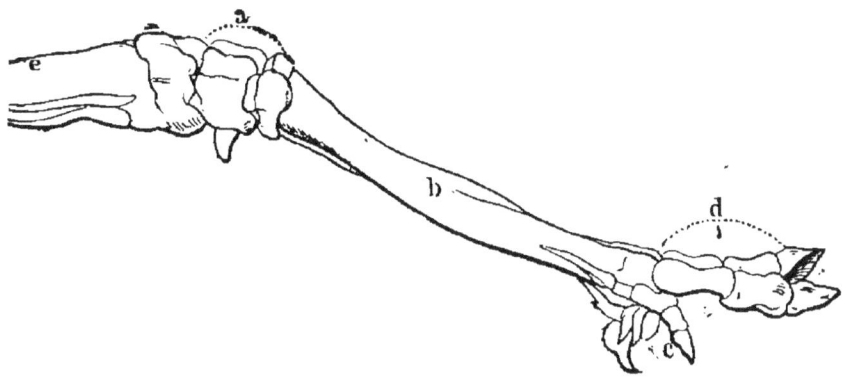

Fig. 201. — *Pied de Ruminant* (Cerf).

e, jambe (tibia et péroné). — *a*, carpe. — *b*, métacarpe. — *d*, doigts
c, doigt rudimentaire.

Cervidés ont un bois plein et caduc (Élan, Cerf, Renne). — 4° Les *Camélopardés* ont des cornes pleines, courtes, velues, persistantes (Girafe). — 5° Les *Antilopidés* ont une cheville osseuse, persistante, recouverte d'un étui corné (Antilopes, Chèvres et Moutons, Bœufs).

Ces animaux nous étant très familiers, nous décrirons très rapidement le Dromadaire, le Chevrotain, le Cerf, la Girafe, l'Antilope, la Chèvre et le Bœuf.

Le **Dromadaire** (*fig.* 202) est un *Chameau à une seule bosse*. S'il a une forme disgracieuse et une marche peu élégante, il rend à l'Arabe les plus grands services. Il le nourrit de son lait, plus abondant que celui de la vache; de sa chair qui, chez les jeunes, est aussi délicate que celle

du veau. Il l'habille de son poil, qui est long et moelleux.
Il est surtout sa précieuse bête de somme, et il mérite bien
le nom de vaisseau du désert. Ce qui le rend précieux à ce
point de vue, c'est qu'il peut passer plusieurs jours sans
boire ni manger. Il se nourrit alors de la graisse accumulée
dans sa bosse : on sait en effet que cette bosse diminue de
volume en temps de disette. Il puise l'eau dans sa panse,

Fig. 202. — *Chameau dromadaire.*

où il a la faculté d'emmagasiner ce liquide. Le Dromadaire
est très soumis à l'homme ; très robuste, il peut faire douze
lieues par jour en transportant plus de 500 kilogrammes.

Le **Chevrotain-musc**, grand comme un petit Chevreuil,
est connu surtout pour la faculté de sécréter, dans une
poche située sous l'abdomen, la substance odorante connue
sous le nom de musc. Il habite les montagnes d'Asie, entre
la Sibérie, la Chine et le Thibet. Le *Chevrotain* proprement
dit ne produit pas de musc.

Le **Cerf** se distingue par son *bois*, prolongement osseux,
nullement enveloppé d'un étui corné comme chez le Bœuf.

Le bois tombe à chaque printemps, mais il repousse bientôt plus grand et plus rameux. La Biche, sa compagne, est dépourvue de bois. Les jambes sont minces, la queue très courte. — Le *Cerf commun* (*fig.* 203) habite les forêts de l'Europe et de l'Asie tempérée. Très recherché par les

Fig. 203. — *Le Cerf commun.*

chasseurs, il n'est point de ruses qu'il n'imagine pour échapper aux limiers. Il va jusqu'à se jeter à l'eau pour dérober sa trace aux chiens. Il est de mœurs douces ; en été, il mange des feuilles et de jeunes pousses ; en hiver, il se nourrit de lichens et d'écorce d'arbres.

La **Girafe** est seule dans la famille des *Camélopardés*

(*fig.* 204). Elle porte sur la tête deux petites chevilles osseuses, persistantes et velues. Elle est connue de tous par
son cou démesurément long : ses pattes antérieures sont

Fig. 204. — *La Girafe.*

beaucoup plus longues que les pattes postérieures, ce qui
rend son dos très oblique. On l'appelait autrefois *chameau-
léopard*, parce qu'elle a le pelage parsemé de taches fauves
comme le léopard, et parce qu'elle ressemble au chameau
par la tête et la forme du cou. — Les Girafes vivent en

famille sur la lisière des déserts d'Afrique ; elles ne broutent point sur le sol, mais recherchent les feuilles et les
jeunes pousses des arbres. Les indigènes les chassent pour
leur chair et leur peau. Dans les ménageries de nos capi-
tales, les Girafes ne peuvent vivre que dans des salles bien
chauffées.

Les **Antilopes** ont des cornes creuses, généralement
rondes, marquées, au moins à leur base, d'anneaux saillants ou d'arêtes longitudinales : la cheville osseuse qui
porte les cornes est solide. Ces animaux, presque tous de
l'ancien monde, vivent par troupes. Les uns habitent les
plaines arides et sablonneuses où ils se nourrissent de
plantes aromatiques ; les autres se tiennent de préférence
sur le bord des fleuves. Nous citerons seulement la Gazelle·
de l'Afrique et le Chamois des Alpes.

Les **Chèvres** et les **Moutons** sont les deux principaux
types de la tribu des *Oviens*, c'est-à-dire des animaux dont
les cornes, dirigées en haut ou en arrière, sont implantées sur des chevilles creuses. — Les *Chèvres* sauvages
vivent aux confins des neiges perpétuelles ; elles sont aven-
turières, se plaisent sur les pointes des rochers, sautent
avec une prodigieuse sûreté d'un rocher à un autre. Les
Chèvres domestiques nous sont très utiles par leur lait,
leur suif, leur chair, leur cuir : la toison de certaines espèces sert à fabriquer les étoffes de cachemire. Elles conservent un certain amour de l'indépendance, recherchent
les hauteurs, broutent les buissons et les jeunes arbres. Le
Bouc porte une barbe au menton et répand autour de lui
une odeur désagréable. — Les *Moutons* sont très appréciés
pour leur *laine*. Ceux qui sont domestiqués seraient incapables de vivre sans le secours de l'Homme. Les Moutons
de Mérinos et du Berry donnent la plus belle laine. Certaines races, bretonne, flamande, sont surtout recherchées
pour la valeur de leur chair.

Le **Bœuf** est le type des *Boviens*, c'est-à-dire des ruminants dont les cornes, implantées sur des chevilles creuses,
sont dirigées de côté. Ce groupe comprend le Bison, l'Auroch, le Buffle, le Zébu et surtout le Bœuf domestique. —

Le Bœuf domestique est élevé pour le *travail,* le *lait* ou la *boucherie.* Les *races travailleuses* sont utilisées dès l'âge de trois ans; on les engraisse vers l'âge de dix à douze ans. Les *races laitières* se trouvent principalement dans le Nord : chacun sait de quel profit sont pour les grandes villes les vaches écossaises, hollandaises, bretonnes, normandes, flamandes. Les *races de boucherie* s'engraissent de bonne heure et facilement : la race charolaise est la meilleure.

5ᵉ ORDRE DES **PACHYDERMES**

Caractères. — L'ordre des Pachydermes renferme les plus gros Mammifères terrestres. Ces animaux ont tous une peau épaisse : c'est le trait commun à tous qui les distingue des autres ordres. Leurs doigts sont ongulés, c'est-à-dire revêtus d'une matière cornée qui forme des sabots. Ils sont généralement herbivores. Leur estomac est ordinairement simple : si, dans quelques types, il présente plusieurs cavités, il ne donne jamais lieu au phénomène de rumination.

On peut les diviser en trois catégories : les *Proboscidiens,* les *Pachydermes ordinaires, les Solipèdes.*

I. Les Proboscidiens. — Les *Proboscidiens,* dont l'Eléphant est le type le mieux connu, sont caractérisés par le nez prolongé en une trompe longue et mobile servant au tact et à la préhension.

L'*Éléphant* (fig. 205) est un animal à proportions colossales; il peut atteindre 3 ou 4 mètres de hauteur. Sa peau est calleuse, épaisse, nue ou à peu près. Ses membres sont comme des piliers Ses doigts, enveloppés par la peau, ne se dessinent au dehors que par des ongles attachés sur une espèce de sabot. — La *trompe* est creusée d'un double tuyau, correspondant aux deux narines : elle se termine par un bord circulaire dont la partie antérieure se prolonge en un appendice digitiforme. L'Éléphant s'en sert comme d'un levier, d'un bras ou d'une main. — Les *défenses* sont les deux incisives de la mâchoire supérieure : elles peuvent atteindre jusqu'à 3 mètres de longueur et peser de 60 à 100 kilogrammes. L'animal s'en sert pour fouiller la terre, arracher les racines. Pour triturer sa nourriture, l'Éléphant a 4 molaires (*fig.* 206 et 207) à chaque mâchoire. L'ivoire des défenses est très recherché dans le commerce

Fig. 205. — *L'Éléphant.*

et l'industrie. — Les Éléphants habitent par troupes les forêts épaisses et les marécages, dans les régions chaudes de l'Asie et de l'Afrique. Ils nagent avec facilité, courent assez vite. D'un naturel assez doux, ils n'attaquent ni l'homme ni les animaux, mais ils se défendent vigoureusement. Leur vie peut se prolonger, dit-on, jusqu'à 100 ans.

II. Les Pachydermes ordinaires.

— Les *Pachydermes* proprement dits ont la peau épaisse, presque nue, ou couverte de soies grossières. Leurs membres, courts et raides, se terminent par des doigts enveloppés de sabots cornés. Ils se nourrissent d'herbes ou de fruits. Nous ne décrirons que l'Hippopotame, le Porc et le Rhinocéros.

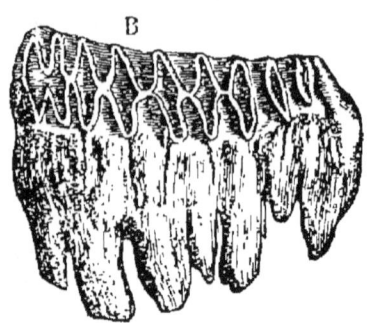

Fig. 206.—*Dent molaire d'Éléphant d'Afrique.*

Les lames d'émail sont disposées en losange.

L'**Hippopotame**, comme son nom l'indique, habite les fleuves : nageant très bien, il passe presque le jour entier dans l'eau, ne laissant sortir que le bout du museau pour respirer. La nuit, il sort de l'eau, va ravager les plantations et revient à sa retraite dès le lever du soleil. C'est un animal informe, soutenu par d'énormes jambes. Son corps, long parfois de 4 mètres, porte une tête volumineuse terminée par un large museau. Sa peau est si épaisse et si dure que les balles s'aplatissent en la frappant. Il habite les lacs et les fleuves de l'Afrique centrale. Farouche et stupide, il fuit au moindre bruit, se plaît dans la fange. — Il est recherché pour l'ivoire de ses dents et pour sa peau, dont on fait des boucliers et des cuirasses.

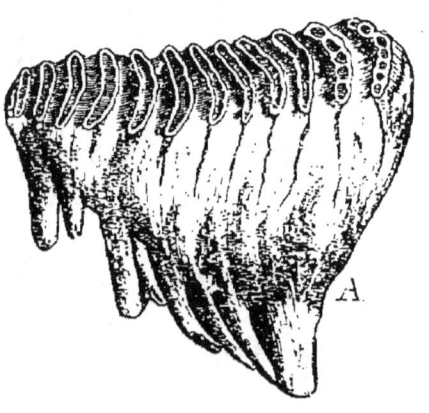

Fig. 207. — *Dent molaire d'Éléphant d'Asie.*

Les lames d'émail et de cément qui divisent la dent dans toute sa longueur sont disposées en figures ovalaires.

Le **Porc** est caractérisé par le *groin*, c'est-à-dire par un nez cartilagineux, tronqué au bout et soutenu par un os nommé *os du boutoir*. Les canines, très développées, font saillie hors de la bouche et deviennent des défenses (*fig.* 208). Le *Sanglier* est un Porc sauvage : il se cache dans les forêts et n'en sort que la nuit pour chercher les végétaux et les racines dont il

Fig. 208. — *Tête de Sanglier* (Porcus babirussa).
Les canines, très développées, font saillie hors de la bouche et servent de défenses

se nourrit. Le *Porc domestique* (*fig.* 209) est élevé pour la viande qu'il fournit à nos charcutiers. Gardé dans des lieux malsains, il peut contracter la *ladrerie*, maladie produite par la présence de vers parasites dans sa chair.

Le **Rhinocéros** (*fig.* 210) doit son nom à une ou deux éminences dures, en forme de cornes, qui surmontent le nez. C'est un animal lourd, de haute taille, à peau épaisse et rugueuse, formant parfois des rides et des plis profonds sur les

Fig. 209. — *Porc domestique.*

épaules et sur les cuisses. Il se nourrit d'herbes, de jeunes pousses d'arbres, arrache même les arbres pour manger leurs racines. Il ne s'apprivoise jamais. Malgré le danger d'une pareille chasse, on le recherche pour sa chair, qui est agréable, pour son cuir, qui fait d'excellents boucliers impénétrables aux balles.

Le Rhinocéros d'Asie n'a qu'une corne, celui d'Afrique en a deux.

III. Les Solipèdes. — Les *Solipèdes* sont ainsi nommés parce qu'un seul doigt de pied forme le sabot (*fig.* 211). La queue est couverte de crins : sur le coup flotte aussi une

Fig. 210. — *Rhinocéros*.

abondante crinière. Chaque mâchoire (*fig.* 212) porte six incisives ; on compte six molaires sur chaque côté de chaque mâchoire ; entre les incisives et les molaires se voit un espace libre ou *barre*, dans lequel se place le mors. Les canines n'existent que chez une partie des individus. A ce groupe appartiennent le Cheval, l'Ane, le Zèbre, l'Hémione.

Le **Cheval** (*fig.* 213) est à la fois le plus noble, le plus serviable, le plus agile et le plus fort des Solipèdes. — Les

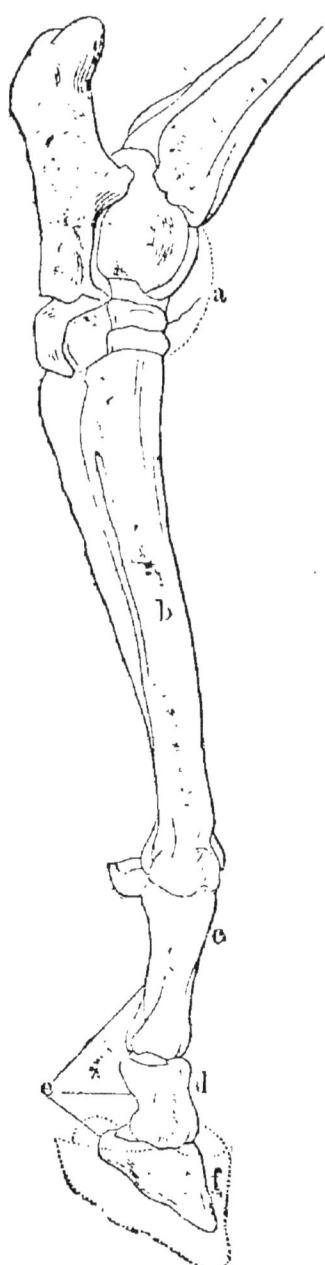

Fig. 211. — *Pied de Solipède*
(Cheval).

a, tarse, avec calcanéum très développé. — *b*, métatarse, réduit à un
seul os — *e*, doigt unique. — *c, d, f,*
phalanges du doigt.

Chevaux sauvages vivent en troupes plus ou moins nombreuses : ceux de l'Amérique descendent des Chevaux domestiques qu'y transportèrent les Espagnols à l'époque de la conquête ; en Asie se rencontrent aussi d'immenses troupes de chevaux errants auxquels les Tartares donnent le nom de *tarpans*. — Le Cheval domestique est herbivore : sa nourriture doit être plus soignée que celle de l'Ane ou du Mulet : l'avoine l'excite et le rend courageux. Il peut vivre de trente à quarante ans. — L'âge du Cheval se reconnaît à l'inspection de ses dents incisives. Les connaisseurs distinguent très bien la première et la deuxième dentition : le changement se produit entre deux et trois ans. On dit que le Cheval *marque*, tant que les fossettes des incisives ne sont pas effacées par l'usure des bords : après douze ans, le Cheval ne marque plus, parce que toutes les incisives sont devenues planes. — Le Cheval est utilisé pour le plaisir, le travail et la guerre.

Les *races* ou variétés de l'espèce chevaline sont très nombreuses ; nous ne pouvons mentionner que les principales. — Le *Cheval arabe* est assez petit, svelte, rapide. Fort, plein d'énergie, il est aussi patient et sobre : il vit avec 3 ou 4 kilogr. d'orge par jour, et quelquefois avec un peu de paille hachée : il

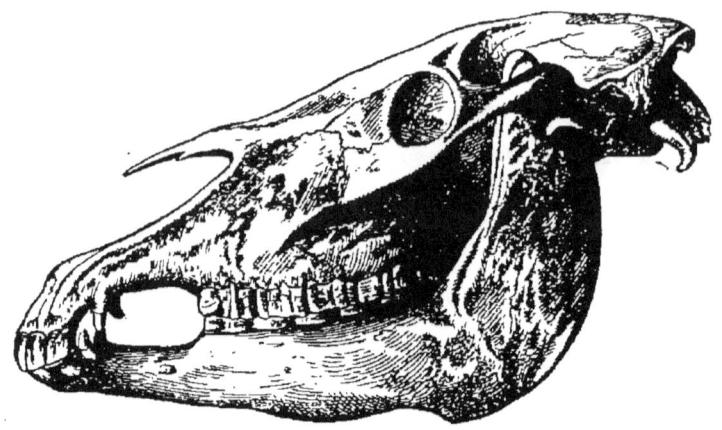

Fig. 212. — *Tête de cheval.*

En avant des mâchoires, les incisives et les canines; plus en arrière, les molaires.

peut se passer de boire pendant 24 heures. — Le *Cheval andalou*, des États d'Andalousie et de Grenade, est excellent pour le manège et la cavalerie : quoique la tête soit grosse et forte, le poitrail et les épaules larges, il ne. manque pas de grâce. — Le *Cheval anglais* ou pur sang est le Cheval de course. Il semble organisé pour cette destination : il est haut, son corps est allongé, les jambes longues, les épaules rejetées en arrière. Les Anglais possèdent aussi des Chevaux de chasse et des Chevaux de trait. — Le *Cheval boulonnais* est un de nos meilleurs chevaux de trait. Sa taille atteint parfois 1^m,70.

Fig. 213. — *Cheval.*

Il a le corps trapu, très épais ; la tête est grosse, l'encolure forte, le poitrail très large, les épaules et les cuisses fournies de muscles puissants. C'est le type du Cheval de force. — Le *Cheval percheron* était le meilleur Cheval de poste et de diligence. Il est vif, sensible, courageux, rapide, mais se fatigue aisément. Sa taille moyenne est de 1^m,55. Sa tête est mince et allongée, l'encolure longue et bien fournie, le poitrail large, les membres bien musclés. — Le *Cheval breton* est moins vif, moins élégant, plus petit que le percheron; mais il est plus solide, plus dur à la fatigue, moins sujet aux maladies. — Le *Cheval normand* actuel de la Manche, de l'Orne et du Calvados, fournit d'excellents individus pour les attelages de luxe et pour la cavalerie.

L'*Ane* est aussi pour l'homme un excellent serviteur. Il est moins obéissant que le Cheval, surtout à mesure qu'il avance en âge, mais il est plus sobre, plus solide, plus sûr dans les chemins difficiles. Le lait d'Anesse est une nourriture très saine et très délicate. L'Ane domestique paraît être sorti de l'Onagre ou âne sauvage.

6° ORDRE DES **ÉDENTÉS**

Caractères. — Les *Édentés* sont ainsi nommés, non parce que les dents leur manquent absolument, mais parce que leur système dentaire est incomplet. Leurs ongles, fort allongés, les font regarder comme des intermédiaires entre les *Onguiculés* et les *Ongulés*.

On distingue trois familles : les *Paresseux*, que nous caractériserons par l'Aï, les *Fouisseurs*, que nous caractériserons par le Tatou, et les *Fourmiliers* que représente le Pangolin.

L'Aï. — L'*Aï*, ainsi nommé à cause de son cri, habite les forêts de l'Amérique méridionale. Il ressemble à un singe difforme. A terre, il est très gauche : ses membres antérieurs, très longs par rapport aux autres, le forcent de se traîner sur les coudes. Sur les arbres, il se cramponne aux branches et grimpe aisément. Il se nourrit d'écorce et de feuilles. Tous les Paresseux ont la tête arrondie, les membres antérieurs longs, la queue courte : leur nom vient de leur lenteur à se mouvoir sur le sol.

Le Tatou. — Les *Tatous* (*fig.* 214) sont remarquables par la carapace à compartiments mobiles qui recouvre leur tête, leur corps et parfois même leur queue. La mobilité de ces pièces permet à l'animal de se rouler en boule, comme les Hérissons, lorsqu'il est attaqué. La tête est petite et terminée par un museau pointu. Les membres sont courts et terminés par des doigts armés de grands ongles propres à creuser la terre. — Les Tatous sont inoffensifs :

Fig. 214. — *Tatous.*

ils vivent le jour dans des terriers, ils sortent la nuit pour chercher les racines, les fruits et les insectes dont ils se nourrissent. C'est un gibier très recherché des Américains.

Le Pangolin. — Le *Pangolin* a le museau allongé, complètement dépourvu de dents. Ses poils sont transformés en écailles dans la partie supérieure du corps; ces écailles sont imbriquées, mais assez mobiles pour que l'animal puisse se rouler en boule comme le Tatou. — On l'appelle à juste titre *Fourmilier,* parce qu'il se nourrit de fourmis;

pour les saisir, il ouvre les fourmilières avec ses ongles puissants, y plonge ensuite sa longue langue visqueuse, et la retire lorsqu'elle est couverte d'insectes. — Il se creuse des terriers d'où il ne sort que pendant la nuit.

7° ORDRE DES **RONGEURS**

Caractères. — Les *Rongeurs* sont ainsi nommés à cause de la façon dont ils se nourrissent : ils rongent leurs aliments. Leur dentition est adaptée à cette fin (*fig.* 215). —

Fig. 215.
Tête de Rongeur (Castor).

On remarque quatre longues incisives, taillées en biseau ; les canines font défaut ; les molaires sont séparées des incisives par un espace notable.

Les *incisives*, au nombre de deux à chaque mâchoire, sont constamment taillées en biseau ; n'ayant d'émail que sur la partie antérieure, elles s'usent plus vite en arrière qu'en avant ; à mesure qu'elles s'usent par l'extrémité, elles grandissent par la base. — Les *canines* font toujours défaut. — Les *molaires* sont disposées comme des râpes à stries transversales, de sorte qu'elles triturent les aliments pendant que l'animal fait mouvoir ses mâchoires d'avant en arrière.

Les Rongeurs sont des animaux de petite taille ; la plupart sont herbivores ; comme ils se multiplient rapidement, ils deviendraient vite nuisibles, si les Carnivores n'en diminuaient constamment le nombre.

Nous verrons les principaux types en décrivant l'Écureuil, la Marmotte, le Castor, le Rat et le Lapin.

L'Écureuil vit sur les arbres où il se nourrit de fruits secs. Il construit, dans la bifurcation de quelques branches, une espèce de nid, formé de bûchettes et de mousse dans lequel habite toute la famille. C'est un animal très rusé : il amoncelle des fruits secs en plusieurs magasins, de sorte qu'il n'est jamais pris au dépourvu ; s'il aperçoit le chasseur, il se tient derrière le tronc de l'arbre, tournant autour pour rester constamment masqué. Il se laisse prendre pourtant dans des trappes amorcées avec des

noisettes ou des amandes.— Ce sont les ongles très acérés
de ses doigts qui lui permettent de grimper aisément.

Les **Marmottes** sont très connues à cause du sommeil
léthargique dans lequel elles passent l'hiver, et dans lequel
elles dépensent lentement les provisions de graisse amas-
sées durant la belle saison. Elles vivent en troupes sur les
montagnes, où elles se nourrissent d'herbes et de graines.
Leur peau sert de fourrure.

Les **Castors** (*fig.* 216) sont d'habiles architectes, qui
construisent sur le bord des lacs et des rivières de petites

Fig. 216. — *Castor.*

huttes à deux étages, dans lesquelles ils passent la mauvaise saison. Encore nombreux au Canada, on n'en trouve
plus guère sur les bords du Rhône. Ils sont remarquables
par leur queue aplatie horizontalement, de forme presque
ovale et couverte d'écailles : dans leurs travaux, cette
queue sert de truelle. Avec les pattes postérieures, dont
les doigts sont réunis par une membrane, elle sert aussi
de nageoire. — Ils témoignent de facultés étonnantes dans
leurs constructions : le choix des emplacements ; le choix
et l'abatage des arbres ; la direction habile du flottage
des bois ; les digues solides qu'ils élèvent ; les huttes à
murs épais, à dômes arrondis ; ces deux étages à leur mai-

son, dont l'un sert toujours de magasin et l'autre toujours d'habitation ; les terriers où ils se réfugient lorsque leurs huttes sont menacées : tous ces traits sont merveilleux et supposent que la Providence les a doués d'un instinct extraordinaire. — L'homme apprivoise les Castors et leur apprend à manger des substances animales. Leur chair est bonne ; mais ils sont bien plus recherchés pour leur riche fourrure.

Les **Rats**, dont les espèces sont très nombreuses, sont presque tous nuisibles. Le Rat domestique a une longue queue nue et écailleuse. Il est omnivore et essentiellement destructeur. Sa voracité est telle que, pressé par la faim, il dévore ses pareils. Il ne fait pas de provisions pour la saison froide. La *Souris* est l'espèce qui fréquente le plus la demeure de l'homme. Le *Mulot* fait dans les champs de grands ravages. Le *Surmulot* est le plus gros et le plus vorace des Rats : il vit dans les égouts ; il paraît n'avoir fait son apparition en France que depuis 1750. Le *Loir* mérite d'être signalé parce qu'il passe la saison froide, comme la Marmotte, en sommeil léthargique.

Le **Lapin**, originaire d'Afrique, est une espèce du genre Lièvre. Il se distingue du lièvre proprement dit par la forme et par les habitudes. Il a une taille moindre, les oreilles plus courtes que la tête, la queue plus courte que la cuisse. Vivant le jour au fond des terriers qu'il se creuse, il ne sort que la nuit : il habite les pays montagneux, les coteaux boisés, se nourrit de plantes et d'écorces. Sa vue n'est point

Fig. 217. — *Lièvre.*

bonne, mais ses oreilles perçoivent les moindres bruits : il fuit au moindre danger. Il se laisse très bien domestiquer. — Très nuisible aux plantations de choux et de vignes, le Lapin est chassé avec acharnement, d'autant

plus que sa chair est excellente. En Australie, son exces-
sive fécondité est devenue une menace sérieuse pour les
cultures de toutes sortes : en plusieurs provinces, ils ont
absolument tout ravagé.

A côté du Lapin, nous citerons le *Lièvre* (*fig.* 217), dont
la chair est plus noire ; il ne creuse pas de terrier, mais
dort sous des touffes d'herbes ou d'arbustes ; — le *Cobaye*
ou Cochon d'Inde, qu'on élève dans les maisons pour que
son odeur chasse les rats ; — le *Porc-épic*, dont le corps
est couvert de piquants.

8° ORDRE DES **CARNIVORES**

Caractères. — Les *Carnivores* ou *bêtes féroces*, très carnassiers, ont un corps adapté à leur genre de vie. Leurs
doigts sont armés de griffes puissantes. Leurs dents sont
ainsi disposées : six petites incisives à chaque mâchoire,
deux longues et fortes canines, de petites molaires tranchantes, puis deux carnassières considérables, et enfin des
molaires tuberculeuses. Quand les mâchoires se ferment,
toutes ces dents coupent la proie comme les lames juxta-
posées d'une paire de ciseaux.

Nous distinguerons : 1° les *Plantigrades*, qui marchent
sur la plante des pieds ; 2° les *Digitigrades*, qui marchent
sur l'extrémité des doigts ; 3° les *Amphibies*, dont les membres sont courts et disposés en rames.

I. Les Plantigrades. — Les *Plantigrades* marchent à
plat sur la plante des pieds. Ce sont les moins carnassiers
de l'ordre des Carnivores : leurs griffes sont moins acérées
et leurs dents moins tranchantes que dans les autres familles. Nous citerons l'*Ours* comme type.

L'Ours (*fig.* 218) est le plus grand des Plantigrades. Il
a une forme trapue, des membres épais, des griffes longues
et fortes. Il ne devient carnassier que si les fruits et les
racines lui font défaut. Il grimpe aux arbres avec une certaine agilité : il monte y chercher les nids d'abeilles. Sa
vie est solitaire et indolente : elle se passe dans les antres

qu'il se creuse ou dans le tronc de quelque vieil arbre, au milieu des plus épaisses forêts. L'Ours y dort durant le jour et en sort la nuit pour chercher sa nourriture. Peu recherché pour sa chair, il est estimé pour sa peau. — L'*Ours blanc*, au pelage entièrement blanc, est exclusivement carnivore ; il habite les régions polaires. — L'*Ours brun*, au pelage plus ou moins brun, formé de poils crépus, habite les pays froids et tempérés de l'Europe et de l'Asie. Jeune, il est herbivore, mange le miel, ravage les fourmi-

Fig. 218. — *L'Ours brun.*

lières dont il prend les œufs et les larves. Adulte, il devient carnivore, s'empare des Moutons, et même des Bœufs et des Chevaux. Il s'engourdit durant l'hiver.

Le *Blaireau,* dont le poil sert à faire des brosses et des pinceaux, est un animal nocturne qui passe le jour dans des terriers. Le *Glouton,* ainsi nommé à cause de sa voracité, monte aux arbres pour mieux s'élancer sur sa proie.

II. **Les Digitigrades.** — Les *Digitigrades* sont ainsi nommés parce qu'ils marchent sur l'extrémité de leurs doigts. Ils sont, en général, très agiles et très carnassiers. On les

divise en cinq tribus caractérisées par la *Civette,* le *Putois,*
le *Lyon,* l'*Hyène* et le *Chien.*

1° Les Viverridés et la Civette. — Les *Viverridés* sont
des carnassiers de petite taille, digitigrades ou plantigrades, avec cinq doigts aux quatre membres. Ces animaux,
très sanguinaires, habitent les régions chaudes de l'ancien
continent. Leur nom vient du mot latin *Viverra,* qui signifie
Civette, l'une des espèces de la tribu.

La *Civette* est de la taille du Renard : son pelage est
cendré, irrégulièrement barré et tacheté de noir. Deux
bandes de noir entourent la gorge, une autre fait le tour
de la face. Le poil du cou et du dos forme une espèce de

Fig. 219. — *Putois Belette.*

crinière qui se hérisse lorsqu'on irrite l'animal. C'est dans
la même tribu qu'il faut placer la *Genette.*

2° Les Mustélidés et le Putois. — Les *Mustélidés* sont
des carnivores demi-plantigrades avec cinq doigts armés
de griffes non rétractiles. Ils sont surtout grimpeurs. Leur
nom vient du nom latin *Mustela,* qui signifie Marte, l'une
des espèces de la tribu.

Les *Putois* (*fig.* 219) sont, avec les Martes, les plus sanguinaires des carnivores : ils seraient tout à fait redoutables si leur force secondait leur férocité. Ils rôdent autour
des habitations, pénètrent dans les basses-cours, égorgent
tout ce qu'ils peuvent atteindre. Ils sont moins avides de
chair que de sang. — Le *Furet* est une espèce de Putois
qu'on domestique en France pour chasser les lapins. Il est
ennemi du lapin au point que, s'il le trouve vivant, il le

prend par le cou et lui suce le sang. Avant de le lancer dans les terriers, le chasseur le musèle, afin qu'il ne tue pas les lapins dans le terrier et qu'il les oblige seulement à en sortir. — La *Fouine*, la *Belette*, l'*Hermine*, la *Loutre* donnent des fourrures très recherchées.

3° **Les Félidés et le Lion.** — Les *Félidés* sont des carnivores digitigrades : ils ont cinq doigts aux membres antérieurs et quatre aux membres postérieurs. Ils ont la tête arrondie et courte, les molaires tranchantes et peu nombreuses, la langue couverte de papilles cornées qui donnent l'aspect d'une râpe, les ongles rétractiles ou capables de se relever, ce qui les empêche de s'émousser.

Ces animaux, qu'on rencontre partout, sauf en Océanie, sont plus ou moins nocturnes, hardis, agiles, rusés, avides de sang. Leur nom vient du mot *Felis,* qui signifie Chat. Cette tribu comprend le Chat, le Tigre, le Lion, le Jacquard, la Panthère, le Léopard.

Le *Lion* (*fig.* 220) est remarquable par sa belle crinière, son vaste front, son regard fier, sa démarche noble : la Lionne est dépourvue de crinière. Sa taille moyenne est de 1ᵐ,25 de hauteur, de 1ᵐ,80 de longueur depuis le bout du museau jusqu'à la naissance de la queue. — Le Lion recule devant la civilisation de l'Homme : il a disparu de l'Europe, et il disparaît aussi peu à peu de l'Afrique et de l'Asie. — Il se nourrit de proie vivante, mais il ne tue jamais lorsqu'il est repu. Il attaque rarement l'Homme, à moins d'être provoqué. Sa force est telle qu'il peut terrasser l'homme d'un coup de queue, briser les reins d'un cheval à coups de pattes, traîner un gros bœuf à de grandes distances.

Le *Tigre*, beaucoup plus sauvage, attaque indifféremment les hommes et les animaux.

4° **Les Hyénidés.** — Les *Hyénidés* sont des carnivores digitigrades, à quatre doigts pourvus de griffes non rétractiles.

L'*Hyène*, dont on a exagéré la férocité, est un carnassier lâche, répandant une odeur désagréable, qui sort la nuit pour déterrer les cadavres dont elle se nourrit le plus

souvent. Elle fait disparaître les débris d'herbivores abandonnés par le Lion et le Chacal. Elle a le corps surbaissé
en arrière, le regard fuyant, la marche oblique. Elle habite
des cavernes en Afrique et aux Indes.

5° **Les Canidés.** — Les *Canidés* sont franchement digitigrades; ils ont cinq doigts aux membres antérieurs et

Fig. 220. — *Lion*.

quatre aux membres postérieurs; les ongles ne sont pas
rétractiles. Ils sont peu carnassiers : en domesticité, ils
prennent volontiers une nourriture végétale; en liberté,
ils attaquent rarement la proie vivante et se contentent de
la chair morte.

Les principales espèces du genre chien sont : le Chien
domestique, le Loup, le Chacal, le Renard.

Le *Chien domestique* est sociable, bien doué, plein de

dévouement. Il chasse pour son maître, transporte ses fardeaux, garde sa maison et ses troupeaux. Par ses aboiements, il exprime ses sentiments de joie, de douleur, d'effroi, d'appel. Le Chien sauvage n'aboie point; il hurle et chasse en bandes. — On compte aujourd'hui plus de 183 races de Chiens.

Cuvier a réparti les nombreuses races de Chiens en trois sections : les Mâtins, les Épagneuls et les Dogues. — Les *Mâtins* sont caractérisés par leur tête plus ou moins allongée. On les dresse aisément pour la chasse, surtout pour la chasse qui demande plus de force que d'adresse. Dans cette section se trouvent compris : 1° les Chiens sauvages ou à demi domestiqués, qui chassent en troupes, en Australie, dans l'Inde et en Amérique; 2° les Chiens domestiques chassant seuls ou en troupes, mais employant la vue plutôt que l'odorat, tels que les Lévriers, le Chien des Indiens, le Chien d'Albanie. — Les *Épagneuls* ont la tête modérément allongée et plus large que les Mâtins. Ce groupe comprend les Chiens les plus habiles : 1° les Chiens de garde, comme le Chien du berger, le Chien à loup...; 2° les Chiens aimant l'eau, comme le Terre-Neuve, le Barbet, l'Épagneul d'eau; 3° les Chiens d'arrêt, chassant par l'odorat et ne tuant pas le gibier, comme le Braque, le Chien couchant, l'Épagneul; 4° les Chiens courants, chassant par l'odorat et tuant le gibier, tels que le Chien à renard, le Chien à lièvre. — Les *Dogues* ont le museau court et élargi. Ils ont le corps pesant et les facultés très peu développées; mais ils sont énergiques, parfois redoutables. Ce sont : 1° les Chiens de garde, le Boule-Dogue de forte race, le Mastiff...; 2° les Chiens d'appartement, comme le Roquet, le Doguin, le Carlin, etc...

Le *Loup commun* (*fig.* 221) a les oreilles droites et pointues, le pelage gris fauve sur le dos, plus clair sous le ventre. Ordinairement solitaire, il chasse par troupes durant l'hiver. Il se cache dans les fourrés pendant le jour, et sort pour chasser durant la nuit. S'il n'est pas affamé, il se contente de corps morts; affamé, il s'attaque aux Moutons, aux Chevaux, à l'Homme même jusque dans les villes.

Le *Chacal* a le museau pointu et une longue queue. Craintif d'ordinaire, il devient dangereux à l'homme même, lorsqu'il est poussé par la faim.

Le *Renard* a le museau plus pointu que le Chien et le Loup, une queue plus fourrée. Adroit, rusé, prudent, il habite le jour dans des terriers, à la lisière des bois, près des fermes. Durant la nuit, il surprend les Poules, les Perdrix, les Lapins, etc. Il les tue et les cache

Fig. 221. — *Loup commun.*

comme provisions, en différents endroits. Il se nourrit aussi de fruits et surtout de raisins.

III. **Les Amphibies** ou **Pinnipèdes**. — Les *Amphibies* ou *Pinnipèdes* sont des animaux carnivores adaptés à la vie aquatique. Leur corps est allongé, recouvert de poils ras, enduit d'une huile abondante qui protège la peau

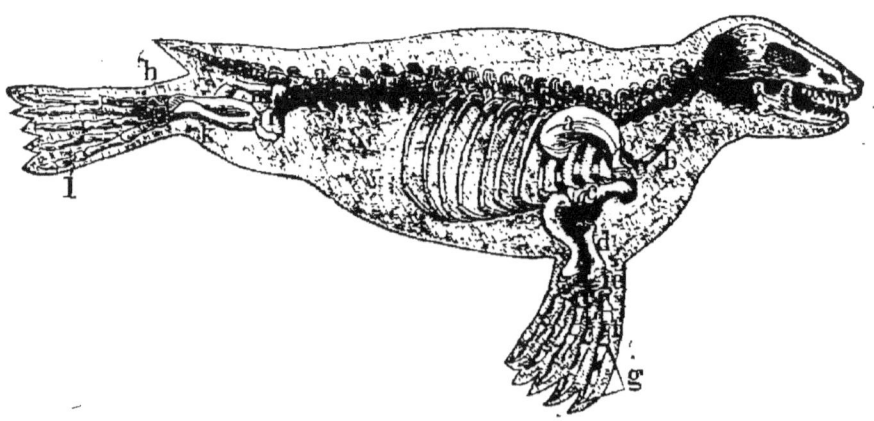

Fig. 222. — *Squelette de Phoque ou Chien de mer.*

a, omoplate. —b, sternum en pointe. — c, humérus. — d, avant-bras. — e, carpe. — f, métacarpe. — g, doigts. — m, bassin. — i, fémur. — k, jambe. — h, tarse. — l, orteils. Remarquer comment les membres sont devenus des nageoires.

16

contre l'action de l'eau. Leurs membres, transformés en rames, sont des nageoires.

Ces animaux vivent en troupes sur les côtes des pays froids et tempérés, surtout dans les régions polaires. Ils se nourrissent de Poissons et d'Oiseaux aquatiques. Lorsqu'ils se reposent sur les glaçons, ils deviennent à leur tour la proie des Ours blancs. On les chasse pour utiliser

Fig. 223. — *Morse ou Vache marine.*

leur chair huileuse, qui sert d'aliment aux habitants du Nord, et leur peau, qui sert de fourrure.

Les *Phoques* (*fig.* 222) ou Chiens de mer et les *Otaries* se nourrissent principalement de Poissons, qu'ils pêchent la nuit; le jour, ils dorment sur les récifs. Ils sont faciles à apprivoiser.

Les *Morses* (*fig.* 223) sont remarquables par de fortes canines supérieures dirigées en bas et servant de défenses. Ils se nourrissent de varechs, de crustacés et de mollusques.

9ᵉ ORDRE DES **INSECTIVORES**

Caractères. — Les *Insectivores*, ainsi nommés parce qu'ils se nourrissent d'insectes, sont des animaux de petite taille. Leur dentition est complète; leurs molaires sont hérissées de tubercules aigus. Ils sont plantigrades, et leurs doigts sont armés de griffes.

Répandus dans le monde entier, sauf en Australie et dans l'Amérique du Sud, ces animaux rendent les plus grands

Fig. 224. — *Le Hérisson commun.*

services à l'agriculture, en dévorant les larves et les insectes nuisibles. Ils sont nocturnes. Ils habitent le jour des galeries qu'ils creusent eux-mêmes. Dans nos régions, ils s'engourdissent durant l'hiver.

Cet ordre comprend trois familles : les *Hérissons*, les *Musaraignes* et les *Taupes*.

Le **Hérisson** (*fig.* 224) a le dos couvert de forts piquants; le reste du corps est couvert de poils. Lorsqu'on l'attaque, il se roule en boule et hérisse ses piquants. Très répandu en Europe et en Asie, le Hérisson est un précieux auxiliaire des agriculteurs, qui le tuent parfois parce qu'ils ignorent ses services. Durant le jour, il reste blotti parmi les pierres ou dans les broussailles; durant la nuit, il cherche les insectes, les chenilles, les limaces; parfois même il mange des mulots et des serpents. Au commencement de l'hiver, il s'endort dans un nid de mousse et de feuilles dans quelque trou de vieil arbre.

La **Musaraigne** est le plus petit des Mammifères : elle atteint au plus 7 centimètres. Elle est svelte et agile comme la souris; son museau est long et pointu, ses oreilles courtes. Son corps est couvert de poils fins et doux, sauf sur les flancs, qui portent des soies noires et raides. Elle habite, en France, les prairies et les bois humides. Étant très sanguinaire, elle chasse non seulement les insectes, mais encore les Grenouilles et les Mulots. Elle établit son nid sous des racines ou dans des trous de mur.

La **Taupe** est à la fois très nuisible et très utile à l'agriculture. Elle est nuisible par les habitations souterraines qu'elle se creuse dans le sol, composées de galeries nombreuses, toutes reliées entre elles et communiquant avec une chambre centrale; dans nos prés, elle trahit sa présence par de nombreux monticules qui nuisent à la récolte des foins. Mais elle compense bien ces dégâts par d'inappréciables services : car elle détruit un nombre incalculable d'insectes, de larves de Hannetons...; elle tue et dévore tout animal qui s'engage dans ses galeries, les Vers, les Mulots, les Grenouilles, et même les Serpents. — La Taupe a le corps allongé et cylindrique, protégé par un pelage velouté. Ses pattes antérieures, propres à fouir le sol, sont plus fortes que les postérieures; son nez est prolongé en trompe (*fig.* 225). Ses yeux sont très petits. La *Taupe aveugle* de l'Europe méridionale a les yeux complètement recouverts par la peau.

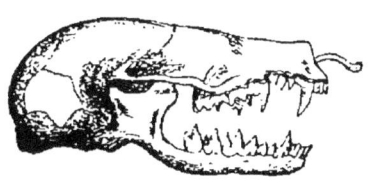

Fig. 225. — *Tête de Taupe*
(Insectivore).

Cet animal, insectivore et fouisseur, a des dents armées de pointes fines.

10° ORDRE DES **CHÉIROPTÈRES**

Caractères. — Les *Cheiroptères* (*fig.* 226) sont ainsi nommés parce que leurs membres antérieurs ou mains sont transformés en ailes. Les bras, les avant-bras et les doigts, sauf le pouce, sont excessivement allongés : une membrane remplit les interstices des longs doigts et s'étend depuis les bras jusqu'aux membres postérieurs et à la queue. Grâce

Fig. 226. — *Cheiroptère* (Chauve-souris Oreillard).

à ces ailes, les Cheiroptères volent haut et rapidement. Il faut bien se garder, à l'occasion de ces ailes, de confondre les Cheiroptères avec les Oiseaux, car ils n'ont point de plumes, mais des poils ; ils ont des dents et les autres caractères des mammifères. — Leur pouce, très court et armé d'un ongle crochu, leur sert pour se suspendre et pour ramper. — Les yeux sont fort petits, mais les oreilles sont grandes, et si sensibles, que les Chauves-Souris à qui on a crevé les yeux se conduisent encore aisément par l'impression que le seul voisinage des corps solides fait sur leurs oreilles.

Les Cheiroptères mènent une existence nocturne ou crépusculaire. Durant le jour, ils restent suspendus dans des lieux obscurs, accrochés, la tête en bas, par les ongles de leur pouce. Le soir, on voit les Chauves-Souris rôder autour de nos maisons.

Dans nos climats, ces animaux passent en léthargie la saison froide.

Les **Roussettes** sont presque exclusivement frugivores; elles ont les molaires plates ou tuberculeuses. Elles habitent l'Afrique et les Indes orientales, où leur chair est estimée. La *Roussette* noire atteint 50 centimètres de long et 1^m50 d'envergure : elle commet de vrais dégâts dans les jardins fruitiers.

Les **Chauves-Souris** ont les molaires hérissées de pointes, et sont insectivores : elles débarrassent les champs des insectes crépusculaires et nocturnes, dont les larves compromettent si souvent nos récoltes. — L'*Oreillard* a de grandes oreilles presque aussi longues que le corps et soudées à leur base. — Le *Vespertilion* a les oreilles allongées et bien séparées, plus longues que larges : c'est notre Chauve-Souris commune. — Le *Vampire* a la tête épaisse, la langue large et recouverte de papilles cornées. Il s'attaque souvent aux gros Mammifères endormis et leur suce le sang. On le rencontre dans l'Amérique méridionale.

11° ORDRE DES **QUADRUMANES**

Caractères. — Les quadrumanes doivent leur nom à la forme des extrémités de leurs membres : ce sont des mains, c'est-à-dire des organes où le pouce est opposable aux autres doigts, propres par conséquent à saisir et à grimper. Les doigts sont longs, flexibles, dépendant les uns des autres, de sorte qu'ils ne peuvent se mouvoir isolément comme chez l'homme.

Nous distinguons deux familles : les *Lémuriens* et les *Singes*.

1. **Les Lémuriens.** — Les *Lémuriens* ont la tête plus allongée que les Singes proprement dits : on pourrait les définir des *Singes à museau de Renard*. Ce sont des grimpeurs à face velue, à queue jamais prenante. Le deuxième doigt du membre postérieur est toujours muni d'une griffe ; les autres possèdent des ongles. Ils se nourrissent d'insectes et de petits mammifères.

On les rencontre en Asie, en Afrique, à Madagascar.

Le **Maki** (*fig.* 227) est le type des Lémuriens. C'est un habitant de Madagascar. Sa forme est élégante, sa queue longue et **touffue**, sa tête allongée. Il vit sur les arbres, en troupes de trente ou quarante individus. D'un naturel très doux, il s'apprivoise aisément, aime les caresses. **Ami** de la propreté, il entretient sa fourrure en se léchant comme

Fig. 227. — *Maki.*

les chats. Il se nourrit de fruits, d'insectes et de petits oiseaux.

Les **Galéopithèques**, appelés aussi *chats volants*, ressemblent aux Makis. Mais ils s'en distinguent par une membrane semblable à l'aile des Chauves-Souris ; cette membrane commence aux côtés du cou, s'étend des membres antérieurs aux membres postérieurs, puis enveloppe la queue dans toute sa longueur. Durant le jour, ces animaux s'accrochent aux arbres dans les lieux les plus cachés des forêts et dorment la tête en bas ; le soir, ils se mettent en campagne, parcourant les arbres pour y saisir les insectes dont ils font leur nourriture.

II. Les Singes. — Les *Singes* sont les animaux qui diffèrent le moins de l'Homme. Cependant ils s'en distinguent par plusieurs caractères physiques. Ils sont essentiellement grimpeurs, et non pas marcheurs, parce que leurs membres postérieurs se terminent par des mains. Ils ont les canines robustes, la face massive et proéminente, le front très bas, les arcades sourcilières énormes, le menton très fuyant et les mâchoires prognathes. Leur angle facial (*fig.* 228), formé par les lignes qui vont de la mâchoire su-

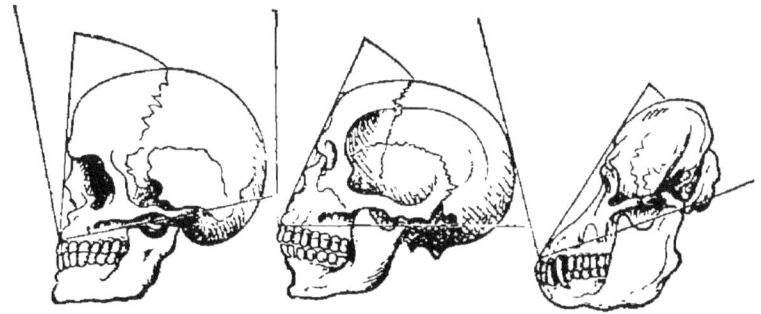

Fig. 228. — *Angle facial du Blanc et du Nègre, puis du Singe.*

périeure au front et au trou de l'oreille, est beaucoup plus petit que chez l'Homme. La queue, préhensile chez les Singes d'Amérique, manque chez certaines espèces.

Les Singes habitent les pays chauds ; ils vivent par troupes sur le bord des rivières et dans les lieux boisés, où ils se nourrissent de fruits, de grains, de racines, plus rarement d'œufs d'oiseaux et d'insectes. Un seul, le *Magot*, habite l'Europe, sur les rochers de Gibraltar.

Ils ont une remarquable faculté d'imitation : de là est venue l'expression de *singer* quelqu'un. Quand ils sont jeunes, ils sont susceptibles d'une certaine éducation ; mais les fruits n'en sont que passagers, tant la nature sauvage a vite pris le dessus. D'ailleurs, cette éducation n'a rien qui soit intellectuel, elle se borne au dressage de la sensibilité. En effet, le Singe n'apprend point à parler, ne se forme à

aucun métier, ne peut point utiliser ce qu'il sait pour créer
du nouveau, ne transmet point à ses petits ce qu'il a appris.

Nous allons énumérer les principales familles.

1° Les **Arctopithèques** (*fig.* 229) sont de petits Singes
de l'Amérique du Sud, à poils laineux, à longue queue touffue, possédant des griffes à tous les doigts, sauf au gros
orteil. L'attitude est quadrupède. La tête, arrondie, con-

Fig. 229. — *Singe arctopithèque.*

tient un cerveau assez volumineux, mais sans circonvolutions. — L'*Ouistiti*, qui en est le type, vit sur les arbres ;
il s'abrite la nuit dans les creux des vieux troncs pour y
dormir.

2° Les **Platyrrhiniens** sont des Singes d'Amérique, à
narines écartées, pourvus d'ongles. Le pouce de la main
antérieure, souvent rudimentaire, n'est jamais aussi opposable que le gros orteil. La queue, toujours longue, est
pendante chez le Saki et le Sagouin, prenante chez le Sajou,
l'Atèle et le Singe hurleur.

3° Les **Catarrhiniens** sont des Singes de l'ancien continent, à *narines rapprochées*, pourvus d'ongles. Le pouce
est bien développé et opposable. — Les uns, les *Cerco-
pithèques* (*fig.* 230), ont une queue, comme le Papion, la
Guenon, le Macaque, le Magot, le Semnopithèque, le Co-

lobe... — Les autres, les *Anthropomorphes* (*fig.* 231), sont
dépourvus de queue, ont une attitude oblique, et diffèrent

Fig. 230. — *Singe catarrhinien cercopithèque.*

de l'Homme moins que tous les autres : le Gibbon, l'Orang-
Outang, le Chimpanzé, le Gorille.

Le *Gorille* atteint 1ᵐ60 : c'est le plus grand et le plus

Fig. 231. — *Singe anthropomorphe* (Orang-outang).

fort de tous les Singes ; il vit en bandes dans les forêts du Gabon.

Le *Chimpanzé* est noir ; ses longs bras sont remarquables ; il vit par troupes nombreuses dans les forêts de la Guinée, où il construit, sur les arbres, un nid pourvu d'un toit.

12° L'HOMME

L'**Homme** peut être considéré au point de vue physique ou au point de vue mental.

Au point de vue *physique*, c'est le plus élevé des Mammifères, constituant au-dessus de tous les autres l'ordre des *Bimanes*. Il a deux mains et deux pieds. La plante des pieds est large et les orteils courts. La face est légère, le front haut, le crâne très développé, le cerveau riche en circonvolutions, très volumineux. La station verticale lui est naturelle, et il est fait pour marcher et non pour grimper.

On distingue trois races humaines fondamentales : la race *blanche* ou caucasique, la race *jaune* ou mongolique, la race *noire* ou éthiopique. — La race *rouge* ou américaine est une race mixte, formée du mélange du type jaune et du type noir.

Au point de vue *mental*, l'Homme n'est pas seulement le premier des animaux, mais il doit être mis hors de la série animale et former un règne à part. En effet, outre les facultés sensibles qu'il possède en commun avec les animaux, l'Homme a des facultés spirituelles qui n'appartiennent qu'à lui : il a l'*intelligence*, qui voit les idées abstraites, générales, suprasensibles ; il a une *volonté libre* qui s'éprend d'amour pour le bien, le beau, la vertu, et qui se meut sans être déterminée ou forcée par le dehors. Ces facultés attestent la présence dans l'être humain d'une substance spirituelle, capable d'agir par elle-même, dont la dissolution du corps ne peut entraîner la mort, et dont la vie ultérieure, récompense ou châtiment de la vie présente, doit être l'objet capital de nos préoccupations et le but de tous nos actes.

TABLEAU DE LA CLASSE DES **MAMMIFÈRES**

1er *ordre*. — **Monotrèmes**, mâchoires sans dents, bec corné, cloaque, oviparité, peau couverte de poils (Ornithorhynque, Echidné).

2e *ordre*. — **Marsupiaux**, deux os marsupiaux soutenant la poche où s'élèvent les petits (Kanguroo, Sarigue, Phalanger, Péramèle).

3e *ordre*. — **Cétacés**, aquatiques, membres antérieurs transformés en nageoires, pas de membres postérieurs : 1° *Siréniens*, herbivores, sans canines (Lamantin, Dugong); — 2° *Souffleurs*, carnivores, évents sur le front; *Denticètes*, pourvus de dents (Dauphin, Marsouin, Osque, Narval, Cachalot); *Mysticètes*, tête énorme, point de dents, fanons (Baleine, Rorqual).

4e *ordre*. — **Ruminants**, estomac à 4 cavités, rumination, pieds fendus, herbivores : 1° *Camélidés*, sans bois ni cornes, 6 incisives inférieures, 2 supérieures (Chameau, Dromadaire, Lama, Alpaca); — 2° *Moschidés*, ni bois ni cornes, 2 longues canines à la mâchoire supérieure (Chevrotain, Musc); — 3° *Cervidés*, bois osseux, plein et caduc (Elan, Daim, Cerf, Chevreuil, Renne); — 4° *Camélopardés*, chevilles osseuses, courtes, velues, persistantes (Girafe); — 5° *Antilopidés*, chevilles osseuses, persistantes, couvertes de cornes : *Antilopiens*, chevilles osseuses solides (Antilopes, Gazelles, Chamois, Izard); *Oviens*, chevilles creuses, surmontées de cornes dirigées en haut ou en arrière (Chèvre, Mouton, Mouflon); *Boviens*, chevilles creuses, cornes tournées en dehors (Ovibos ou Bœuf musqué, Auroch, Buffle, Bison, Zébu ou Bœuf à bosse, Yack ou Bœuf grognant, Bœuf domestique).

5e *ordre*. — **Pachydermes**, peau épaisse, presque tous herbivores : 1° *Proboscidiens*, grande trompe (Eléphant, Mammouth, Mastodonte, Dinothérium); — *Pachydermes ordinaires*, soies grossières (Hippopotame, Porc domestique, Sanglier, Pécari, Daman, Tapir, Babiroussas, Paléothérium, Anoplothérium); — 3° *Solipèdes*, marchant sur un seul doigt, sabot (Cheval, Ane, Onagre, Hémione, Zèbre, Mulet, Hipparion, Anchitérium).

6e *ordre*. — **Edentés**, système dentaire incomplet ou nul : 1° *Paresseux*, marche lourde (Aï, Unau, Mégatherium, Mylodon); — 2° *Fouisseurs*, ongles propres à creuser (Tatou, Priodonte, Glyptodon); — 3° *Fourmiliers*, museau effilé, langue longue gluante (Pangolin, Tamanoir).

7e *ordre*. — **Rongeurs**, incisives en biseau, molaires striées transversalement : 1° *Léporidés* (Lièvre, Lapin); — 2° *Subongulés* (Cochon d'Inde, Agouti); — 3° *Hystricidés*, dos couvert de piquants (Porc-épic); — 4° *Muridés* (Rat, Surmulot, Souris, Mulot, Hamster, Campagnol, Lemming, Ondatra); — 5° *Lagostomidés* (Gerboise, Chinchilla); — 6° *Castoridés* (Castor) — 7° *Myoxidés* (Loir, Lérot); — 8° *Sciuridés* (Ecureuil, Marmotte).

8e *ordre*. — **Carnivores**, féroces, griffes, dents pointues : 1° *Plantigrades* (Ours, Blaireau, Glouton); — 2° *Digitigrades* : *Viverridés*, petite taille, très sanguinaires (Civette, Genette, Mangouste); *Mustelidés* (Marte, Putois, Furet, Belette, Hermine, Vison, Loutre); *Félidés*, analogues au chat (Chat, Lion, Tigre, Panthère, Léopard, Jaguar, Lynx, Guépard); *Hyénidés*

(Hyène); *Canidés* (Chien, Loup, Chacal, Renard); — 3º *Pinnipèdes* ou *Amphibies,* membres transformés en rames (Phoque, Otarie, Morse).

9º *ordre.* — **Insectivores,** mangeurs d'insectes, dents pointues (Hérisson, Musaraigne, Taupe).

10º *ordre.* — **Cheiroptères,** ailes membraneuses : 1º *Insectivores* (Chauves-souris, Oreillard, Vespertilion, Vespérien, Vampire, Rhinolophe); — 2º *Frugivores* (Roussettes).

11º *ordre.* —- **Quadrumanes,** mains aux quatre membres : 1º *Lémuriens,* museau de Renard (Maki, Indri, Aye, Tarsier, Galéopithèque); — 2º *Simiens : Arctopithèques* (Onistiti); *Platyrrhiniens,* à narines écartées, queue pendante (Saki, Saïmiri, Sagouin); queue prenante (Sajou, Atèle, Hurleur); *Catharriniens,* narines rapprochées : avec queue (Cynocéphale ou Papion, Babouin, Mandrill, Cercopithèque ou Guenon, Macaque, Magot, Semnopithèque, Entelle, Nasique); sans queue ou anthropomorphes (Gibbon, Orang-outang, Gorille, Chimpanzé).

12º *ordre.* — **Bimanes,** deux mains et deux pieds (Homme).

LISTE ALPHABÉTIQUE

DES

NOMS PROPRES CITÉS DANS L'OUVRAGE

TABLE DES MATIÈRES

FIN